Nokturny

KAZUO ISHIGURO

Nokturny

Z angielskiego przełożył
LECH JĘCZMYK

ALBATROS

Wydawnictwo
A. Kuryłowicz

Tytuł oryginału:
NOCTURNES. FIVE STORIES OF MUSIC AND NIGHTFALL

Polish edition copyright © Wydawnictwo Albatros A. Kuryłowicz 2010

Polish translation copyright © Lech Jęczmyk 2010

Redakcja: Beata Słama

Ilustracje na okładce:
Ian Ellard (*projekt całości*)
Simon Jarratt/Corbis (*żarówki*)
Redlink/Corbis (*para*)

Projekt graficzny okładki i serii: Andrzej Kuryłowicz

Skład: Laguna

ISBN 978-83-7359-875-1
(oprawa twarda)

ISBN 978-83-7359-874-4
(oprawa miękka)

Dystrybucja
Firma Księgarska Jacek Olesiejuk
Poznańska 91, 05-850 Ożarów Maz.
t./f. 22.535.0557, 22.721.3011/7007/7009
www.olesiejuk.pl

Sprzedaż wysyłkowa – księgarnie internetowe
www.empik.com
www.merlin.pl
www.ksiazki.wp.pl
www.amazonka.pl

WYDAWNICTWO ALBATROS
ANDRZEJ KURYŁOWICZ
Wiktorii Wiedeńskiej 7/24, 02-954 Warszawa

2010. Wydanie I/oprawa miękka
Druk: WZDZ – Drukarnia Lega, Opole

Dla Deborah Rogers

Spis treści

Uwodzicielski głos

Tego przedpołudnia, gdy dostrzegłem Tony'ego Gardnera siedzącego wśród turystów, do Wenecji właśnie przybywała wiosna. Kończyliśmy nasz pierwszy pełny tydzień na świeżym powietrzu — wielka ulga, powiem wam, po wszystkich tych godzinach grania w głębi kawiarni, na drodze gości wchodzących i schodzących po schodach. Tego ranka wiał dość silny wiatr i wokół nas trzepotała nowa markiza, ale wszyscy czuliśmy się bardziej rześko i świeżo, co chyba słychać było w naszym graniu.

Ale ja tu gadam, jakbym był stałym członkiem orkiestry, a tak naprawdę jestem jednym z „cyganów", jak nas nazywają inni muzycy, jednym z tych facetów wędrujących dookoła placu i pomagających w tej z trzech kawiar-

11

nianych orkiestr, która akurat nas potrzebuje. Przeważnie gram tutaj, w Café Lavena, ale w ruchliwe popołudnie mogę zagrać parę kawałków z chłopakami z Quaddri, przejść do Floriana, a potem wrócić na tę stronę placu do Laveny. Dogaduję się dobrze z nimi wszystkimi, z kelnerami też, i gdzie indziej byłbym już stałym członkiem zespołu, ale w tym mieście, tak zapatrzonym w tradycję, wszystko stoi na głowie. Wszędzie gdzie indziej fakt, że jest się gitarzystą, działałby na korzyść człowieka. Ale tutaj? Gitara! Szefowie kawiarni nie bardzo wiedzą, jak się zachować. To zbyt nowoczesne, turystom może się nie spodobać. Zeszłej jesieni kupiłem sobie klasyczny jazzowy model z owalnym otworem rezonansowym, coś, na czym mógłby grać Django Reinhard, nikt więc nie powinien mnie pomylić z jakimś rockandrollowcem. To nieco ułatwiało sprawę, ale szefowie nadal nie byli zachwyceni. Prawda jest taka, że gitarzysta, choćby sam Joe Pass, nie dostanie na tym placu stałego angażu.

Oczywiście jest jeszcze mała kwestia, że nie jestem wenecjaninem ani nawet Włochem. To samo dotyczy tego wielkiego Czecha z saksofonem altowym. Owszem, lubią nas, inni muzycy nas potrzebują, ale nie odpowiadamy oficjalnym wymaganiom. Graj i trzymaj gębę na kłódkę, mówią zawsze szefowie lokalu. W ten sposób turyści nie zorientują się, że nie jesteście Włochami. Garnitur, ciemne okulary, włosy ulizane i zaczesane do tyłu, i jeśli nie będziecie się odzywali, nikt się nie pozna.

Ale nie mogę narzekać. Wszystkim trzem kawiarnianym orkiestrom, zwłaszcza gdy muszą grać jednocześnie w swoich rywalizujących namiotach, potrzebna jest gitara, coś miękkiego, solidnego, ale wzmocnionego, walącego w tle akordami. Pewnie myślicie, że trzy orkiestry grające jednocześnie na tym samym placu to musi być katastrofa, ale plac Świętego Marka jest wystarczająco duży, żeby to znieść. Przechadzający się po nim turysta słyszy, jak jedna melodia cichnie, a druga staje się coraz głośniejsza, jakby zmieniał stacje w radiu. Czego turyści nie trawią, to tych klasycznych kawałków, wszystkich tych instrumentalnych wersji słynnych arii. Jasne, to jest Święty Marek i nie chcą tu najnowszych przebojów, ale co jakiś czas chcieliby posłuchać czegoś, co mogą rozpoznać, może starego numeru Julie Andrews albo motywu ze słynnego filmu. Pamiętam, jak ubiegłego lata przechodziłem od orkiestry do orkiestry i w ciągu jednego popołudnia dziewięć razy grałem temat z *Ojca Chrzestnego*!

Ale tego wiosennego przedpołudnia graliśmy dla dość licznej grupy turystów i nagle zobaczyłem Tony'ego Gardnera, jak siedzi sam jeden nad kawą, prawie na wprost nas, może jakieś sześć metrów od naszej markizy. Stale widujemy tu na placu różne sławne osoby i nigdy nie robimy z tego wielkiego halo. Może pod koniec numeru członkowie orkiestry szepną sobie słówko. Patrz, tam siedzi Warren Beatty. Spójrz, to Kissinger. Ta kobieta grała w filmie o tym facecie, z którym zamienili się twarzami. Jesteśmy do tego przyzwyczajeni. Bądź co bądź to plac Świętego Marka. Ale kiedy uświadomiłem sobie, że siedzi tam Tony Gardner, to było co innego. To mnie ruszyło.

Moja matka uwielbiała Tony'ego Gardnera. W tamtych czasach, za komuny, naprawdę niełatwo było zdobyć takie płyty, ale mama miała chyba prawie całą kolekcję. Kiedyś, jako dzieciak, zadrapałem jedną z tych cennych płyt. W naszym mieszkaniu panowała ciasnota, a chłopak w moim wieku musiał czasem trochę poszaleć, zwłaszcza podczas tych długich zimowych miesięcy, kiedy nie można się bawić na dworze. Wymyśliłem więc sobie skakanie z kanapy na fotel, za którymś razem chybiłem i trąciłem adapter. Igła ze zgrzytem przejechała przez płytę — działo się to, oczywiście, na długo przed CD — i mama przyszła z kuchni, i mnie skrzyczała. Czułem się bardzo podle, nie tylko dlatego, że mama na mnie krzyczy, ale dlatego, że była to jedna z płyt Tony'ego Gardnera, a wiedziałem, ile dla niej znaczy. I wiedziałem też, że na płycie będzie słychać zgrzyty, gdy on będzie słodkim głosem śpiewał swoje amerykańskie piosenki. Po latach, kiedy już pracowałem w Warszawie i zdobyłem wiedzę o czarnym rynku płyt, odkupiłem mamie wszystkie zniszczone albumy Tony'ego Gardnera, łącznie z tym, który porysowałem. Zajęło mi to trzy lata, ale wciąż zdobywałem nowe, jeden po drugim, i za każdym razem, gdy odwiedzałem mamę, przywoziłem jej coś nowego.

Rozumiecie więc, dlaczego tak mnie to ruszyło, kiedy zobaczyłem go w odległości zaledwie paru metrów. Początkowo prawie nie mogłem w to uwierzyć i może nawet przegapiłem jeden akord. Tony Gardner! Co by powiedziała moja droga mama, gdyby to usłyszała! Ze względu na nią, ze względu na pamięć o niej, musiałem podejść i zamienić z nim parę słów, nawet gdyby inni muzycy mieli się ze mnie śmiać i mówić, że zachowuję się jak pikolak.

Oczywiście, nie mogłem podbiec do niego, roztrącając stoliki i krzesła. Należało skończyć set. Była to, mówię wam, męka, zostały jeszcze trzy, cztery kawałki, a ja przez cały czas myślę, że on może w każdej chwili wstać i odejść. Na szczęście nadal siedział samotnie, wpatrzony w swoją kawę, i mieszał ją, jakby się zastanawiał, co też kelner mu przyniósł. Wyglądał jak każdy inny amerykański turysta: miał na sobie bladoniebieską koszulkę polo i luźne szare spodnie. Jego włosy, bardzo ciemne i bardzo błyszczące na okładkach płyt, teraz były prawie całkiem siwe, ale nadal było ich dużo i czesał je tak jak dawniej. Zauważyłem go po raz pierwszy, gdy trzymał w ręku okulary przeciwsłoneczne, gdyby nie to, wątpię, czy bym go rozpoznał, ale gdy graliśmy, a ja nie odrywałem od niego wzroku, założył je, potem znów zdjął i po chwili znów założył. Wyglądał na zamyślonego i byłem rozczarowany, że nie słucha naszego grania.

Wreszcie nadszedł czas na przerwę. Nic nie mówiąc pozostałym, wybiegłem z namiotu, podszedłem do stolika Tony'ego Gardnera i przeżyłem chwilę paniki, nie wiedząc, jak zacząć rozmowę. Stałem za jego plecami, ale jakiś szósty zmysł kazał mu się odwrócić i spojrzeć na mnie — pewnie była to sprawa tych wszystkich lat, kiedy podchodzili do niego fani — a ja już się przedstawiałem i mówiłem mu, jak bardzo go podziwiałem, że jestem z tej orkiestry, której przed chwilą słuchał, i że moja mama była jego wielbicielką, a wszystko na jednym oddechu. Słuchał z poważnym wyrazem twarzy, kiwając co parę sekund głową, jakby był moim lekarzem.

— Naprawdę? — powtarzał co pewien czas, a ja mówiłem i mówiłem. Po chwili uznałem, że pora kończyć i zbierałem się do odejścia, kiedy się odezwał:

— Więc pochodzi pan z jednego z tych komunistycznych krajów. To musiało być ciężkie.

— To wszystko przeszłość. — Wzruszyłem dziarsko ramionami. — Jesteśmy teraz wolnym, demokratycznym państwem.

— Miło to słyszeć. I to pański zespół grał teraz dla nas. Niech pan siada. Napije się pan kawy?

Powiedziałem, że nie chciałbym się narzucać, ale pan Gardner uprzejmie nalegał.

— Nie, nie, niech pan siada. Więc mówi pan, że pańska matka lubiła moje płyty?

Usiadłem wobec tego i opowiedziałem mu więcej. O mamie, o naszym mieszkaniu, o płytach z czarnego rynku. A ponieważ nie potrafiłem sobie przypomnieć tytułów albumów, zacząłem opisywać ilustracje na okładkach, tak jak je zapamiętałem, a on za każdym razem podnosił palec w górę i mówił coś w rodzaju:

— O, to pewnie *Niezrównany*. *Niezrównany Tony Gardner*.

Myślę, że obu nas bawiła ta gra, ale nagle zauważyłem, że wzrok pana Gardnera gdzieś powędrował i odwróciwszy się, zobaczyłem podchodzącą do naszego stolika kobietę.

To była jedna z tych Amerykanek, które są tak zadbane i ubrane, ze wspaniałymi włosami i figurą, że nie wie się, w jakim są wieku, póki nie zobaczy się ich z bliska. Z daleka mógłbym ją wziąć za modelkę z błyszczących magazynów mody. Kiedy jednak usiadła obok pana Gardnera i zsunęła okulary przeciwsłoneczne na czoło, dotarło do mnie, że musi mieć przynajmniej pięćdziesiątkę, może więcej.

— To jest Lindy, moja żona — powiedział do mnie pan Gardner.

Pani Gardner błysnęła uśmiechem trochę jakby wymuszonym.

— Kto to jest? — zwróciła się do męża. — Widzę, że znalazłeś przyjaciela.

— Tak, kochanie. Gawędziliśmy sobie miło z panem... przepraszam, przyjacielu, nie wiem, jak masz na imię.

— Jan — odpowiedziałem pośpiesznie. — Ale przyjaciele mówią do mnie Janek.

— Chce pan powiedzieć, że pańskie zdrobniałe imię jest dłuższe niż to prawdziwe? Jak to się sprawdza? — spytała Lindy Gardner.

— Nie bądź wobec pana niegrzeczna, kochanie.

— Nie jestem niegrzeczna.

— Nie żartuj z czyjegoś imienia, kochanie. Bądź grzeczną dziewczynką.

Lindy Gardner zwróciła się do mnie z wyrazem bezradnego zdumienia na twarzy:

— Czy pan wie, o czym on mówi? Czy ja pana obraziłam?

— Nie, skąd — zapewniłem. — Absolutnie nie, proszę pani.

— On mi zawsze mówi, że jestem niegrzeczna dla publiczności. Ale ja nie jestem niegrzeczna. Czy byłam teraz dla pana niegrzeczna? — Tu zwróciła się do pana

18

Gardnera: — Mówię do publiczności w sposób naturalny, mój drogi. To jest mój styl. Nigdy nie bywam niegrzeczna.

— Już dobrze, kochanie — uspokoił ją pan Gardner. — Nie róbmy z tego wielkiej sprawy. Zresztą ten pan to nie publiczność.

— Ach tak? Więc kim on jest? Odnalezionym po latach siostrzeńcem?

— Bądź miła, kochanie. To kolega muzyk. Zawodowiec. Przed chwilą dla nas grał. — Wskazał ręką markizę.

— Słusznie! — Lindy Gardner znów zwróciła się do mnie: — Grał pan tam przed chwilą? To było ładne. Grał pan na akordeonie, czy tak? Naprawdę ładnie.

— Bardzo pani dziękuję. Prawdę mówiąc, jestem gitarzystą.

— Gitarzystą? Żartuje pan. Obserwowałam pana zaledwie minutę temu. Siedział pan tam, obok kontrabasisty, i grał tak pięknie na akordeonie.

— Pani wybaczy, ale na akordeonie gra Carlo. Ten gruby łysy...

— Jest pan pewien? Nie żartuje pan sobie?

— Kochanie, powiedziałem ci już, żebyś nie była dla pana niegrzeczna.

Właściwie nie krzyczał, ale jego głos stał się nagle twardy i gniewny, po czym zapadła dziwna cisza. Pan Gardner przerwał ją sam, mówiąc łagodnie:

— Przepraszam, kochanie. Nie chciałem się na ciebie złościć.

I wziął ją za rękę. Spodziewałem się, że ona ją zabierze, ale nie, przysunęła krzesło tak, żeby być bliżej niego, i położyła drugą rękę na ich splecionych dłoniach. Siedzieli tak przez kilka sekund, pan Gardner z opuszczoną głową, jego żona wpatrzona w przestrzeń ponad jego ramieniem, w stronę bazyliki po drugiej stronie placu, chociaż jej oczy chyba niczego nie widziały. Przez tych kilka chwil jakby zapomnieli nie tylko o mnie, choć z nimi siedziałem, ale o wszystkich ludziach na placu. Potem pani Gardner powiedziała prawie szeptem:

— Już dobrze, mój drogi. To moja wina. Wyprowadziłam cię z równowagi.

Siedzieli tak jeszcze przez chwilę, trzymając się za ręce. Potem pani Gardner westchnęła, puściła dłoń męża i spojrzała na mnie. Patrzyła na mnie już wcześniej, ale teraz było inaczej. Tym razem poczułem jej wzrok. Zupełnie jakby miała tarczę wyskalowaną od zera do dziesięciu i teraz postanowiła ją nastawić na sześć albo siedem, a ja odczułem to naprawdę mocno, i gdyby poprosiła, żebym coś dla niej zrobił, powiedzmy, żebym poszedł do kawiarni i przyprowadził szefa, zrobiłbym to z radością.

— Janek — powiedziała. — Tak pan ma na imię, prawda? Przepraszam, Janek. Tony ma rację. Nie miałam prawa tak do pana mówić.

— Proszę się nie przejmować, naprawdę.

— A jeszcze przerwałam wam rozmowę. Pewnie o muzyce. Wiecie co? Zostawię was samych, żebyście mogli dokończyć.

— Nie ma powodu, żebyś odchodziła — zapewnił pan Gardner.

— Jest powód, mój drogi. Koniecznie muszę zajrzeć do sklepu Prady. Przyszłam tylko, żeby ci powiedzieć, że nie będzie mnie dłużej, niż mówiłam.

— Dobrze, kochanie. — Tony Gardner po raz pierwszy się wyprostował i odetchnął głęboko. — Skoro jesteś pewna, że ci to sprawi przyjemność.

— To będzie dla mnie czysta rozkosz. A wam życzę przyjemnej rozmowy. — Wstała i dotknęła mojego ramienia. — Powodzenia, panie Janek.

Patrzyliśmy, jak się oddala, a potem pan Gardner spytał, jak to jest być muzykiem w Wenecji. Pytał też o orkiestrę Quaddri, która właśnie zaczęła grać. Odniosłem wrażenie, że nie słucha moich odpowiedzi zbyt uważnie, i już miałem pożegnać się i odejść, gdy nagle rzekł:

— Jest coś, co chciałbym panu zaproponować, przyjacielu. Opowiem panu, co sobie wymyśliłem, a pan zgodzi się albo nie. Pochylił się i ściszył głos. — Mogę panu coś powiedzieć? Po raz pierwszy Lindy i ja przyjechaliśmy do Wenecji na nasz miesiąc miodowy, dwadzieścia siedem lat temu. I mimo wszystkich szczęśliwych wspomnień związanych z tym miejscem, nigdy tu nie wróciliśmy, w każdym razie nie we dwoje. Kiedy więc planowaliśmy tę wycieczkę, tę naszą szczególną wycieczkę, powiedzieliśmy sobie, że musimy spędzić parę dni w Wenecji.

— Czy to pańska rocznica ślubu, panie Gardner?

— Rocznica? — Wyglądał na zaskoczonego.

— Przepraszam. Tak pomyślałem, bo powiedział pan, że to państwa szczególna wycieczka.

Jeszcze przez chwilę miał zdziwioną minę, po czym roześmiał się głośnym, huczącym śmiechem i wtedy przypomniałem sobie piosenkę, której mama w kółko słuchała, tę, w której Gardner przechodzi do monologu i mówi, że wcale nie żałuje, iż ta kobieta go rzuciła, a potem wybucha dudniącym śmiechem. Teraz ten sam śmiech zahuczał na placu.

— Rocznica? — zdziwił się pan Gardner. — Nie, to nie jest nasza rocznica ślubu. Ale to, co zaproponuję, nie jest zbyt odległe, bo chcę zrobić coś bardzo romantycznego. Chcę zaśpiewać jej serenadę. W prawdziwie weneckim stylu. I tu zaczyna się pańska rola. Pan zagra na gitarze, ja zaśpiewam. Zrobimy to z gondoli, podpłyniemy pod okno i ja dla niej zaśpiewam. Wynajmujemy palazzo niedaleko stąd. Okno sypialni wychodzi na kanał. Po zmroku będzie idealnie. Latarnie na ścianach ledwo rozpraszają mrok. Pan i ja w gondoli, ona podchodzi do okna. Wszystkie jej ulubione kawałki. Nie musimy ciągnąć tego zbyt długo, wieczory wciąż są chłodnawe. Tylko trzy albo cztery piosenki, to wszystko, o co mi chodzi. Zostanie pan należycie wynagrodzony. Co pan na to?

— Panie Gardner, będę ogromnie zaszczycony. Jak mówiłem, był pan dla mnie kimś bardzo ważnym. Kiedy chce pan to zrobić?

— Jeżeli nie będzie padać, może dziś wieczorem? Około wpół do dziewiątej? Zjemy kolację wcześniej i o tej porze będziemy już w domu. Ja pod jakimś pretekstem wyjdę i spotkam się z panem. Gondola będzie umówiona, popłyniemy kanałem i zatrzymamy się pod oknem. Będzie idealnie. Co pan na to?

Możecie sobie chyba wyobrazić, że to było jak spełnione marzenie.

A poza tym sam pomysł wydawał się taki uroczy, ta para, on po sześćdziesiątce, ona po pięćdziesiątce, zachowująca się jak zakochane nastolatki. Pomysł był tak piękny, że prawie, choć nie całkiem, kazał mi zapomnieć o scenie między nimi, jakiej niedawno byłem świadkiem. Chodzi mi o to, że nawet na tym etapie gdzieś w głębi serca wiedziałem, że sprawy nie potoczą się tak gładko, jak on to sobie wyobraża.

Przez kilka następnych minut siedzieliśmy z panem Gardnerem, omawiając szczegóły: które piosenki wybrał, jakie tonacje woli, tego rodzaju rzeczy. Potem nadszedł

23

czas, żebym wracał pod markizę na następny set, wstałem więc, uścisnąłem mu dłoń i zapewniłem, że może na mnie liczyć dzisiejszego wieczoru.

• • •

Kiedy szedłem na spotkanie z panem Gardnerem, ulice były ciemne i ciche. W tamtych czasach zawsze się gubiłem, jeśli zbytnio oddaliłem się od placu Świętego Marka, więc choć wyszedłem odpowiednio wcześnie i choć doskonale wiedziałem, gdzie jest mostek, przy którym kazał mi się stawić pan Gardner, i tak spóźniłem się parę minut.

Stał pod latarnią w pogniecionym ciemnym garniturze, a koszulę miał rozpiętą do trzeciego czy czwartego guzika, tak że widać było owłosiony tors. Przeprosiłem za spóźnienie, a on powiedział:

— Co tam parę minut. Lindy i ja jesteśmy małżeństwem od dwudziestu siedmiu lat. Co znaczy parę minut?

Nie był zagniewany, ale wydawał się, że jest w nastroju poważnym i uroczystym, wcale nie romantycznym. Za nim stała łagodnie kołysząca się na wodzie gondola i zobaczyłem, że gondolierem jest Vittorio, facet, za którym nie przepadałem. W mojej obecności zawsze zachowywał się przyjaźnie, ale wiem, wiedziałem i wtedy, że chodzi i wygaduje paskudne rzeczy, same bzdury, na temat ludzi takich jak ja, których nazywa „przybyszami z nowych

24

krajów". Dlatego kiedy przywitał mnie tego wieczoru jak brata, kiwnąłem mu tylko głową i czekałem w milczeniu, podczas gdy on pomagał panu Gardnerowi wsiąść do gondoli. Potem podałem mu gitarę — wziąłem hiszpańską, nie tę z owalnym otworem rezonansowym — i też wsiadłem.

Pan Gardner wiercił się na przedniej ławeczce i w pewnym momencie usiadł tak ciężko, że omal się nie wywróciliśmy. Ale on jakby tego nie zauważył i kiedy odbiliśmy od brzegu, wpatrywał się nieruchomo w wodę.

Przez kilka minut płynęliśmy w milczeniu obok ciemnych budynków i pod niskimi mostami. Wreszcie pan Gardner otrząsnął się z zamyślenia.

— Niech pan posłucha, przyjacielu. Wiem, że uzgodniliśmy, co będę śpiewał, ale myślałem o tym. Lindy bardzo lubi piosenkę *By the Time I Get to Phoenix*. Nagrałem ją kiedyś dawno temu.

— Jasne, panie Gardner. Mama zawsze mówiła, że pańska wersja jest lepsza od wykonania Sinatry. Albo od tego słynnego wykonania Glenna Campbella.

Pan Gardner kiwnął głową, przez chwilę nie widziałem jego twarzy. Zanim skręciliśmy za róg, Vittorio wydał odbijający się echem od ścian okrzyk gondolierów.

— Kiedyś śpiewałem jej to bardzo często — mówił pan Gardner. — Myślę, wie pan, że chciałaby to dzisiaj usłyszeć. Zna pan melodię?

Zdążyłem już wyjąć gitarę z futerału i zagrałem kilka taktów piosenki.

— O pół tonu wyżej — poprosił pan Gardner. — Do E. Tak śpiewałem na płycie.

Zagrałem więc akordy w tej tonacji i może po pierwszej linijce pan Gardner zaczął śpiewać, bardzo cicho, półgłosem, jakby z trudem przypominał sobie słowa. Ale jego głos dobrze rezonował w cichym kanale. Prawdę mówiąc, brzmiał bardzo pięknie. Przez chwilę poczułem się, jakbym znowu był chłopcem, w tamtym naszym mieszkaniu, ja leżę sobie na dywanie, a mama siedzi na kanapie, zmęczona lub może ze złamanym sercem, a płyta Tony'ego Gardnera obraca się na adapterze w rogu pokoju. Pan Gardner nagle umilkł.

— Dobrze — powiedział. — Zrobimy to w E. Potem może *I Fall in Love Too Easily*, tak jak planowaliśmy. A zakończymy *One for My Baby*. To wystarczy. Dłużej nie będzie słuchała.

Potem znów pogrążył się w rozmyślaniach i płynęliśmy wolno przez mrok przy wtórze cichego plusku wody.

— Panie Gardner — odezwałem się w końcu — mam nadzieję, że nie ma pan nic przeciwko mojemu pytaniu, ale czy pani Gardner spodziewa się tego recitalu, czy będzie to cudowna niespodzianka?

Pan Gardner westchnął ciężko.

— Chyba musimy to zaliczyć do kategorii cudownych niespodzianek — odrzekł i po chwili dodał: — Bóg wie, jak ona zareaguje. Może nawet nie dojdziemy do *One for My Baby*.

Vittorio skręcił jeszcze raz i nagle znaleźliśmy się wśród śmiechu i muzyki, bo przepływaliśmy obok dużej, jasno oświetlonej restauracji. Wyglądało na to, że wszystkie stoliki są zajęte, kelnerzy się uwijali, goście wyglądali na bardzo zadowolonych, mimo że o tej porze roku nad kanałem było pewnie dość chłodno. Po ciszy i mroku, przez który dotąd płynęliśmy, ta restauracja jakoś działała na nerwy. Miałem uczucie, że to my stoimy nieruchomo, patrząc z molo, a przed nami przepływa rozświetlony statek. Zauważyłem, że kilka osób spojrzało w naszą stronę, ale nikt nie przerwał rozmowy ani nie zwrócił na nas większej uwagi, i po chwili restauracja była już za nami.

— To zabawne. Wyobraża pan sobie, co ci turyści by zrobili, gdyby dotarło do nich, że właśnie przepływa przed nimi w gondoli legendarny Tony Gardner? — powiedziałem.

Vittorio, który nie bardzo zna angielski, to akurat zrozumiał, i roześmiał się pod nosem. Pan Gardner jednak nie odpowiedział od razu. Znów znaleźliśmy się w mroku, płynąc wąskim kanałem i mijając słabo oświetlone drzwi.

— Mój przyjacielu — odezwał się wreszcie — po-

27

chodzi pan z komunistycznego kraju i dlatego nie wie pan, jak te rzeczy działają.

— Panie Gardner, mój kraj nie jest już komunistyczny. Jesteśmy teraz wolnym narodem.

— Bardzo mi przykro. Nie chciałem wyrazić się lekceważąco o pańskim narodzie. Jesteście dzielnymi ludźmi i mam nadzieję, że będziecie żyli w pokoju i dobrobycie. Chciałem tylko powiedzieć, że ponieważ pochodzi pan stąd, skąd pan pochodzi, wielu rzeczy pan po prostu jeszcze nie rozumie. Tak samo jak ja bym nie rozumiał wielu rzeczy w pańskim kraju.

— Chyba ma pan rację.

— Ci ludzie, których przed chwilą mijaliśmy... Gdyby podszedł pan do nich i spytał: „Hej, czy ktoś z was pamięta Tony'ego Gardnera?", to niektórzy z nich, może nawet większość, odpowiedzieliby, że tak. Kto wie? Ale kiedy tak przepływaliśmy, nawet gdyby mnie rozpoznali, czy to by ich obeszło? Nie sądzę. Nie odłożyliby widelców, nie przerwaliby czułego gruchania. Dlaczegóż mieliby to zrobić? Jakiś romantyczny śpiewak z dawno minionej epoki.

— Nie wierzę w to, panie Gardner. Pan jest klasykiem. Jak Sinatra albo Dean Martin. Pewne klasyczne wykonania nigdy nie wychodzą z mody. Nie jak te gwiazdy popu.

— Jest pan bardzo miły, że pan tak mówi, przyjacielu.

Wiem, że chce mi pan zrobić przyjemność, ale akurat dzisiejszy wieczór to nie jest czas komplementy.

Chciałem zaprotestować, ale coś w jego zachowaniu kazało mi zostawić ten temat. Płynęliśmy więc dalej, nikt nie przerywał milczenia. Szczerze mówiąc, zaczynałem się zastanawiać, w co ja się wpakowałem, o co chodzi w tej całej historii z serenadą. Ostatecznie, to Amerykanie. A jeżeli pan Gardner zacznie śpiewać, a pani Gardner podejdzie do okna, weźmie rewolwer i nas zastrzeli?

Może myśli Vittoria biegły tym samym torem, bo kiedy przepływaliśmy pod umocowaną na ścianie latarnią, spojrzał na mnie, jakby chciał powiedzieć: „Mamy tutaj dziwaka, prawda, *amico*?". Ale ja nie zareagowałem. Nie miałem zamiaru trzymać z takimi jak on przeciwko panu Gardnerowi. Zdaniem Vittoria obcokrajowcy tacy jak ja szwendają się i okradają turystów, zaśmiecają kanały i generalnie rujnują całe to cholerne miasto. Czasami, kiedy ma podły humor, twierdzi nawet, że jesteśmy bandytami i gwałcicielami. Spytałem go kiedyś, patrząc mu w oczy, czy to prawda, że chodzi i rozpowiada takie rzeczy, a on przysięgał, że to wszystko kłamstwa rozpuszczane przez jego wrogów. Jak mógłby być rasistą, skoro ma ciotkę Żydówkę, którą kocha jak rodzoną matkę?! Ale pewnego wieczoru zabijałem czas między setami oparty o poręcz mostu w Dorsoduro, gdy dołem przepłynęła gondola. Siedziała w niej trójka turystów, a Vittorio stał nad nimi z wiosłem i rozwodził się na cały głos, powtarzając te same kalumnie. Choćby więc zagadywał mnie nie wiem, ile razy, nigdy się z nim nie zaprzyjaźnię.

— Zdradzę panu pewną małą tajemnicę — powiedział nagle pan Gardner. — Małą tajemnicę związaną z występami. Tak między nami zawodowcami. To bardzo proste. Musi pan coś wiedzieć, nieważne co, ale musi pan wiedzieć coś na temat swojej publiczności. Coś, co dla pana, w pańskim umyśle, odróżni tę publiczność od tej, dla której śpiewał pan poprzedniego wieczoru. Powiedzmy, że jest pan w Milwaukee. Musi pan zadać sobie pytanie, co innego, co takiego szczególnego ma publiczność z Milwaukee? Co ją odróżnia od publiczności z Madison? Nic panu nie przychodzi do głowy, ale trzeba szukać, aż się znajdzie. Milwaukee, Milwaukee... W Milwaukee mają dobre schaboszczaki. To wystarczy, na tym się pan opiera, kiedy pan przed nimi staje. Nie musi pan o tym wspomnieć, ale pamięta pan o tym, kiedy pan dla nich śpiewa. Ci ludzie przed panem to są ci, którzy jedzą dobre schabowe. Rozumie pan, o co mi chodzi, przyjacielu? W ten sposób publiczność staje się kimś znajomym, kimś, dla kogo może pan grać i śpiewać. Proszę, oto moja tajemnica. Tak między nami zawodowcami.

— Dziękuję, panie Gardner. Nigdy o tym w ten sposób nie myślałem. Podpowiedź od kogoś takiego jak pan na pewno zapamiętam.

— Dzisiaj więc — ciągnął — występujemy dla Lindy. Lindy jest naszą publicznością i dlatego opowiem panu coś o Lindy. Chce pan posłuchać o Lindy?

— Oczywiście, panie Gardner. Chętnie o niej posłucham.

• • •

Przez następne dwadzieścia minut albo coś koło tego siedzieliśmy w gondoli, pływając w kółko, a pan Gardner opowiadał. Chwilami jego głos przechodził w szept, jakby mówił do siebie. Kiedy indziej, kiedy latarnia albo mijane okno rzucało trochę światła na naszą łódkę, przypominał sobie o mnie, podnosił głos i mówił coś w rodzaju: „Czy pan rozumie, co ja mówię, przyjacielu?".

Jego żona, powiedział mi, pochodzi z małego miasteczka w Minnesocie, w samym środku Ameryki, gdzie nauczycielki miały jej za złe, że ogląda czasopisma z gwiazdami filmowymi, zamiast się uczyć.

— Te panie nie zdawały sobie sprawy, że Lindy ma wielkie plany. I spójrzmy na nią teraz. Bogata, piękna, zjeździła cały świat. A gdzie są dzisiaj te jej nauczycielki? Jakie one miały życie? Gdyby przeglądały trochę więcej czasopism filmowych i trochę więcej marzyły, może i one miałyby dzisiaj coś z tego, co ma Lindy.

W wieku dziewiętnastu lat pojechała autostopem do Kalifornii, chcąc dostać się do Hollywood. Zamiast tego wylądowała na przedmieściu Los Angeles jako kelnerka w przydrożnym barze.

— I, o dziwo — opowiadał pan Gardner — ten bar, ta pospolita mała dziura przy autostradzie, okazała się najlepszym miejscem, do jakiego mogła trafić. Bo tam od rana do wieczora zbierały się wszystkie ambitne dziewczyny. Spotykały się tam, siedem, osiem, dwanaście, zamawiały kawę, hot dogi, siedziały godzinami i rozmawiały.

Te dziewczyny, nieco starsze od Lindy, zjechały ze wszystkich krańców Ameryki i mieszkały w okolicach Los Angeles od co najmniej dwóch albo trzech lat. Przychodziły do tego baru, żeby wymieniać plotki i opowiedzieć o swoich nieszczęściach, omawiały taktykę i obserwowały nawzajem swoje postępy. Ale tym, co przyciągało je do tego miejsca, była Meg, kobieta po czterdziestce, kelnerka, która pracowała razem z Lindy.

Dla tych dziewczyn Meg była starszą siostrą, krynicą mądrości. Bo kiedyś ona też była taka jak one. Musi pan zrozumieć, że to były poważne dziewczyny, naprawdę ambitne, zdeterminowane. Czy rozmawiały o ciuchach, butach i makijażu jak inne? Jasne, że tak. Ale one rozmawiały tylko o tym, jakie ciuchy, buty i makijaż pomogą im wyjść za gwiazdę. Czy rozmawiały o filmach? Czy rozmawiały o świecie muzyki? Pewnie, że tak. Ale one rozmawiały o tym, które gwiazdy filmowe i którzy śpiewacy są kawalerami, którzy mają nieudane małżeństwa, którzy się rozwodzą. A Meg, widzi pan, mogła im to wszystko powiedzieć i jeszcze dużo, dużo więcej. Meg przebyła tę drogę przed nimi. Znała wszystkie zasady i wszystkie sztuczki, jeżeli chodzi o poślubienie gwiazdy. A Lindy siadywała z nimi i chłonęła to wszystko. Ten mały bar z hot dogami był jej Harvardem, jej Yale, był dla niej idealnym miejscem na tym etapie życia. Dziewiętnastolatka z Minnesoty! Dreszcz mnie przechodzi na myśl, co mogło się z nią stać. Ale miała szczęście.

— Panie Gardner — wtrąciłem — przepraszam, że przerywam, ale jeżeli ta pani Meg tyle o wszystkim wiedziała, to dlaczego sama nie wyszła za gwiazdę? Dlaczego serwowała hot dogi w barze?

— Dobre pytanie, ale pan nie do końca rozumie, jak te rzeczy działają. W porządku, ta pani, Meg, nie osiągnęła celu. Ale rzecz w tym, że ona obserwowała te, którym się udało. Rozumie pan, przyjacielu? Była kiedyś taka jak te dziewczyny i widziała, jak jedne z nich wygrywają, a inne przegrywają. Widziała pułapki i widziała złote schody. Mogła im opowiadać masę historii i te dziewczyny słuchały. A niektóre z nich się uczyły. Na przykład Lindy. Jak powiedziałem, to był jej Harvard. Uczynił ją taką, jaka jest. Dał jej siłę, która była jej później potrzebna i, na Boga, była jej bardzo potrzebna. Trwało to sześć lat, zanim pojawiła się pierwsza szansa. Wyobraża pan sobie? Sześć lat manewrów, planowania, wyczekiwania. Niepowodzenie za niepowodzeniem. Ale tak samo jest w naszym zawodzie: nie można podnieść rąk do góry i zrezygnować po kilku pierwszych ciosach. Wiele dziewczyn tak robi, można je spotkać na każdym kroku, powychodziły za byle kogo w byle jakich miasteczkach. Ale niektóre z nich, takie jak Lindy, wyciągają naukę z każdego niepowodzenia, stają się silniejsze, twardsze i wracają na pole walki z jeszcze większą zaciekłością. Myślisz, że Lindy nie przeżyła upokorzeń? Mimo swojej urody i wdzięku? Ludzie nie zdają sobie sprawy, że uroda to nawet nie połowa sukcesu. Wykorzystaj ją nieumiejętnie, a zostaniesz potraktowana jak dziwka. Tak czy inaczej, po sześciu latach szczęście wreszcie się do niej uśmiechnęło. Przyszła wygrana.

— To wtedy spotkała pana?

— Mnie? Nie, nie. Ja pojawiłem się na scenie dużo później. Wyszła za Dino Hartmana. Nie słyszał pan o Dinie? — Pan Gardner roześmiał się trochę niegrzecznie. — Biedny Dino. Widocznie jego płyty nie dotarły do krajów komunistycznych. Ale w tamtych czasach Dino był dość znany. Śpiewał dużo w Vegas, miał kilka złotych płyt. Jak powiedziałem, dla Lindy to była wielka odmiana. Kiedy się spotkaliśmy po raz pierwszy, była żoną Dina. Cóż, często tak się zdarza. Stara Meg wytłumaczyła im to, wytłumaczyła, że zwykle tak bywa. Pewnie, że dziewczyna może mieć szczęście przy pierwszym podejściu, od razu wylądować na szczycie, wyjść za Sinatrę albo za Brando. Ale zazwyczaj tak się nie dzieje. Dziewczyna musi być przygotowana na to, żeby wysiąść z windy na pierwszym piętrze i trochę się rozejrzeć. Musi się przyzwyczaić do powietrza na tym piętrze. A potem może, pewnego dnia, na tym pierwszym piętrze zderzy się z kimś, kto zjechał na kilka minut z penthouse'u, żeby coś kupić. I ten ktoś mówi do niej, hej, może byś tak pojechała ze mną na ostatnie piętro? Lindy wiedziała, że często tak to się właśnie odbywa. Nie dała za wygraną, kiedy wyszła za Dina, nie zrezygnowała ze swoich ambicji. A Dino był porządnym facetem, zawsze go lubiłem. Dlatego, mimo że od pierwszej chwili straciłem dla niej głowę, nie wykonałem żadnego ruchu. Zachowałem się jak wzorowy dżentelmen. Później się dowiedziałem, że w oczach Lindy stanowiło to dodatkową zaletę. I jak tu nie podziwiać takiej dziewczyny! Muszę panu powiedzieć, przyjacielu, że byłem naprawdę wielką gwiazdą. To chyba wtedy pańska matka mnie słuchała. Tymczasem gwiazda Dina szybko gasła. To były ciężkie czasy dla wielu piosenkarzy. Wszystko się zmieniało. Młodzież słuchała Beatlesów, Rolling Stonesów. Biedny Dino, za bardzo przypominał Binga Crosby'ego. Próbował śpiewać bossa novę, ale jego płyta została wyśmiana. Dla Lindy był to najwyraźniej sygnał, żeby się wynosić. W tej sytuacji nikt nie mógł nam niczego zarzucić. Myślę, że tak naprawdę nawet Dino nie miał do nas pretensji. Wtedy wykonałem swój ruch. I w ten sposób Lindy awansowała do penthouse'u.

Pobraliśmy się w Las Vegas, kazaliśmy w hotelu napełnić wannę szampanem. Ta piosenka, którą dzisiaj wykonamy, *I Fall in Love Too Easily*... Wie pan, dlaczego ją wybrałem? Chce pan wiedzieć? Byliśmy kiedyś w Londynie, niedługo po ślubie. Wracamy do naszego pokoju ze śniadania i co zastajemy? Pokojówka sprząta nasz apartament. Ale Lindy i ja jesteśmy napaleni jak króliki. Koniecznie musimy się kochać. Wchodzimy więc i słyszymy, jak pokojówka odkurza nasz salon, ale jej nie widzimy, jest za ścianą. Skradamy się na palcach jak szczeniaki, rozumie pan. Wślizgujemy się do sypialni i zamykamy drzwi. Widzimy, że sypialnia jest sprzątnięta, może więc pokojówka już tu nie wejdzie, ale pewności nie mamy. Tak czy inaczej, nie przejmujemy się, rozumie pan. Zdzieramy z siebie ubrania, kochamy się na łóżku, a pokojówka jest przez cały czas za ścianą, chodzi po naszym apartamencie, nie mając pojęcia, że wróciliśmy. Mówię panu, byliśmy podnieceni, ale sytuacja wydała nam się tak zabawna, że przez cały czas się zaśmiewaliśmy. Potem skończyliśmy się kochać i leżeliśmy objęci, a pokojówka wciąż tam była i wie pan co, nagle zaczęła śpiewać! Gdy tylko skończyła odkurzanie, zaczęła śpiewać na cały głos i rany, ależ ona miała paskudny głos! Ryczeliśmy ze śmiechu, ale staraliśmy się robić to po cichu, rozumie pan? A potem, niespodzianka. Przestała śpiewać i włączyła radio. I nagle słyszymy Cheta Bakera. Śpiewa *I Fall in Love Too Easily*, pięknie, wolno, aksamitnym głosem. A Lindy i ja leżymy w poprzek łóżka i słuchamy, jak Chet śpiewa.

I po chwili zaczynam śpiewać razem z nim, cicho podśpiewuję Chetowi Bakerowi, Lindy leży w moich ramionach. I tak to było. I dlatego zaśpiewam dzisiaj tę piosenkę. Choć nie wiem, czy ona to pamięta. Kto to może wiedzieć?

Pan Gardner zamilkł i widziałem, jak ociera łzy. Vittorio jeszcze raz skręcił za róg i stwierdziłem, że po raz drugi przepływamy obok tej samej restauracji. Sprawiała wrażenie jeszcze bardziej gwarnej, a w kącie grał na pianinie Andrea, facet, którego znam.

— Panie Gardner — powiedziałem, kiedy znów znaleźliśmy się w mroku — wiem, że to nie moja sprawa, ale widzę, że ostatnio między panem a panią Gardner nie układa się najlepiej. Chcę, żeby pan wiedział, że rozumiem takie rzeczy. Moja matka często przeżywała smutki, może w taki sam sposób jak pan teraz. Myślała, że kogoś znalazła, że będzie szczęśliwa, i mówiła mi, że ten ktoś będzie moim tatą. Przy kilku pierwszych razach jej wierzyłem, ale potem wiedziałem, że nic z tego nie wyjdzie. Ale moja mama nigdy nie traciła nadziei. I za każdym razem, kiedy wpadała w przygnębienie, może jak pan teraz, wie pan, co robiła? Puszczała pańskie płyty i podśpiewywała. Przez wszystkie te długie zimy, w naszym małym mieszkaniu, siedziała z podwiniętymi nogami, ze szklaneczką czegoś w ręku i cicho podśpiewywała. I czasami, pamiętam to, panie Gardner, sąsiedzi z góry stukali w sufit, zwłaszcza kiedy pan wykonywał te głośne, szybkie numery jak *High Hopes* albo *They All Laughed*. Przyglądałem się mamie uważnie, ale zachowywała się, jakby niczego nie słyszała. Słuchała pana, kiwając głową do taktu, a jej wargi powtarzały tekst. Panie Gardner, chciałem tylko powiedzieć, że pańska muzyka pomagała mojej mamie w trudnych chwilach i pewnie pomagała milionom ludzi przeżyć ich smutek. Nie będzie nic dziwnego w tym, jeżeli panu też pomoże. — Roześmiałem się, chcąc dodać mu otuchy, ale wypadło to głośniej, niż chciałem. — Może pan dzisiaj na mnie polegać, panie Gardner. Dam z siebie wszystko. Zagram jak cała orkiestra, zobaczy pan. A pani Gardner posłucha nas, i kto wie? Może między wami znów się wszystko ułoży. Każde małżeństwo przeżywa trudne chwile.

Pan Gardner się uśmiechnął.

— Jest pan przemiłym człowiekiem, mój przyjacielu.

Bardzo to sobie cenię, że mi pan dziś pomaga, ale nie mamy czasu na dalszą rozmowę. Lindy jest już w swoim pokoju, widzę zapalone światło.

• • •

Przepływaliśmy koło palazzo, który mijaliśmy już co najmniej dwukrotnie, i dopiero teraz zrozumiałem, dlaczego Vittorio tak pływał w kółko. To pan Gardner czekał, aż zapali się światło w jednym szczególnym oknie, i kiedy stwierdzał, że jest w nim ciemno, robiliśmy następne okrążenie. Tym razem jednak w oknie na drugim piętrze paliło się światło, okiennice były otwarte i ze swojego miejsca w dole widzieliśmy mały kawałek sufitu z ciemnymi drewnianymi belkami. Pan Gardner dał znak Vittoriowi, ale on już przestał wiosłować i dryfowaliśmy powoli, aż gondola znalazła się bezpośrednio pod oknem.

Pan Gardner wstał, łódź znów niebezpiecznie się zakołysała i Vittorio musiał ją błyskawicznie ustabilizować. Wtedy pan Gardner zawołał o wiele za cicho: „Lindy? Lindy?". I w końcu znacznie głośniej: „Lindy!".

Jakaś ręka otworzyła szerzej okiennice i na wąskim balkonie ukazała się postać. Niezbyt wysoko nad nami do ściany przymocowano latarnię, ale światło nie było jasne i pani Gardner była tylko sylwetką. Spostrzegłem jednak, że ma inaczej ułożone włosy niż na placu, może na ich wcześniejszą kolację.

— To ty, mój drogi? — Przechyliła się przez poręcz balkonu. — Już myślałam, że zostałeś porwany albo co. Niepokoiłam się o ciebie.

— Nie bądź niemądra, kochanie. Co się może zdarzyć w mieście takim jak to? Zresztą, zostawiłem ci wiadomość.

— Nie widziałam żadnej wiadomości, mój drogi.

— Zostawiłem ci wiadomość. Żebyś się nie denerwowała.

— Gdzie jest ta wiadomość? Co w niej było?

— Nie pamiętam, kochanie. — Pan Gardner sprawiał wrażenie zirytowanego. — No wiesz, że idę kupić papierosy czy coś takiego.

— I to teraz robisz tam na dole? Kupujesz papierosy?

— Nie, kochanie. To co innego. Zaraz ci zaśpiewam.

— Czy to jakiś żart?

— Nie, kochanie. To nie żart. Jesteśmy w Wenecji. Taki tutaj zwyczaj. — Wskazał gestem Vittoria i mnie, jakby nasza obecność była dowodem na prawdziwość jego słów.

— Jest mi tutaj trochę zimno, mój drogi.

Pan Gardner westchnął głęboko.

— Możesz słuchać z pokoju. Wejdź do pokoju, kochanie i usiądź wygodnie. Zostaw tylko otwarte okna i będziesz nas słyszała.

Lindy przez chwilę patrzyła na niego z góry, a on

patrzył na nią z dołu, żadne z nich się nie odzywało. Potem ona weszła do środka, a pan Gardner wyglądał na rozczarowanego, chociaż pani Gardner zrobiła dokładnie to, co zaproponował. Opuścił głowę, westchnął po raz drugi i widziałem, że się waha, czy zacząć śpiewać.

— Dalej, panie Gardner, zróbmy to. Najpierw *By the Time I Get to Phoenix*.

I zagrałem cicho takie małe otwarcie, jeszcze nie rytm, coś, co może przejść w piosenkę albo równie łatwo zaniknąć. Chciałem, żeby to zabrzmiało jak Ameryka, smutne przydrożne bary, wielkie bezkresne autostrady, i chyba myślałem też o mojej mamie, jak wchodziłem do pokoju i widziałem ją na kanapie, wpatrzoną w okładkę płyty z obrazem amerykańskiej drogi albo może pieśniarza siedzącego w amerykańskim samochodzie. Chodzi mi o to, że próbowałem to zagrać tak, żeby moja mama poznała, że pochodzi to z tego samego świata, ze świata na okładce płyty.

Potem, zanim zdążyłem się zorientować, zanim złapałem rytm, pan Gardner zaczął śpiewać. Ponieważ stał w gondoli, chwiał się nieco i bałem się, że może w każdej chwili stracić równowagę. Ale jego głos brzmiał tak, jak go zapamiętałem: łagodny, z lekką chrypką, ale mocny i pełny, jakby płynął z niewidocznego głośnika. I jak u wszystkich najlepszych amerykańskich piosenkarzy, słyszało się w jego głosie znużenie, nawet cień wahania, jakby był człowiekiem nieprzyzwyczajonym do otwierania serca w taki sposób. Tak to robią wszyscy wielcy. Wykonaliśmy tę piosenkę pełną podróży i pożegnań. Amerykański mężczyzna zostawia swoją kobietę. Wciąż o niej myśli, przejeżdżając przez kolejne miasta, linijka za linijką, Phoenix, Albuquerque, Oklahoma, w niekończącej się podróży, o której moja mama nie mogła nawet marzyć. Gdybyśmy tylko my tak mogli rzucić wszystko i ruszyć w drogę, podejrzewam, że tak by myślała mama. Gdyby tylko smutek mógł tak wyglądać.

— Okay — powiedział pan Gardner, kiedy doszliśmy do końca — przejdźmy od razu do następnej. *I Fall in Love Too Easily*.

Ponieważ grałem z panem Gardnerem pierwszy raz, musiałem łapać wszystko na wyczucie, ale wyszło bardzo dobrze. Po tym, co pan Gardner powiedział mi o tej piosence, zerkałem w stronę okna, ale nie dostrzegłem ani śladu pani Gardner, żadnego ruchu, żadnego dźwięku, nic. Skończyliśmy i wokół nas była tylko cisza i ciemność. Gdzieś w pobliżu usłyszałem, jak ktoś otwiera okiennice, pewnie żeby lepiej słyszeć. Ale z okna pani Gardner nie dobiegał żaden dźwięk.

Wykonaliśmy *One for My Baby*, bardzo wolno, prawie bez rytmu, a potem znów zapadła cisza.

Wpatrywaliśmy się w okno i wreszcie, może po minucie, usłyszeliśmy odgłos. Bardzo cichy, ale niepozostawiający wątpliwości. Pani Gardner szlochała.

— Udało się, panie Gardner! — szepnąłem. — Udało się. Wzruszyliśmy ją do łez.

Ale pan Gardner nie wyglądał na zadowolonego. Pokręcił głową ze znużeniem, usiadł i dał znak Vittoriowi.

— Podpłyń od drugiej strony. Czas, żebym wszedł do środka.

Kiedy znów popłynęliśmy, wydawało mi się, że unika patrzenia na mnie, prawie jakby się wstydził tego, co zrobiliśmy, i zacząłem myśleć, że może ten cały plan był złośliwym żartem. Może, na przykład, te piosenki kojarzyły się pani Gardner z czymś bolesnym. Odłożyłem więc gitarę i siedziałem trochę obrażony, i tak płynęliśmy przez chwilę.

Potem dotarliśmy do znacznie szerszego kanału i zaraz przemknęła koło nas taksówka wodna, robiąc fale pod naszą gondolą. Ale byliśmy już przed frontem palazzo pana Gardnera i gdy Vittorio podprowadzał łódź do nabrzeża, postanowiłem się odezwać.

— Panie Gardner, stanowił pan ważny element mojego dojrzewania. A dzisiejszy wieczór był dla mnie szczególnie ważny. Gdybyśmy teraz się pożegnali i mieli się już nigdy nie zobaczyć, wiem, że zastanawiałbym się nad tym do końca życia. Dlatego proszę, panie Gardner, niech mi pan powie, czy pani Gardner płakała przed chwilą ze szczęścia, czy ze smutku?

Myślałem, że nie usłyszę odpowiedzi. W półmroku postać pana Gardnera była tylko zgarbionym cieniem na ławeczce z przodu. Ale gdy Vittorio przywiązywał gondolę, pan Gardner odezwał się cicho:

— Myślę, że było jej przyjemnie usłyszeć, jak śpiewam. Ale niewątpliwie była smutna. Oboje jesteśmy smutni. Dwadzieścia siedem lat to szmat czasu, a po tej wycieczce się rozstajemy. To nasze ostatnie wspólne wakacje.

— Słucham tego z prawdziwą przykrością, panie Gardner — powiedziałem łagodnie. — Oczywiście wiele małżeństw się rozpada, nawet po dwudziestu siedmiu latach. Ale przynajmniej możecie się rozstać tak pięknie. Wakacje w Wenecji. Śpiew w gondoli. Na pewno niewiele małżeństw rozstaje się w tak miły sposób. To dużo mówi o was obojgu.

— Dlaczego mielibyśmy się zachować niemiło? Nadal się kochamy. Dlatego ona płacze. Bo nadal kocha mnie tak samo jak ja ją.

Vittorio wyszedł na brzeg, ale pan Gardner i ja wciąż siedzieliśmy w ciemnościach. Czekałem, aż powie coś jeszcze, i rzeczywiście, po chwili podjął:

— Jak już panu mówiłem, przyjacielu, zakochałem się w Lindy od pierwszego wejrzenia. Czy ona też mnie

44

wtedy kochała? Wątpię, żeby się nad tym zastanawiała. Byłem gwiazdą, tylko to się dla niej liczyło. Byłem tym, o kim marzyła, nagrodą, której wygranie planowała w tym swoim barze. Nie było ważne, czy mnie kochała, czy nie. Ale dwadzieścia siedem lat małżeństwa robi dziwne rzeczy. Wiele par zaczyna od miłości, potem się sobą nudzą i na koniec się nienawidzą. Czasem jednak dzieje się na odwrót. Trwało to kilka lat, ale Lindy w końcu mnie pokochała. Początkowo nie śmiałem w to uwierzyć, ale po jakimś czasie musiałem. Lekkie dotknięcie mojego ramienia, kiedy wstawaliśmy od stołu. Zalotny uśmieszek z drugiego końca pokoju, kiedy nie działo się nic śmiesznego, po prostu mnie zaczepiała. Założę się, że ona sama była zdziwiona, ale tak się stało. Po pięciu albo sześciu latach stwierdziliśmy, że jest nam ze sobą dobrze. Że martwimy się i troszczymy o siebie. Jak mówię, kochaliśmy się. I kochamy się do dzisiaj.

— Nie rozumiem tego, panie Gardner. To dlaczego się rozstajecie?

Wydał jedno z tych swoich ciężkich westchnień.

— Jak możesz zrozumieć, przyjacielu, pochodząc stamtąd, skąd pochodzisz? Ale byłeś dziś dla mnie bardzo miły, więc spróbuję ci to wytłumaczyć. Nie mam już tak wielkiego nazwiska jak kiedyś, to fakt. Dobrze, możesz sobie protestować, ile chcesz. Tam, skąd my pochodzimy, nie da się czegoś takiego przemilczeć. Nie jestem już

45

wielkim nazwiskiem. Mógłbym się z tym po prostu pogodzić i przejść na emeryturę. Żyć dawną sławą. Albo mogę powiedzieć nie, nie jestem jeszcze skończony. Innymi słowy, mój przyjacielu, mógłbym zrobić comeback. Wielu dokonało tego w mojej sytuacji, a nawet gorszej. Ale comeback to nie jest prosta sprawa. Trzeba być przygotowanym na wiele zmian, w tym także na bolesne. Trzeba zmienić sposób bycia. Trzeba nawet zmienić to, co się kocha.

— Panie Gardner, chce pan powiedzieć, że pan i pani Gardner musicie się rozstać ze względu na pański comeback?

— Spójrzmy na innych artystów, na tych, którzy wrócili. Spójrzmy na tych z mojego pokolenia, którzy wciąż się trzymają. Każdy z nich ożenił się ponownie. Dwa, czasem trzy razy. Wszyscy mają nowe młode żony. Ja i Lindy stajemy się pośmiewiskiem. Poza tym jest pewna młoda dama, którą od pewnego czasu mam na oku, a ona mnie. Lindy zna sprawę. Wiedziała o tym dłużej niż ja, może od tamtych czasów, kiedy w barze słuchała Meg. Dużo o tym rozmawialiśmy. Ona rozumie, że nadszedł czas, by każde z nas poszło swoją drogą.

— Nadal nie rozumiem, panie Gardner. To miejsce, z którego pochodzicie pan i pani Gardner, nie może być całkiem inne od wszystkich innych miejsc. To dlatego, proszę pana, dlatego te piosenki, które pan śpiewał przez wszystkie te lata, są zrozumiałe dla ludzi na całym świecie. Nawet tam, skąd pochodzę. I o czym mówią te wszystkie piosenki? Mówią o tym, że jeżeli dwoje ludzi stwierdza, że ich miłość wygasła i muszą się rozstać, to to jest smutne. Ale jeżeli nadal się kochają, to powinni zostać ze sobą na zawsze. O tym mówią wszystkie pańskie piosenki.

— Rozumiem, co chcesz powiedzieć, przyjacielu. I może się to panu wydać okrutne, wiem, biorąc pod uwagę, skąd pan pochodzi. Ale tak to już jest. I niech pan posłucha, chodzi też o Lindy. Ze względu na nią, najlepiej zrobić to teraz. Póki daleko jej jeszcze do starości. Widział ją pan, wciąż jest piękną kobietą. Powinna wyjść z tego teraz, kiedy ma jeszcze czas. Czas, żeby znaleźć nową miłość, nowego męża. Musi z tego wyjść, póki nie jest za późno.

Nie wiem, co bym na to odpowiedział, bo mnie zaskoczył, mówiąc:

— Pańska matka, zdaje się, nigdy nie wyjechała?

— Nie, proszę pana — odpowiedziałem cicho po chwili namysłu. — Ona nigdy nie wyjechała. Nie dożyła przemian w naszym kraju.

— Wielka szkoda. Jestem pewien, że była wspaniałą kobietą. Jeżeli pan mówi prawdę i moja muzyka pomagała jej w życiu, to wiele dla mnie znaczy. Szkoda, że nie mogła się stamtąd wydostać. Nie chcę, żeby tak się stało z moją Lindy. Za nic. Nie z moją Lindy. Chcę, żeby moja Lindy odzyskała wolność.

Gondola lekko uderzała o nabrzeże. Vittorio zawołał cicho z wyciągniętą ręką i po paru sekundach pan Gardner wstał i wysiadł na brzeg. Mnie udało się wysiąść z gitarą, nie miałem zamiaru prosić Vittoria o darmową przejażdżkę, a pan Gardner już wyjął portfel.

Vittorio wyglądał na zadowolonego z tego, co dostał, i ze swoimi zwyczajowymi pięknymi słówkami i gestami wsiadł do gondoli i odpłynął.

Patrzyliśmy, jak znika w ciemnościach, i zanim się obejrzałem, pan Gardner wciskał mi do ręki spory zwitek banknotów. Mówiłem mu, że to o wiele za dużo i że dla mnie to był przede wszystkim wielki zaszczyt, ale nie chciał słyszeć o tym, żeby część przyjąć z powrotem.

— Nie, nie — mówił, machając dłonią przed twarzą, jakby chciał się uwolnić nie tylko od tych pieniędzy, ale i ode mnie, od tego wieczoru, może od całej tej części swojego życia. Zaczął oddalać się w stronę palazzo, ale po kilku krokach zatrzymał się i odwrócił w moją stronę. Uliczka, na której staliśmy, kanał, wszystko było pogrążone w ciszy, tylko gdzieś w oddali słychać było telewizor.

— Grał pan dziś bardzo dobrze, przyjacielu — powiedział. — Ma pan dobre uderzenie.

— Dziękuję panu, panie Gardner. A pan śpiewał wspaniale. Wspaniale jak zawsze.

— Może zajrzę jeszcze na plac przed wyjazdem. Posłuchać, jak pan gra ze swoim zespołem.

— Mam nadzieję, panie Gardner.

Ale już nigdy go nie zobaczyłem. Kilka miesięcy później, jesienią, dowiedziałem się, że państwo Gardner się rozwiedli. Jeden z kelnerów u Floriana przeczytał gdzieś o tym i mi powiedział. Wtedy wrócił do mnie tamten wieczór i gdy o nim myślałem, ogarnął mnie smutek. Pan Gardner zrobił na mnie wrażenie przyzwoitego człowieka i jakkolwiek na to spojrzeć, niezależnie od tego, czy uda mu się comeback, jest jednym z wielkich. Mam nadzieję, że powodzi mu się dobrze, gdziekolwiek teraz jest.

Come Rain or Come Shine[*]

---

[*] Czy pada deszcz, czy świeci słońce

Emily podobnie jak ja lubiła stare amerykańskie piosenki z Broadwayu. Wolała wprawdzie żywsze kawałki, jak *Cheek to Cheek* Irvinga Berlina czy *Begin the Beguine* Cole'a Portera, podczas gdy ja skłaniałem się ku gorzko-słodkim balladom jak *Here's That Rainy Day* czy *It Never Entered My Mind*, ale mieliśmy też dużo wspólnego, a poza tym, w tamtych czasach w kampusie uniwersyteckim w południowej Anglii znalezienie kogoś, kto podziela taką pasję, graniczyło z cudem. Dzisiaj młodzi ludzie słuchają wszystkiego. Mój siostrzeniec, który tej jesieni zaczyna uniwersytet, przechodzi fazę tanga argentyńskiego. Lubi też Edith Piaf, a także różne kawałki najnowszych wytwórni niezależnych. Ale za naszych czasów gusty nie bywały tak zróżnicowane. Moi koledzy studenci dzielili się z grubsza na dwie kategorie: hipisowatych z długimi włosami i w powiewnych szatach, którzy lubili „postępowego rocka", oraz schludnych tweedowców, uważających wszystko, prócz muzyki klasycznej, za odrażający hałas. Rzadko można było spotkać kogoś, kto uważał się za miłośnika jazzu, ale zawsze okazywało się, że chodzi o tak zwany *crossover*, niekończące się improwizacje bez cienia szacunku dla pięknie skomponowanych standardów, z których brały początek.

Odczułem więc ulgę gdy znalazłem kogoś, w dodatku dziewczynę, kto cenił sobie *Wielki śpiewnik amerykański*. Podobnie jak ja Emily kolekcjonowała płyty z emocjonalnymi, prostymi, wokalnymi interpretacjami standardów. Często można było kupić je za bezcen w sklepach z tandetą, odrzucone przez pokolenie naszych rodziców. Ona była zwolenniczką Sarah Vaughan i Cheta Bakera, ja wolałem Julie London i Peggy Lee. Żadne z nas nie przepadało za Sinatrą i Ellą Fitzgerald.

Na pierwszym roku Emily mieszkała w akademiku i miała w pokoju przenośny adapter, popularnego wówczas typu. Wyglądał jak duże pudło na kapelusze z bladoniebieskiej imitacji skóry i miał jeden wbudowany głośnik. Dopiero po otwarciu pokrywy ujawniał się obrotowy talerz. Jak na dzisiejsze normy, adapter produkował dźwięk dość prymitywny, ale pamiętam, jak godzinami siedzieliśmy przy nim uszczęśliwieni, zdejmując jedną płytę i ostrożnie opuszczając igłę na następną. Uwielbialiśmy puszczać różne wersje tego samego utworu, sprzeczając się potem o słowa albo o zalety różnych interpretacji. Czy ta linijka powinna być zaśpiewana tak ironicznie? Czy *Georgia on My Mind* lepiej jest śpiewać tak, jakby Georgia była kobietą, czy miejscem w Ameryce? Byliśmy szczególnie zadowoleni, gdy znajdowaliśmy takie nagrania, jak Raya Charlesa śpiewającego *Come Rain or Come Shine*, gdzie słowa były radosne, ale interpretacja rozdzierała serce.

Miłość Emily do tych płyt była tak niekłamanie głęboka, że odczuwałem szok za każdym razem, gdy przypadkiem usłyszałem, jak rozprawia z innymi studentami o jakiejś pretensjonalnej kapeli rockowej albo bezsensownych kalifornijskich śpiewakach-poetach. Kiedy indziej wdawała się w dyskusję na temat jakiegoś „konceptualnego" albumu w taki sposób, w jaki my omawialiśmy Gershwina albo Harolda Arlena, i wtedy musiałem zagryzać język, żeby nie okazać irytacji.

W tamtym czasie Emily była szczupła i piękna, i gdyby od razu na początku swojej uniwersyteckiej kariery nie wybrała Charliego, jestem pewien, że byłaby otoczona rywalizującymi o nią mężczyznami. Ale ona nie była flirciarą ani kokietką i skoro była z Charliem, inni zalotnicy zrezygnowali.

— To jedyny powód, dla którego trzymam Charlie-go — powiedziała mi kiedyś z poważną miną, a potem, gdy na mojej twarzy odmalował się szok, wybuchnęła śmiechem. — To tylko żart, głuptasie. Charlie jest moim najdroższym, najdroższym, najdroższym.

Charlie był na uniwersytecie moim najlepszym przyjacielem. Na pierwszym roku prawie się nie rozstawaliśmy i w ten sposób poznałem Emily. Na drugim roku Charlie i Emily wynajęli mieszkanie w mieście i chociaż bywałem tam częstym gościem, dyskusje z Emily przy jej adapterze przeszły do historii. Choćby dlatego, że ilekroć do nich zaglądałem, zastawałem kilku innych studentów siedzących, śmiejących się i rozmawiających, a nowy wymyślny system stereo wyrzucał z siebie muzykę rockową, którą trzeba było przekrzykiwać.

Charlie i ja pozostaliśmy bliskimi przyjaciółmi. Może nie widywaliśmy się tak często jak kiedyś, ale to głównie z powodu odległości. Spędziłem kilka lat w Hiszpanii, podobnie jak przedtem we Włoszech i w Portugalii, podczas gdy Charlie nie opuszczał Londynu. Jeżeli to brzmi tak, jakbym ja był osobą światową, a on domatorem, to po prostu śmieszne. Bo Charlie wciąż lata do Teksasu, Tokio czy Nowego Jorku na ważniackie spotkania, podczas gdy ja siedzę latami w tych samych wilgotnych mieszkaniach, sprawdzając dyktanda albo prowadząc te same konwersacje w zwolnionym angielskim. *My-name--is-Ray. What-is-your-name? Do-you-have-children?*

Gdy po raz pierwszy zabrałem się po uniwersytecie do uczenia angielskiego, wydawało się to dobrym sposobem na życie, trochę jak przedłużenie uczelni. Szkoły języka angielskiego wyrastały w Europie jak grzyby po deszczu i jeżeli praca była nudnawa, a liczba godzin zbyt duża, to w tym wieku nie zwraca się na to uwagi. Spędza się masę czasu w barach, łatwo zawiera przyjaźnie i ma się poczucie, że jest się częścią siatki oplatającej całą kulę ziemską. Spotyka się ludzi, którzy uczyli w Peru albo w Tajlandii, i to pozwala myśleć, że gdyby człowiek tylko zechciał, mógłby krążyć po świecie w nieskończoność, wykorzystując swoje kontakty, żeby dostać pracę w najbardziej fantastycznych zakątkach świata. I przez cały czas byłoby się częścią tej swojskiej wielkiej rodziny wędrownych nauczycieli, wymieniających przy drinku opowieści o dawnych kolegach, psychopatycznych dyrektorach szkół i ekscentrycznych urzędnikach British Council.

Pod koniec lat osiemdziesiątych mówiło się o możliwości zarabiania dużych pieniędzy w Japonii i poważnie przymierzałem się do wyjazdu, ale nic z tego nie wyszło. Myślałem też o Brazylii, przeczytałem nawet kilka książek o tamtejszej kulturze i wysłałem zgłoszenie, ale jakoś nigdy tak daleko nie dotarłem. Południowe Włochy, na krótko Portugalia, i znów Hiszpania. Potem, zanim się człowiek obejrzy, ma czterdzieści siedem lat i ludzi, z którymi zaczynał, dawno już zastąpiło pokolenie plotkujące na inne tematy, zażywające inne narkotyki i słuchające innej muzyki.

Tymczasem Charlie i Emily pobrali się i osiedli w Londynie. Charlie powiedział mi kiedyś, że jeśli będą mieli dzieci, zostanę ojcem chrzestnym jednego z nich, ale nigdy do tego nie doszło. To znaczy, nie mieli dzieci, a teraz jest już pewnie za późno. Muszę przyznać, że zawsze czułem się w tej sprawie nieco oszukany. Może wyobrażałem sobie, że pozycja ojca chrzestnego jednego z ich dzieci zapewniałaby mi oficjalną więź, choćby i wątłą, między ich życiem w Anglii a moim tutaj.

W każdym razie na początku tego lata pojechałem do nich do Londynu. Wszystko zostało przygotowane z dużym wyprzedzeniem i kiedy zadzwoniłem kilka dni przed wyjazdem, żeby się upewnić, czy wszystko w porządku, Charlie powiedział, że oboje czują się „znakomicie". Dlatego nie miałem powodu, żeby się spodziewać czegoś innego niż rozpieszczania i wypoczynku po kilku nie najlepszych miesiącach.

Prawdę mówiąc, kiedy w ten słoneczny dzień wysiadłem z metra na ich stacji, moje myśli błądziły wokół tego, jak wypiękniał „mój" pokój od czasu ostatniego pobytu. Na przestrzeni lat zawsze coś się tam zmieniało. Raz był to jakiś elektroniczny gadżet połyskujący w rogu, innym razem cały pokój odmalowano. W każdym razie stało się regułą, że pokój dla mnie przygotowywano jak w luksusowym hotelu: świeże ręczniki, talerzyk z ciasteczkami przy łóżku, wybór płyt CD na nocnym stoliku. Kilka lat temu Charlie zaprowadził mnie do tego pokoju i z nonszalancką dumą zaczął trzaskać wyłącznikami, zapalając i gasząc różne subtelnie ukryte światła: nad łóżkiem, przy szafie i tak dalej. Kolejny przełącznik wywołał cichy pomruk i w dwóch oknach opuściły się rolety.

— Daj spokój, Charlie — powiedziałem — po co mi rolety? Lubię widzieć, co jest za oknem, kiedy się budzę. Zasłony zupełnie wystarczą.

— To są rolety szwajcarskie — oznajmił, jakby to wszystko wyjaśniało.

Ale tym razem Charlie prowadził mnie po schodach, mamrocząc coś pod nosem, i gdy wszedłem do pokoju, zrozumiałem, że to było tłumaczenie. Pokój był w stanie, w jakim nigdy wcześniej go nie widziałem. Na łóżku leżał goły materac, poplamiony i przekrzywiony. Na podłodze walały się stosy czasopism, tanich książek i starych ubrań, a także kij hokejowy i przewrócony megafon. Zatrzymałem się w progu, podczas gdy Charlie robił na podłodze miejsce, żeby postawić moją torbę.

— Wyglądasz, jakbyś chciał wezwać kierownika — stwierdził zjadliwie.

— Nie, nie. Po prostu nigdy tak tu nie było.

— Bałagan, wiem. — Przysiadł na materacu i westchnął. — Myślałem, że sprzątaczka to uporządkowała, ale najwyraźniej tego nie zrobiła. Bóg wie dlaczego. Wyglądał na zmartwionego, ale nagle poderwał się na nogi.

— Lepiej chodźmy na jakiś lunch. Zostawię Emily wiadomość. Możemy spokojnie sobie zjeść, a kiedy wrócimy, twój pokój, i całe mieszkanie, będą posprzątane.

— Nie możemy żądać od Emily, żeby to wszystko uporządkowała.

— Nie będzie robiła tego sama. Wezwie sprzątaczkę. Już ona wie, jak jej dać popalić. Ja nawet nie mam do niej telefonu. Lunch, zjedzmy lunch. Trzy dania, butelka wina, wszystko jak należy.

To, co Charlie nazywał „ich mieszkaniem", zajmowało w istocie dwa górne piętra czteropiętrowego szeregowego domu przy zamożnej choć ruchliwej ulicy. Wyszliśmy przez frontowe drzwi prosto w tłum przechodniów i sznur samochodów. Mijając sklepy i biura, dotarliśmy do eleganckiej, małej, włoskiej restauracji. Nie mieliśmy rezerwacji, ale kelnerzy powitali Charliego jak starego znajomego i zaprowadzili nas do stolika. Rozejrzałem się i zobaczyłem, że lokal pełen jest biznesmenów w garniturach i krawatach, ucieszyłem się więc, że mój przyjaciel jest ubrany równie swobodnie jak ja. Charlie widocznie odgadł, o czym myślę.

— Wyglądasz na kogoś spod Londynu, Ray — powiedział. — Zresztą wszystko się tu zmieniło. Za długo byłeś poza krajem. — Nagle niepokojąco donośnym głosem dodał: — To my wyglądamy na ludzi, którym się powidło. Wszyscy pozostali zaś wyglądają jak średni personel kierowniczy. — Pochylił się w moją stronę i powiedział nieco ciszej: — Słuchaj, musimy porozmawiać. Chcę, żebyś wyświadczył mi przysługę.

Nie przypominałem sobie, żeby Charlie kiedykolwiek mnie o coś prosił, ale jak gdyby nigdy nic skinąłem głową i czekałem. Przez chwilę bawił się swoim menu, po czym je odłożył.

— Prawda jest taka, że Emily i ja przechodzimy trudny okres. Ostatnio nawet się unikamy. Dlatego nie pojawiła się, żeby cię przywitać. Obawiam się, że teraz musisz wybrać jedno z nas. Trochę jak w tych sztukach, w których ten sam aktor gra dwie role. Nie możesz mieć mnie i Emily jednocześnie w tym samym pokoju. To trochę dziecinne, prawda?

— Najwyraźniej to nie jest odpowiedni czas na moją wizytę. Wyniosę się zaraz po lunchu. Zatrzymam się u ciotki Katie w Finchley.

— O czym ty mówisz? Nie słuchasz mnie. Przecież ci powiedziałem, że chcę, żebyś wyświadczył mi przysługę.

— Myślałem, że chcesz dać mi do zrozumienia...

— Ależ nie, ty idioto, to ja muszę się wynieść. Muszę jechać na spotkanie do Frankfurtu, wylatuję dziś po południu. Wracam za dwa dni. Najpóźniej w czwartek. A ty tu zostajesz. Naprawisz wszystko, zrobisz tak, żeby sprawy ułożyły się jak dawniej. Potem ja wrócę, powiem radośnie „cześć", pocałuję moją ukochaną żonę, jak to się nie zdarzyło przez ostatnie dwa miesiące, i znów będzie jak przedtem.

W tym momencie przyszła kelnerka, żeby przyjąć od nas zamówienia, i po jej odejściu Charlie nie zdradzał chęci powrotu do tematu. Zamiast tego zasypał mnie pytaniami na temat mojego życia w Hiszpanii i za każdym razem, gdy odpowiadałem, uśmiechał się kwaśno i kręcił głową, jakbym potwierdzał jego najgorsze obawy. W pewnym momencie chciałem się pochwalić, jak bardzo poprawiłem swoje umiejętności kucharskie, jak przygotowałem na Boże Narodzenie prawie samodzielnie przyjęcie dla czterdziestu osób, studentów i nauczycieli, ale on przerwał mi w pół zdania:

— Posłuchaj, twoja sytuacja jest beznadziejna. Musisz złożyć wymówienie. Ale najpierw musisz sobie znaleźć nową pracę. Tego portugalskiego nieszczęśnika wykorzystaj jako pośrednika. Załatw sprawy z pracą w Madrycie, a potem pozbądź się mieszkania. W porządku, powinieneś zrobić tak: po pierwsze...

Zaczął odliczać na palcach kolejne punkty instrukcji.

Zostały mu jeszcze dwa palce, gdy przyniesiono nam jedzenie, ale on nie zwrócił na to uwagi, póki nie skończył.

— Domyślam się, że żadnej z tych rzeczy nie zrobisz — powiedział, kiedy już zaczęliśmy jeść.

— Nie, nie, wszystko, co mówisz, jest bardzo rozsądne.

— Ale i tak wrócisz i nadal będziesz robił to samo. A za rok znajdziemy się w tym samym miejscu i będziesz narzekał na te same rzeczy.

— Ja nie narzekałem...

— Wiesz, Ray, inni mogą ci tylko radzić. Od pewnego momentu musisz sam wziąć odpowiedzialność za swoje życie.

— Dobrze, zrobię to, obiecuję. Ale wcześniej mówiłeś o jakiejś przysłudze.

— A tak. — Przez chwilę przeżuwał w zamyśleniu. — Szczerze mówiąc, to jest prawdziwy powód, dla którego cię zaprosiłem. Oczywiście fajnie jest cię widzieć i tak dalej, ale najważniejsze jest dla mnie to, że chcę, żebyś coś dla mnie zrobił. Jesteś przecież moim najstarszym przyjacielem, przyjacielem na całe życie...

Nagle Charlie znów zajął się jedzeniem i ze zdumieniem stwierdziłem, że cicho łka. Wyciągnąłem rękę przez stół i poklepałem go po ramieniu, ale on tylko pakował do ust makaron, nie podnosząc wzroku. Kiedy trwało to przez jakąś minutę, trąciłem go ponownie, również bez skutku. Wtedy pojawiła się kelnerka z radosnym uśmiechem, żeby sprawdzić, czy jesteśmy zadowoleni. Obaj odpowiedzieliśmy, że wszystko jest doskonałe, i kelnerka odeszła, a Charlie wydawał się dochodzić do siebie.

— W porządku, Ray, posłuchaj. To, o co cię proszę, jest dziecinnie proste. Chcę tylko, żebyś został z Emily przez kilka najbliższych dni i był miłym gościem. To wszystko. Do mojego powrotu.

— I to wszystko? Prosisz mnie, żebym się nią zaopiekował pod twoją nieobecność?

— Tak jest. Albo raczej, żeby to ona opiekowała się tobą. Ty jesteś gościem. Przygotowałem dla was różne zajęcia. Bilety do teatru i takie tam. Wracam najpóźniej w czwartek. Twoje zadanie polega na tym, żeby wprawić ją w dobry nastrój i tak trzymać. Tak, żeby kiedy przyjadę, powiem „Cześć, kochanie" i ją przytulę, ona odpowiedziała „O, cześć, kochanie, witaj w domu, jak ci tam było?" i też mnie przytuliła. Wtedy będziemy mogli żyć tak jak przedtem, zanim zaczęły się te okropieństwa. Na tym polega twoja misja. Całkiem prosta.

— Chętnie zrobię wszystko, co będę mógł — zapewniłem. — Ale posłuchaj, Charlie, czy jesteś pewien, że ona jest w nastroju do podejmowania gości? Najwyraźniej przeżywacie jakiś kryzys. Zapewne Emily jest równie rozstrojona jak ty. Prawdę mówiąc, dziwię się, że zaprosiłeś mnie właśnie teraz.

— Jak to, nie rozumiesz? Zaprosiłem cię, bo jesteś

moim najlepszym przyjacielem. Tak, to prawda, mam wielu przyjaciół, ale kiedy przyszło co do czego, kiedy się nad tym zastanowiłem, doszedłem do wniosku, że tylko ty możesz mi pomóc.

Muszę przyznać, że byłem wzruszony, ale jednocześnie czułem, że coś jest nie tak, że Charlie nie jest ze mną do końca szczery.

— Mógłbym zrozumieć, że mnie zapraszasz, gdybyście byli tu oboje — powiedziałem. — Wyobrażam sobie, jakby to mogło zadziałać. Nie rozmawiacie ze sobą, zapraszacie gościa, który ma być jakąś odmianą, oboje zachowujecie się jak najmilej, następuje odwilż. Ale w tym przypadku to nie zadziała, bo ciebie tutaj nie będzie.

— Po prosty zrób to dla mnie, Ray. Myślę, że to może się udać. Emily przy tobie zawsze ma lepszy humor.

— Lepszy humor? Wiesz, Charlie, że chciałbym pomóc, ale chyba coś ci się pomyliło. Bo ja mam wrażenie, całkiem szczerze, że Emily wcale nie wpadała przy mnie w dobry humor, nawet w najlepszych czasach. Podczas moich kilku ostatnich wizyt była, powiedziałbym... wyraźnie zniecierpliwiona.

— Posłuchaj, Ray, uwierz mi. Wiem, co robię.

• • •

Kiedy wróciliśmy, Emily była w domu. Muszę przyznać, że wstrząsnęło mną to, jak bardzo się postarzała.

Chodziło nie tylko o to, że od mojej ostatniej wizyty sporo przytyła. Jej twarz, kiedyś tak pełna naturalnego wdzięku, nabrała cech wybitnie buldogowatych, z ustami zastygłymi w wyrazie niezadowolenia. Siedziała na kanapie w salonie, czytając „Financial Times", i kiedy wszedłem, wstała z dość ponurą miną.

— Miło cię widzieć, Raymondzie — powiedziała, całując mnie bez przekonania w policzek, i zaraz usiadła z powrotem. Zrobiła to w taki sposób, że chciałem gorąco przeprosić za to, że przyjechałem w tak nieodpowiednim momencie, ale zanim zdążyłem otworzyć usta, klepnęła miejsce na kanapie obok siebie.

— Siadaj tu, Raymondzie, i odpowiedz na moje pytania. Chcę wiedzieć o wszystkim, co się u ciebie działo.

Usiadłem, a ona zaczęła mnie przepytywać, podobnie jak to robił Charlie w restauracji. On tymczasem pakował się przed podróżą, wychodząc i wracając do pokoju w poszukiwaniu różnych rzeczy. Zauważyłem, że nie patrzą na siebie, ale też przebywanie w tym samym pomieszczeniu nie jest dla nich tak kłopotliwe, jak to wynikało ze słów Charliego. I chociaż nigdy nie zwracali się bezpośrednio do siebie, Charlie włączał się do naszej rozmowy w jakiś dziwny, pośredni sposób. Na przykład, kiedy tłumaczyłem Emily, dlaczego tak trudno znaleźć współlokatora, który dzieliłby ze mną czynsz, Charlie krzyczał z kuchni:

— To jego mieszkanie nie jest przewidziane dla dwóch osób! To mieszkanie dla jednej osoby z większymi pieniędzmi, niż on kiedykolwiek zobaczy!

Emily nie odpowiedziała, ale najwidoczniej przyswoiła sobie tę informację.

— Raymondzie — odrzekła — nie powinieneś wybierać takiego mieszkania.

Rozmowa ciągnęła się co najmniej przez następne dwadzieścia minut. Charlie wtrącał swoje trzy grosze ze schodów albo gdy przechodził przez kuchnię, zazwyczaj wypowiadając jakieś odnoszące się do mnie stwierdzenia w trzeciej osobie. W pewnym momencie Emily nagle podniosła głos:

— O, naprawdę, Raymondzie! Pozwalasz się wyzyskiwać tej koszmarnej szkole językowej z lewa, z prawa i ze środka, pozwalasz się głupio okradać właścicielowi mieszkania, i co robisz? Wiążesz się z jakąś postrzeloną dziewczyną z problemem alkoholowym, która nie potrafi zapracować na swoje drinki. Zachowujesz się, jakbyś specjalnie robił na złość wszystkim, którym jeszcze choć trochę na tobie zależy!

— Nie może oczekiwać, że wielu w tym plemieniu pozostanie! — zahuczał Charlie z holu. Słychać było, że ciągnie walizkę na kółkach. — Można zachowywać się jak nastolatek dziesięć lat po tym, jak się nim być przestało, ale ciągnąć tak dalej, kiedy ma się prawie pięćdziesiątkę?

— Mam tylko czterdzieści siedem...

— Jak to, tylko czterdzieści siedem? — Emily niepotrzebnie podniosła głos, biorąc pod uwagę, że siedziałem obok niej. — Tylko czterdzieści siedem. To „tylko" to jest to, co rujnuje twoje życie. Tylko, tylko, tylko. Robię tylko to, na co mnie stać. Tylko czterdzieści siedem. Wkrótce będziesz miał tylko sześćdziesiąt siedem i będziesz się tylko kręcił w cholerne kółko w poszukiwaniu cholernego dachu nad głową!

— Musi ruszyć swoją cholerną dupę! — wrzasnął Charlie ze schodów. — Niech się, kurwa, weźmie w garść!

— Raymondzie, czy ty nigdy nie zastanawiasz się, kim właściwie jesteś? — spytała Emily. — Czy nie odczuwasz wstydu, kiedy pomyślisz o tym, jakie miałeś możliwości? Spójrz tylko, jak pokierowałeś swoim życiem! To jest... to może doprowadzić do furii! Rozpacz człowieka ogarnia!

W drzwiach pojawił się Charlie w płaszczu przeciwdeszczowym i przez chwilę wykrzykiwali do mnie różne rzeczy. Potem Charlie skończył, oświadczył, że wychodzi, i zniknął, jakby nie mógł dłużej znieść mojego widoku.

Jego wyjście przerwało potok słów Emily i skorzystałem z okazji, żeby wstać.

— Przepraszam — powiedziałem — pójdę pomóc Charliemu z bagażem.

— Po co mi pomagać? — odezwał się Charlie z holu. — Mam tylko jedną walizkę.

Pozwolił mi jednak wyjść za sobą na ulicę i zostawił mnie z walizką, a sam stanął na skraju chodnika, żeby złapać taksówkę. Jakoś żadna nie jechała i Charlie, zaniepokojony, z uniesioną ręką wychylał się na jezdnię. Podszedłem do niego.

— Charlie, myślę, że to się nie uda.

— Co ma się nie udać?

— Emily mnie nienawidzi. Dała pokaz po kilku minutach mojej obecności, a co będzie po trzech dniach? Skąd, do licha, ten pomysł, że wrócicie do harmonii i szczęścia?

Kiedy to mówiłem, coś mi zaświtało i umilkłem. Charlie zauważył tę zmianę i spojrzał na mnie uważnie.

— Myślę — powiedziałem w końcu — że już wiem, dlaczego to muszę być ja, a nie ktoś inny.

— Aha. Czyżby nagłe olśnienie?

— Tak, chyba tak.

— Ale jakie to ma znaczenie? To, o co cię proszę, nie ulega zmianie. — Teraz znów miał łzy w oczach. — Pamiętasz, Ray, jak Emily zawsze mówiła, że we mnie wierzysz? Powtarzała to od lat. Wierzę w ciebie, Charlie, możesz dojść na szczyt, jesteś naprawdę utalentowany. Mówiła tak jeszcze trzy, cztery lata temu. Czy wiesz, jaka to odpowiedzialność? Zawsze miałem dobre wyniki.

Nadal świetnie mi idzie. Absolutnie w porządku. Ale ona myślała, że zostanę... Bóg wie kim, prezydentem pierdolonego świata, Bóg jeden wie! Jestem zwykłym facetem, który dobrze sobie radzi. Ale ona tego nie widzi. To jest sedno sprawy, przyczyna tego, że wszystko się rozsypało.

Głęboko zamyślony, zaczął iść wolno chodnikiem. Wróciłem po walizkę i pociągnąłem ją za sobą. Na ulicy wciąż panował duży ruch i z trudem za nim nadążałem, starając się nie trącać walizką innych przechodniów. Tymczasem Charlie parł przed siebie równym tempem, nieświadom moich kłopotów.

— Ona myśli, że się opuściłem — mówił. — Ale to nieprawda. Idzie mi bardzo dobrze. Nieograniczone horyzonty to dobre, kiedy jest się młodym. Ale w naszym wieku trzeba... trzeba patrzeć na wszystko z właściwej perspektywy. To właśnie chodziło mi po głowie, kiedy ona stawała się nie do zniesienia. Perspektywa, jej potrzebna jest perspektywa. I powtarzałem sobie, spójrz, przecież ląduję całkiem nieźle. Spójrz tylko na masę innych ludzi, na naszych znajomych. Spójrz na Raya. Zobacz, jakie gówno zrobił ze swojego życia. Potrzebna jest jej perspektywa.

— Postanowiłeś więc zaprosić mnie. Żebym wystąpił w roli tej perspektywy.

W końcu Charlie stanął i spojrzał mi w oczy.

— Nie zrozum mnie źle, Ray. Nie mówię, że jesteś jakimś okropnym nieudacznikiem czy coś takiego. Zdaję sobie sprawę, że nie jesteś narkomanem ani mordercą. Ale w porównaniu ze mną, spójrzmy prawdzie w oczy, jesteś żałosny. Dlatego proszę, proszę cię, żebyś to dla mnie zrobił. Między mną a Emily gorzej być nie może, jestem w rozpaczliwym położeniu i potrzebuję twojej pomocy. I o co cię, na Boga, proszę? Żebyś był zwykłym uroczym sobą. Nic więcej i nic mniej. Zrób to dla mnie, Raymondzie. Dla mnie i dla Emily. To jeszcze nie koniec między nami, wiem to. A ty tylko bądź sobą przez te kilka dni, zanim wrócę. Chyba to nie jest tak dużo?

Odetchnąłem głęboko.

— No dobrze — powiedziałem. — Jeżeli uważasz, że to pomoże. Ale Emily prędzej czy później się zorientuje.

— Niby dlaczego? Wie, że mam ważne spotkanie we Frankfurcie. Dla niej cała sprawa jest prosta: ma się zająć gościem i nnnnic więcej. Ona to lubi i lubi ciebie. Patrz, taksówka. — Zamachał energicznie i kiedy kierowca podjechał, ścisnął moje ramię. — Dziękuję, Ray. Ty wszystko dla nas zmienisz. Wiem, że tak.

• • •

Wróciłem, żeby stwierdzić, że nastrój Emily uległ całkowitej przemianie. Powitała mnie jak bardzo starego i schorowanego krewniaka. Były dodające otuchy uśmiechy, delikatne dotknięcia. Kiedy powiedziałem, że chętnie napiję się herbaty, zaprowadziła mnie do kuchni, posadziła przy stole, a potem przez kilka sekund stała, przyglądając mi się z troską.

— Przepraszam, że tak na ciebie naskoczyłam — powiedziała wreszcie łagodnie. — Nie mam prawa tak do ciebie mówić. — Potem odwróciła się, żeby zrobić herbatę i mówiła dalej: — Minęły lata, odkąd studiowaliśmy razem na uniwersytecie. Wciąż o tym zapominam. Nigdy nie przyszłoby mi do głowy, żeby tak z kimś rozmawiać. Ale gdy chodzi o ciebie, to widocznie wydaje mi się, że jesteśmy w tamtym czasie, tacy jacy wszyscy wtedy byliśmy, i zapominam się, naprawdę, nie bierz sobie tego do serca.

— Nie, nie, wcale nie biorę sobie tego do serca. — Wciąż zastanawiałem się nad tym, co powiedział Charlie, i możliwe, że robiłem wrażenie nieobecnego duchem. Widocznie Emily niewłaściwie to zrozumiała, bo jej głos złagodniał jeszcze bardziej.

— Jest mi przykro, że cię zdenerwowałam. — Starannie układała rzędy ciasteczek na talerzu przede mną. — Chodzi o to, Raymondzie, że w tamtych czasach mogliśmy powiedzieć ci dosłownie wszystko, a ty się tylko śmiałeś i my się śmialiśmy, i wszystko było jednym wielkim żartem. To bardzo głupio z mojej strony myśleć, że mógłbyś być taki jak wtedy.

— Właściwie to jestem mniej więcej taki jak wtedy. Wcale się nie obraziłem.

— Nie zdawałam sobie sprawy — ciągnęła, najwyraźniej nie słuchając tego, co mówię — jak bardzo się zmieniłeś. Że musisz być bliski załamania.

— Posłuchaj, Emily, naprawdę nie jest ze mną tak źle.

— Najwidoczniej te lata skazały cię na samotność. Jesteś jak człowiek na skraju przepaści. Jedno lekkie pchnięcie i się rozsypiesz.

— Chyba spadnę?

Dotąd zajmowała się czajnikiem, ale teraz odwróciła się i spojrzała na mnie przenikliwie.

— Nie, Raymondzie, nawet tak nie mów. Nawet w żartach. Nie chcę już nigdy słyszeć, jak tak mówisz.

— Źle mnie zrozumiałaś. Powiedziałaś, że się rozsypię, ale jeżeli stoję na skraju przepaści, to nie rozsypię się, tylko spadnę.

— Mój ty biedaku. — To, co mówiłem, nadal najwyraźniej do niej nie docierało. — Jesteś tylko cieniem dawnego Raymonda.

Uznałem, że najlepiej będzie tym razem nie odpowiadać, i przez chwilę czekaliśmy w milczeniu, aż woda się zagotuje. Emily napełniła herbatą tylko jedną filiżankę i postawiła ją przede mną.

— Przykro mi, Ray, ale muszę wracać do biura. Mam dwa spotkania, których absolutnie nie mogę opuścić.

73

Gdybym wiedziała, że przyjedziesz, nigdy bym cię tak nie zostawiła. Umówiłabym się inaczej. Ale tak się nie stało i muszę wracać. Biedny Raymond. Co ty tu będziesz robił, taki sam?

— Doskonale dam sobie radę. Naprawdę. Właściwie nawet myślałem, że mógłbym pod twoją nieobecność przygotować dla nas kolację. Pewnie nie uwierzysz, ale stałem się niezłym kucharzem. Przed Bożym Narodzeniem mieliśmy przyjęcie z bufetem...

— To bardzo miło z twojej strony, że chcesz pomóc, ale myślę, że najlepiej będzie, jeśli sobie odpoczniesz. Nieznajoma kuchnia może być przecież źródłem dużego stresu. Poczuj się jak u siebie w domu, zrób sobie ziołową kąpiel, posłuchaj muzyki. A ja, gdy wrócę, zajmę się kolacją.

— Ale po co masz się kłopotać kolacją po męczącym dniu w biurze.

— Nie, Ray, odpocznij. — Położyła na stole wizytówkę. — Tu jest mój bezpośredni numer i komórka. Muszę już iść, ale możesz w każdej chwili do mnie zadzwonić. Tylko pamiętaj, żadnych stresów pod moją nieobecność.

• • •

Od pewnego czasu było mi trudno zrelaksować się w moim mieszkaniu. Kiedy jestem sam w domu, ogarnia mnie niepokój, prześladuje mnie myśl, że przegapiłem jakieś strasznie ważne spotkanie. Natomiast gdy znajdę się sam w cudzym domu, często ogarnia mnie miły spokój. Lubię osunąć się na nieznajomą kanapę z pierwszą lepszą książką, jaka akurat jest pod ręką. I tak właśnie zrobiłem po wyjściu Emily. A w każdym razie udało mi się przeczytać parę rozdziałów *Mansfield Park*, zanim na jakieś dwadzieścia minut zapadłem w drzemkę.

Kiedy się ocknąłem, przez okna wpadało popołudniowe słońce. Wstałem z kanapy i zacząłem się rozglądać po mieszkaniu. Może rzeczywiście podczas naszego lunchu były tu sprzątaczki albo Emily sama zrobiła porządki, bo salon wyglądał nienagannie. Niezależnie od czystości, urządzono go bardzo stylowo, z nowoczesnymi meblami i artystycznymi przedmiotami, choć ktoś złośliwy mógłby powiedzieć, że wszystko to na pokaz. Przebiegłem wzrokiem książki, a potem przejrzałem kolekcję płyt CD. Składał się na nią prawie wyłącznie rock albo klasyka, ale wreszcie, po dłuższych poszukiwaniach, znalazłem ukryty w kącie mały dział poświęcony Fredowi Astaire'owi, Chetowi Bakerowi i Sarah Vaughan. Zdziwiło mnie, że Emily nie zastąpiła innych dzieł ze swojej tak cenionej winylowej kolekcji ich nowymi wcieleniami na CD, ale nie zastanawiałem się nad tym i powędrowałem do kuchni.

Otwierałem różne szafki w poszukiwaniu ciasteczek albo czekolady, kiedy zauważyłem na kuchennym stole coś, co wyglądało na mały notatnik. Oprawiony w fioletowy materiał, rzucał się w oczy wśród gładkich minimalistycznych powierzchni. Podczas gdy ja piłem herbatę, Emily w pośpiechu wkładała i wyjmowała różne rzeczy z torebki i najwyraźniej zapomniała o notesiku. Jednak w następnej chwili przyszła mi do głowy inna myśl: że ta fioletowa książeczka jest dzienniczkiem i Emily zostawiła ją umyślnie, chcąc, żebym do niej zajrzał. Że z jakiegoś powodu nie potrafiła się przede mną otworzyć i postanowiła w ten sposób opowiedzieć o swoich rozterkach.

Stałem przez chwilę, przyglądając się notesowi, po czym wsunąłem palec między strony gdzieś w połowie i ostrożnie go podniosłem. Widok charakteru pisma Emily kazał mi cofnąć palec i odszedłem od stołu, mówiąc sobie, że wtykam nos w nie swoje sprawy, niezależnie od tego, co przyszło do głowy Emily w chwili nieuwagi.

Wróciłem do salonu, usiadłem na kanapie i przeczytałem kilka następnych stron powieści, ale stwierdziłem, że nie mogę się skoncentrować. Moje myśli wciąż wracały do fioletowego notesu. A jeżeli nie działała pod wpływem impulsu? Może planowała to od paru dni? Może starannie coś ułożyła po to, żebym przeczytał?

Po następnych dziesięciu minutach poszedłem do kuchni i znów zacząłem przyglądać się notesowi. Potem usiadłem na miejscu, na którym siedziałem, pijąc herbatę, przysunąłem notes i go otworzyłem.

Natychmiast okazało się, że jeżeli Emily zapisuje gdzieś swoje wyznania, to nie w nim. To, co miałem przed sobą, było w najlepszym razie rozwiniętym planem zajęć: Emily przy każdej dacie zapisywała polecenia dla siebie, czasem z wyraźną nutką zachęty. Jeden zapis drukowanymi literami głosił: *Jeżeli wciąż nie zadzwoniłaś do Matyldy, TO DLACZEGO, DO CHOLERY??? ZRÓB TO!!!* Inny mówił: *Skończ cholernego Philipa Rotha. Oddaj Marion!.*

Potem, przewracając kartki, znalazłem: *W poniedziałek przyjeżdża Raymond. Ratunku!*

Kilka stron dalej: *Jutro Ray. Jak ja to przeżyję?*

Wreszcie zapisane tego dnia rano wśród przypomnień o różnych zajęciach: *Kupić wino na przyjazd Księcia Marudy.*

Książę Maruda? Potrzebowałem dłuższej chwili, aby uznać, iż to może odnosić się do mnie. Wypróbowałem różne możliwości: jakiś klient? Hydraulik? Jednak w końcu, biorąc pod uwagę datę i kontekst, musiałem stwierdzić, że nie ma żadnego innego poważnego kandydata. Nagle skrajna niesprawiedliwość obdarzenia mnie takim tytułem uderzyła mnie z niespodziewaną siłą i zanim zorientowałem się, co robię, zmiąłem obraźliwą kartkę.

Nie był to czyn szczególnie gwałtowny, nawet tej kartki nie wyrwałem. Po prostu zacisnąłem na niej dłoń i w następnej sekundzie się opanowałem, ale, rzecz jasna, było już za późno. Rozwarłem dłoń, żeby stwierdzić, że nie tylko ta strona, ale i dwie poprzednie padły ofiarą mojego gniewu. Próbowałem przywrócić kartkom ich pierwotną formę, ale zwijały się, jakby ich najgłębszym życzeniem było pozostać kulką z papieru.

Mimo to przez jakiś czas podejmowałem w panice próby wyprasowania dłonią uszkodzonych kartek. Już miałem uznać, że moje wysiłki są daremne, że nic nie zdoła ukryć mojego postępku, kiedy uświadomiłem sobie, że gdzieś w mieszkaniu dzwoni telefon.

Postanowiłem nie odbierać i myślałem o skutkach tego, co się stało, ale wtedy włączyła się automatyczna sekretarka i usłyszałem głos Charliego. Może wyczułem, że nadchodzi ratunek, może chciałem się komuś zwierzyć, ponieważ stwierdziłem, że biegnę do salonu i łapię słuchawkę telefonu stojącego na szklanym stoliku.

— A, to ty jesteś. — Charlie był chyba trochę niezadowolony, że przerwałem mu nagrywanie wiadomości.

— Charlie, posłuchaj, zrobiłem coś głupiego.

— Jestem na lotnisku — oznajmił. — Lot jest opóźniony. Chcę zadzwonić do firmy, która ma mnie odebrać we Frankfurcie, ale nie wziąłem ich numeru. Musisz mi go przedyktować.

Zaczął mi udzielać instrukcji, gdzie mam szukać książki telefonicznej, ale mu przerwałem:

— Posłuchaj, przed chwilą zrobiłem coś głupiego. Nie wiem, jak się teraz zachować.

Kilka sekund ciszy i potem znów Charlie:

— Może ty myślisz, Ray... może ty myślisz, że jest jakaś inna kobieta. Że lecę, żeby się z nią zobaczyć. Przyszło mi do głowy, że możesz coś takiego pomyśleć. Przecież pasowałoby to do wszystkiego, co zaobserwowałeś. To, jaka była Emily, kiedy wyjeżdżałem i tak dalej. Ale nie masz racji.

— Tak, rozumiem cię, ale posłuchaj, muszę ci coś powiedzieć.

— Po prostu pogódź się z tym, Ray. Nie masz racji. Nie ma innej kobiety. Lecę do Frankfurtu na spotkanie dotyczące zmian w naszym przedstawicielstwie w Polsce. Po to tam teraz lecę.

— Tak, rozumiem cię.

— W tym wszystkim nigdy nie było innej kobiety. Nawet na żadną nie spojrzałem, w każdym razie nie na poważnie. Taka jest prawda. Taka jest cholerna prawda i nic się za tym nie kryje.

Zaczął krzyczeć, choć może to z powodu hałasu panującego w hali odlotów. Potem umilkł, a ja nasłuchiwałem, czy przypadkiem znowu nie płacze, ale słyszałem tylko odgłosy lotniska.

— Wiem, co myślisz — powiedział nagle. — Myślisz, no dobrze, nie ma innej kobiety, ale może jest inny mężczyzna? Proszę bardzo, przyznaj, że tak pomyślałeś. No, proszę, wyduś to z siebie!

— Ależ skąd. Nigdy mi nawet nie przyszło do głowy, że możesz być gejem. Nawet wtedy, po egzaminach końcowych, kiedy się spiłeś i udawałeś...

— Zamknij się, idioto! Miałem na myśli innego mężczyznę jako kochanka Emily! Kochanek Emily, czy ktoś taki istnieje? O to mi chodzi. I odpowiedź brzmi, moim zdaniem, nie, nie, nie. Po tylu latach czytam w niej jak w otwartej księdze. Ale rzecz w tym, że ponieważ tak dobrze ją znam, wyczuwam też coś innego. Czuję, że zaczęła o tym myśleć. Tak jest, Ray, ona rozgląda się za innymi facetami. Takimi jak ten cholerny David Corey!

— Co to za facet?

— Cholerny David Corey to włazidupski prawnik, który robi błyskotliwą karierę. Wiem, bo Emily opowiada mi o tym nie do zniesienia szczegółowo.

— Myślisz, że się spotykają?

— Nie, przecież ci powiedziałem! Nic się nie stało, jak na razie! Zresztą cholerny David Corey wcale by jej nie chciał. Jest ożeniony z lalą, która pracuje dla Condé Nast.

— No, to jesteś bezpieczny...

— Nie jestem bezpieczny, bo jest jeszcze Michael Addison. I Roger Van Den Berg, wschodząca gwiazda w Merrill Lynch, który co roku bierze udział w Światowym Forum Ekonomicznym...

— Posłuchaj, Charlie, proszę, mam tutaj pewien problem. Obiektywnie muszę przyznać, że niewielki. Ale jednak problem, posłuchaj mnie, proszę.

W końcu zdołałem opowiedzieć mu, co się stało. Zrelacjonowałem wszystko najuczciwiej, jak mogłem, choć nie podzieliłem się podejrzeniem, że Emily być może celowo zostawiła mi poufny komunikat.

— Wiem, że to było bardzo głupie — powiedziałem na zakończenie — ale zostawiła to na widoku, na środku kuchennego stołu.

— Tak. — Charlie mówił teraz spokojniej. — Tak. Trzeba powiedzieć, że się wpakowałeś.

Parsknął śmiechem. Podniesiony na duchu, też się roześmiałem.

— Pewnie za bardzo się tym przejmuję. Ostatecznie to nie jest jakiś osobisty dziennik czy coś takiego. To tylko terminarzyk... — urwałem, bo Charlie wciąż się śmiał i była w tym jego śmiechu nuta histerii.

— Jeśli się dowie — powiedział rzeczowo, kiedy wreszcie przestał się śmiać — będzie chciała obciąć ci jaja.

Nastąpiła chwila milczenia, podczas której słuchałem odgłosów z lotniska.

— Jakieś sześć lat temu — odezwał się znowu

Charlie — też otworzyłem ten notes, albo jego odpowiednik z tamtego roku. Mechanicznie, kiedy siedziałem w kuchni, a ona coś pitrasiła. Wiesz, otworzyłem go, nie zastanawiając się, kiedy ona coś mówiła. Natychmiast to zauważyła i dała mi do zrozumienia, że jej się to nie spodobało. Wtedy właśnie powiedziała, że utnie mi jaja. Miała w rękach wałek do ciasta, zauważyłem więc, że tego, czym mi grozi, nie da się zrobić wałkiem do ciasta. Odpowiedziała mi, że wałek jest na potem, kiedy je mi już obetnie.

W tle rozległy się ogłoszenia o lotach.

— Więc jak uważasz, co powinienem zrobić? — spytałem.

— Co możesz zrobić? Nadal wygładzaj te strony. Może nie zauważy.

— Próbowałem, ale to nic nie daje. Nie ma sposobu, żeby nie zauważyła...

— Posłuchaj, Ray, mam dużo spraw na głowie. Próbuję ci powiedzieć, że wszyscy ci mężczyźni, o których Emily marzy, nie są jej potencjalnymi kochankami. Ona uważa, że są wspaniali, bo w jej mniemaniu tak dużo osiągnęli. Nie dostrzega ich wad. Ich... brutalności. Zresztą oni i tak grają już w innej lidze. Rzecz w tym, i to jest w tym wszystkim tak głupio smutne i ironiczne, rzecz w tym, że tak naprawdę ona mnie kocha. Ona nadal mnie kocha. Czuję to, czuję.

— A więc nie masz dla mnie żadnej rady?

— Nie! Nie mam żadnej pierdolonej rady! — Znów wrzeszczał na cały głos. — Sam coś wymyśl. Ty wsiadaj do swojego samolotu, a ja wsiądę do swojego. I zobaczymy, który spadnie!

I po tych słowach Charlie się rozłączył. Osunąłem się na kanapę i odetchnąłem głęboko. Powiedziałem sobie, że nie powinienem przesadzać, ale przez cały czas czułem w żołądku lekko mdlące uczucie paniki. Przychodziły mi do głowy różne pomysły. Jeden polegał na tym, żeby uciec z mieszkania, nie kontaktować się z Charliem i Emily przez kilka lat, a potem napisać do nich ostrożny, dyplomatycznie sformułowany list. Nawet w moim ówczesnym stanie odrzuciłem ten plan jako zbyt rozpaczliwy. Lepszy plan zakładał systematyczne zajęcie się butelkami z ich barku po to, żeby, kiedy Emily wróci, zastała mnie żałośnie pijanego. Mógłbym wtedy twierdzić, że przeglądałem jej notatki i zaatakowałem te strony w ataku delirium. Co więcej, w alkoholowym zamroczeniu mógłbym odgrywać rolę poszkodowanego, krzycząc i gestykulując, mówiąc jej, jak bardzo dotknęły mnie słowa napisane o mnie przez kogoś, na czyją sympatię i przyjaźń zawsze liczyłem, co podtrzymywało mnie na duchu w najcięższych chwilach samotności w dalekich krajach. Ale chociaż ten plan miał z praktycznego punktu widzenia pewne zalety, to wyczuwałem w nim gdzieś na samym dnie coś, czego nie miałem ochoty zbyt wnikliwie zgłębiać, a co sprawiało, że wydawał mi się nie do przyjęcia.

Po pewnym czasie zadzwonił telefon i znów w automatycznej sekretarce odezwał się głos Charliego. Kiedy podniosłem słuchawkę, robił wrażenie znacznie spokojniejszego.

— Jestem już przy wyjściu — mówił. — Przepraszam, jeśli wcześniej byłem nieco zdenerwowany. Lotniska zawsze tak na mnie działają. Nie mogę się opanować, dopóki nie znajdę się przy wyjściu. Posłuchaj, Ray, coś mi przyszło do głowy. W sprawie naszej strategii.

— Naszej strategii?

— Tak, naszej generalnej strategii. Zdajesz sobie oczywiście sprawę, że to nie jest odpowiednia chwila, żeby naciągać nieco prawdę i przedstawić się w lepszym świetle. Zdecydowanie nie jest to czas na małe kłamstewka, mające przydać ci blasku. Nie, nie. Pamiętasz chyba, dlaczego dostałeś tę pracę, prawda? Ray, oczekuję, że zaprezentujesz się Emily takim, jakim jesteś. Dopóki będziesz się tego trzymał, nasza strategia będzie działać.

— Posłuchaj, jak na razie nie zanosi się na to, żeby Emily miała mnie uznać za swojego największego bohatera...

— Widzę, że rozumiesz sytuację, i jestem ci wdzięczny, ale coś mi się przypomniało. Jest coś, jedna drobna rzecz w twoim repertuarze, która nie pasuje do całości. Widzisz, Ray, ona uważa, że masz bardzo dobry gust muzyczny.

— O...

— Jedyne przypadki, kiedy wykorzystuje ciebie, żeby mnie upokorzyć, wiążą się z gustami muzycznymi. To jedyna dziedzina, w której nie pasujesz idealnie do swojej obecnej roli. Dlatego obiecaj mi, Ray, że nie będziesz poruszał tego tematu.

— Charlie, na litość boską...

— Zrób to dla mnie, Ray. To chyba nic wielkiego. Po prostu nie zaczynaj rozmowy na temat tej ckliwej, nostalgicznej muzyki, którą Emily tak lubi. A kiedy to ona zacznie o niej mówić, udawaj głupiego. O nic więcej cię nie proszę. Poza tym bądź po prostu sobą. Ray, czy mogę na ciebie liczyć?

— Chyba możesz. To i tak jest bardzo teoretyczne. Nie wyobrażam sobie, żebyśmy dziś wieczorem gawędzili na jakikolwiek temat.

— W porządku. Więc to mamy załatwione. Przejdźmy teraz do twojego małego problemu. Będziesz zadowolony, że o tym pomyślałem. I znalazłem rozwiązanie. Słuchasz mnie?

— Tak, słucham cię.

— Jest takie małżeństwo, które nas stale nachodzi. Angela i Solly. Są w porządku, ale gdyby nie byli naszymi sąsiadami, nic by nas z nimi nie łączyło. W każdym razie często przychodzą. Wiesz, wpadają bez uprzedzenia, licząc na filiżankę herbaty. I tu dochodzimy do sedna. Oni zjawiają się o różnych porach dnia, kiedy wyprowadzają Hendriksa.

— Jakiego znów Hendriksa?

— Hendrix to cuchnący, nieposkromiony, może nawet morderczy labrador. To odrażające stworzenie zastępuje im dziecko, którego nie mają. Albo którego jeszcze nie mają, bo są wciąż w takim wieku, że mogliby mieć prawdziwe dzieci. Ale nie, wolą najdroższego Hendriksa. A kiedy przychodzą, ten najdroższy Hendrix demoluje mieszkanie z determinacją rozczarowanego włamywacza. Diabli wzięli stojącą lampę. Ojej, nic nie szkodzi, kochanie, przestraszyłeś się? Rozumiesz? A teraz posłuchaj. Jakiś rok temu mieliśmy piękny album, kosztował majątek, ze zdjęciami młodych gejów pozujących w północnoafrykańskich kasbach. Emily otwierała go na określonej stronie na stoliku do kawy, bo uważała, że pasuje do kanapy. Złościła się, kiedy przewracałem tę stronę. Ale mniej więcej rok temu Hendrix wpadł i ten album zeżarł. Tak jest, wbił kły w eleganckie fotografie i pogryzł ze dwadzieścia stron, zanim mamuśka wytłumaczyła mu, żeby przestał. Rozumiesz, po co ci to mówię, prawda?

— Tak. To jest słyszę, że sugerujesz mi drogę ucieczki, ale...

— No dobrze, postawię kropkę nad „i". Oto, co powiesz Emily: zadzwonił dzwonek, otworzyłeś drzwi, stoi tam ta para z Hendriksem szarpiącym się na smyczy. Mówią ci, że nazywają się Angela i Solly, są dobrymi znajomymi i wpadli na herbatę. Wpuszczasz ich, Hendrix szaleje i rozszarpuje notes. Bardzo prawdopodobne. O co chodzi? Dlaczego mi nie dziękujesz? Szanowny pan nie jest zadowolony?

— Jestem ci bardzo wdzięczny, Charlie, ale muszę to przemyśleć. Na przykład, co będzie, jeśli ci ludzie naprawdę przyjdą? To znaczy, kiedy Emily wróci?

— Myślę, że to możliwe. Mogę tylko powiedzieć, że musiałbyś mieć wielkiego pecha. Kiedy mówiłem, że często nas odwiedzają, miałem na myśli, że nie częściej niż raz na miesiąc, przestań więc szukać dziury w całym i bądź mi wdzięczny.

— Ale, Charlie, czy to nie będzie podejrzane, jeżeli pies poszarpie tylko ten notes i akurat te strony?

Słyszałem, jak westchnął.

— Myślałem, że nie trzeba ci tłumaczyć reszty planu. To jasne, że musisz mieszkanie trochę przygotować. Przewrócić lampę, rozsypać cukier na podłodze w kuchni. Musi wyglądać tak, jakby Hendrix wpadł niczym trąba powietrzna. Posłuchaj, wywołują nasz lot. Muszę już iść. Odezwę się do ciebie z Niemiec.

Kiedy słuchałem Charliego, doznawałem uczucia, jakie miewam, gdy ktoś zaczyna mi opowiadać swój sen albo wyjaśnia, jak powstało małe wgniecenie na drzwiach jego samochodu. Plan był w porządku, może nawet genialny, ale nie widziałem żadnego związku między nim a tym, co rzeczywiście będę musiał powiedzieć albo zrobić, kiedy wróci Emily, i byłem coraz bardziej zniecierpliwiony. Jednak gdy Charlie się rozłączył, stwierdziłem, że jego telefon podziałał na mnie prawie hipnotycznie. Podczas gdy mój umysł odrzucał pomysł jako idiotyczny, ciało przystąpiło do jego realizacji.

Zacząłem od położenia lampy na podłodze, uważając, żeby czegoś nią nie strącić. Najpierw zdjąłem abażur i założyłem go krzywo, dopiero kiedy lampa już leżała. Potem zdjąłem z półki na książki wazon i położyłem go na dywanie, rozsypując wokół suche trawy, które w nim stały. Następnie wybrałem obok małego stolika odpowiednie miejsce na „przewrócenie" kosza na śmieci. Działałem w jakimś dziwnym odrealnionym transie. Nie wierzyłem, że to coś załatwi, ale te czynności wpływały na mnie kojąco. W końcu przypomniałem sobie, że cały ten wandalizm związany jest z notesem, i przeszedłem do kuchni.

Po chwili zastanowienia wziąłem z kredensu cukiernicę, postawiłem ją na stole blisko fioletowego notesu i powoli ją przechyliłem, aż cukier się wysypał. Musiałem uważać, żeby cukiernica nie stoczyła się ze stołu, ale jakoś ją unieruchomiłem. Do tego czasu uczucie dojmującej paniki gdzieś się ulotniło. Nie można powiedzieć, żebym się całkowicie uspokoił, ale to, co działo się ze mną niedawno, teraz wydawało mi się głupotą.

Wróciłem do salonu, położyłem się na kanapie i wziąłem do ręki powieść Jane Austen. Po kilku linijkach poczułem, że ogarnia mnie znużenie, i zanim się zorientowałem, znów zapadłem w sen.

• • •

Obudził mnie telefon. Kiedy w sekretarce odezwał się głos Emily, usiadłem i podniosłem słuchawkę.

— O, dobrze, Raymondzie, jesteś tam. Jak się masz, mój drogi? Jak samopoczucie? Udało ci się odpocząć?

Zapewniłem ją, że tak i że nawet zasnąłem.

— O, bardzo przepraszam! Pewnie nie spałeś dobrze od wielu tygodni, a kiedy wreszcie znalazłeś chwilę wytchnienia, musiałam cię obudzić. Tak mi przykro! I przepraszam cię też, że muszę cię rozczarować. Mamy tutaj straszne zamieszanie i nie mogę wrócić do domu tak szybko, jak zaplanowałam. Muszę tu siedzieć jeszcze co najmniej godzinę. Wytrzymasz tam jakoś?

Raz jeszcze zapewniłem ją, że jestem zrelaksowany i zadowolony.

— Tak, sądząc po głosie, trochę się uspokoiłeś. Przepraszam cię, Raymondzie, ale muszę już iść i uporządkować parę spraw. Częstuj się, czuj się jak u siebie w domu. Pa, mój drogi.

Odłożyłem słuchawkę i przeciągnąłem się. Zaczynało się ściemniać, więc przeszedłem się po mieszkaniu i zapaliłem światła. Potem przyjrzałem się „zdemolowanemu" przeze mnie salonowi i im dłużej patrzyłem, tym bardziej wydawało mi się to sztuczne. W okolicach żołądka znów zaczęło się odzywać uczucie paniki.

Zadzwonił telefon i tym razem był to Charlie. Powiedział mi, że stoi przy stanowisku odbioru bagażu na lotnisku we Frankfurcie.

— Trwa to cholerne wieki. Nie wyjechał jeszcze ani jeden bagaż. A ty, jak tam sobie radzisz? Madame jeszcze nie wróciła?

— Nie, jeszcze nie. Posłuchaj, Charlie, ten twój plan nie zadziała.

— Co to znaczy, nie zadziała? Nie mów mi, że przez cały czas rozmyślałeś i kręciłeś młynka palcami.

— Zrobiłem tak, jak radziłeś. Narobiłem bałaganu, ale nie wygląda to przekonująco. Nie tak, jakby tu był pies. Raczej jak jakaś instalacja w muzeum.

Charlie milczał przez chwilę, może skoncentrował się na bagażu.

— Rozumiem twój problem — odezwał się po chwili.

— Masz zahamowania, bo to czyjaś własność. Posłuchaj więc, wymienię kilka przedmiotów, których zniszczenie sprawi mi ogromną przyjemność. Słuchasz, Ray? Chcę, żeby zostały zniszczone następujące rzeczy: ten idiotyczny porcelanowy bawół. Stoi przy odtwarzaczu CD. To prezent od cholernego Davida Coreya z jego wyjazdu do Lagos. Możesz to rozwalić na początek. Właściwie wszystko mi jedno, co stłuczesz. Rozwalaj wszystko!

— Charlie, myślę, że powinieneś się uspokoić.

— Dobrze, dobrze. Ale to mieszkanie jest pełne śmieci. Tak jak nasze małżeństwo. Pełne starych rupieci. Jak ta gąbczasta czerwona kanapa, wiesz, o której mówię?

— Wiem. Przed chwilą na niej zasnąłem.

— Dawno powinna zostać wyrzucona na śmietnik. Może byś tak rozpruł pokrycie i wytrząsnął z niej bebechy?

— Charlie, musisz wziąć się w garść. Myślę, że wcale nie próbujesz mi pomóc, tylko wykorzystujesz mnie, żeby dać upust swojej wściekłości i frustracji...

— Przestań pieprzyć głupoty! Oczywiście, że próbuję ci pomóc. I mój plan jest oczywiście dobry. Gwarantuję, że się sprawdzi. Emily nie cierpi tego psa, nie cierpi Angeli i Solly'ego, chętnie więc skorzysta z okazji, żeby ich znienawidzić jeszcze bardziej. Posłuchaj — nagle przeszedł prawie do szeptu — zdradzę ci coś ważnego. Tajny element, który ją przekona. Powinienem o tym pomyśleć wcześniej. Ile masz czasu?

— Około godziny.

— Dobrze. Słuchaj uważnie. Smród. Tak jest. Zrób tak, żeby mieszkanie śmierdziało psem. Gdy tylko wejdzie, poczuje to, choćby podświadomie. Wchodzi do pokoju, widzi na podłodze szczątki porcelanowego bawołu od kochanego Davida, bebechy z tej parszywej czerwonej kanapy rozwłóczone po całym...

— Hej, poczekaj, nie obiecywałem, że...

— Posłuchaj! Ona zobaczy to pobojowisko i natychmiast, świadomie czy podświadomie, skojarzy to z zapachem psa. Zanim zdążysz otworzyć usta, przed jej oczami stanie jak żywa cała scena z Hendriksem. I to jest w tym najpiękniejsze!

— Pleciesz bzdury, Charlie. Powiedz mi lepiej, co mam zrobić, żeby twoje mieszkanie śmierdziało psem.

— Dokładnie wiem, jak się robi psi smród. — Nadal mówił podnieconym szeptem. — Dobrze wiem, jak to się robi, ponieważ z Tonym Bartonem robiliśmy to w szkole. On znał przepis, ale ja go udoskonaliłem.

— Dlaczego?

— Dlaczego? Bo śmierdziało bardziej kapustą niż psem, dlatego.

— Nie, chodziło mi o to, dlaczego to... Zresztą, nieważne. Możesz mi powiedzieć, o ile nie wymaga to wyjścia z domu i kupienia „Małego chemika".

— Dobrze. Zaczynasz mówić konkretnie. Weź pióro, Ray. Notuj. — A, jest nareszcie. — Widocznie włożył telefon do kieszeni, bo słuchałem teraz, jak mu burczy w brzuchu. Wreszcie znów się odezwał: — Muszę już iść, więc zanotuj to sobie. Jesteś gotowy? Średnia patelnia. Pewnie stoi na kuchence. Wlej do niej szklankę wody. Dodaj dwie kostki rosołowe, łyżeczkę kminku, łyżeczkę papryki, dwie łyżki octu, garść liści laurowych. Zapisałeś? Teraz wkładasz w to skórzany pantofel albo but, podeszwą do góry, tak żeby nie zanurzyła się w płynie. Żeby uniknąć smrodu palącej się gumy. Potem zapalasz gaz, doprowadzasz płyn do wrzenia i trzymasz na wolnym ogniu. Wkrótce poczujesz zapach. Nie jest jakiś okropny. Oryginalny przepis Tony'ego Bartona przewidywał ślimaki ogrodowe, ale mój zapach jest znacznie subtelniejszy. Dokładnie jak śmierdzący pies. Wiem, spytasz mnie, gdzie znajdziesz składniki. Wszystkie przyprawy są w kredensie w kuchni. W szafce pod schodami znajdziesz stare buty. Nie kalosze. Myślę o tych zniszczonych butach z cholewami. Chodziłem w nich na wycieczki. Są zniszczone i czekają, żeby je wyrzucić. Weź jeden z nich. O co chodzi? Posłuchaj, Ray, zrób to, dobrze? Ratuj się. Bo powiadam ci, że z wściekłą Emily nie ma żartów. Muszę już iść. A, i pamiętaj, nie popisuj się swoją znakomitą znajomością muzyki.

Może był to efekt otrzymania listy konkretnych instrukcji, choćby i dziwacznych, ale kiedy odłożyłem słuchawkę, opanował mnie nastrój rzeczowej celowości. Jasno widziałem, co mam robić. Poszedłem do kuchni i zapaliłem światło. Średnia patelnia rzeczywiście stała

93

na kuchence w oczekiwaniu na następne zadanie. Napełniłem ją do połowy wodą i postawiłem na palniku. Jednocześnie uświadomiłem sobie, że jest coś, co powinienem ustalić przed dalszymi działaniami: mianowicie, ile mam czasu na zakończenie pracy. Poszedłem do salonu, podniosłem słuchawkę i zadzwoniłem do Emily.

Odebrała sekretarka, która powiedziała mi, że Emily jest na zebraniu. Tonem uprzejmym, ale zdecydowanym, poprosiłem, żeby wywołała ją z posiedzenia, „jeżeli rzeczywiście jest na posiedzeniu". W następnej chwili Emily była przy telefonie.

— O co chodzi, Raymondzie? Co się stało?

— Nic się nie stało. Dzwonię, żeby się dowiedzieć, co porabiasz.

— Ray, mówisz jakoś dziwnie. O co chodzi?

— Jak to, mówię dziwnie? Zadzwoniłem, żeby ustalić, kiedy mam się ciebie spodziewać. Wiem, że uważasz mnie za osobnika niezorganizowanego, ale jednak lubię mieć jakiś rozkład jazdy.

— Raymondzie, nie złość się bez powodu. Niech pomyślę... Potrwa to jeszcze z godzinę. No, może półtorej. Strasznie mi przykro, ale mamy sytuację awaryjną.

— Godzina do dziewięćdziesięciu minut. Rozumiem. To wszystko, co chciałem wiedzieć. Zatem do zobaczenia wkrótce. Możesz wracać do swoich zajęć.

Możliwe, że chciała powiedzieć coś jeszcze, ale odłożyłem słuchawkę i wróciłem do kuchni, nie chcąc pozwolić, żeby moja determinacja się ulotniła. Prawdę mówiąc, zaczynałem odczuwać wyraźną radość i zupełnie nie rozumiałem, jak mogłem jeszcze tak niedawno ulec panice. Przejrzałem zawartość kredensu i ustawiłem w równym rzędzie obok kuchenki wszystkie potrzebne przyprawy. Następnie wsypałem po łyżce do wody, zamieszałem i poszedłem szukać buta.

W szafie pod schodami znalazłem cały stos obuwia w opłakanym stanie. Przez chwilę w nim grzebałem i w końcu odkryłem jeden z butów, o których mówił Charlie: wyjątkowo wyeksploatowany okaz z zaskorupiałą obwódką starego błota wokół obcasa. Trzymając bucior w dwóch palcach, zaniosłem go do kuchni i umieściłem w wodzie, podeszwą do góry. Potem zapaliłem pod patelnią średni płomień, usiadłem przy stole i czekałem, aż woda się zagrzeje. Kiedy znów zadzwonił telefon, nie miałem ochoty odchodzić od patelni, ale usłyszałem z sekretarki natarczywy głos Charliego. W końcu zmniejszyłem płomień i poszedłem do telefonu.

— Co mówiłeś? — spytałem. — Brzmiało to jakoś strasznie żałośnie, ale byłem zajęty i nie dosłyszałem.

— Jestem w hotelu. Jest tylko trzygwiazdkowy. Możesz uwierzyć w taką bezczelność!? Taka wielka firma! Pokoik też jest byle jaki!

— Ale będziesz tam tylko dwie noce...

— Posłuchaj, Ray, jest coś, co do czego nie byłem z tobą do końca szczery. To niesprawiedliwe. Przecież wyświadczasz mi przysługę, robisz wszystko, co możesz, żeby naprawić moje sprawy z Emily, a ja tymczasem nie jestem z tobą całkiem szczery.

— Jeżeli mówisz o tym przepisie na psi zapach — za późno. Wszystko jest już w robocie. Mogę co najwyżej dosypać jeszcze jakiejś przyprawy.

— Jeżeli nie byłem z tobą szczery, to dlatego, że nie byłem szczery sam ze sobą. Ale teraz, z dala od domu, mogę myśleć jaśniej. Ray, powiedziałem ci, że nie ma nikogo innego, ale to nie do końca prawda. Jest jedna dziewczyna. Tak, to jest dziewczyna, tuż po trzydziestce. Bardzo poważnie myśli o sprawach edukacji w krajach Trzeciego Świata i potrzebie bardziej sprawiedliwego handlu światowego. Nie było to nic seksualnego, to tylko produkt uboczny. Chodzi o ten nieskalany idealizm. Przypomniałem sobie, jacy my kiedyś byliśmy. Pamiętasz, Ray?

— Przykro mi, Charlie, ale nie pamiętam, żebyś był jakimś szczególnym idealistą. Wprost przeciwnie, zawsze byłeś skrajnym egoistą i hedonistą...

— No dobrze, może i byliśmy wtedy wszyscy dekadenckimi egoistami. Ale zawsze był gdzieś we mnie ten drugi człowiek, który chciał wydostać się na zewnątrz. I to właśnie mnie do niej przyciągnęło.

— Charlie, kiedy to było? Kiedy to się stało?

— Kiedy co się stało?

— No, ten romans.

— Nie było żadnego romansu! Nigdy z nią nie spałem, nic z tych rzeczy. Nie byłem z nią nawet w restauracji. Ja tylko... ja tylko robiłem wszystko, żeby ją widywać.

— Co to znaczy, żeby ją widywać? — Wróciłem do kuchni i patrzyłem na moją miksturę.

— To znaczy, że się z nią widywałem. Umawiałem się z nią na wizyty.

— Chcesz powiedzieć, że to jest call girl?

— Nie, nie, mówiłem ci, że nigdy nie doszło między nami do zbliżenia. Nie, ona jest dentystką. Umawiałem się na wizyty, zmyślałem ból tutaj, coś przy dziąśle tam. No wiesz, symulowałem. Oczywiście Emily w końcu się domyśliła. — Tu Charlie jakby stłumił łkanie. Potem tama pękła. — Domyśliła się... domyśliła się... bo zbyt starannie czyściłem zęby nitką! — Prawie krzyczał. — Powiedziała mi, że nigdy, ale to nigdy, tak starannie nie czyściłem zębów!

— Ale to przecież nie ma sensu. Im bardziej dbasz o zęby, tym mniej masz powodów, żeby do niej chodzić...

— A co tu ma do rzeczy sens? Chciałem jej się przypodobać!

— Posłuchaj, Charlie, nigdzie z nią nie bywałeś, nie spałeś z nią, o co więc chodzi?

— Chodzi o to, że bardzo potrzebowałem kogoś takiego jak ona, kogoś, kto wydobyłby ze mnie tego drugiego człowieka, tego, który siedzi we mnie głęboko...

— Charlie, posłuchaj, po twoim ostatnim telefonie ja się tu pozbierałem do kupy. Szczerze mówiąc, uważam, że ty też powinieneś się opanować. Możemy o tym wszystkim porozmawiać, gdy wrócisz. A ja muszę teraz wszystko przygotować, zanim wróci Emily. Panuję teraz nad sytuacją, Charlie. Chyba poznajesz to po moim głosie.

— Zajebiście fantastyczne! Ty panujesz nad sytuacją! Wspaniale! Też mi pierdolony przyjaciel...

— Charlie, myślę, że się denerwujesz, bo ci się nie podoba twój hotel. Powinieneś się opanować, spojrzeć na wszystko z dystansu. I nabrać otuchy. Ja tu panuję nad sytuacją. Załatwię tę psią sprawę i odegram moją rolę jak z nut. Emily, powiem, spójrz tylko na mnie, zobacz, jaki jestem żałosny. Większość ludzi jest żałosna. Ale Charlie jest inny. Charlie to zupełnie inna klasa.

— Nie możesz tak powiedzieć. To brzmi strasznie nienaturalnie.

— Przecież nie powiem tego tak dosłownie, ty idioto. Zostaw to mnie. Panuję nad sytuacją, więc się uspokój. Muszę kończyć.

Odłożyłem słuchawkę i zajrzałem do patelni. Płyn już wrzał i było dużo pary, ale jak na razie nie czułem żadnego zapachu. Przykręciłem płomień, tak żeby wszystko ładnie pyrkotało. W tym momencie zapragnąłem odetchnąć świeżym powietrzem, a ponieważ dotąd nie zapoznałem się z tarasem, otworzyłem drzwi i wyszedłem na zewnątrz.

Było zadziwiająco przyjemnie, jak na angielski wieczór na początku czerwca. Tylko nieco chłodniejszy powiew wiatru przypomniał mi, że nie jestem w Hiszpanii. Niebo nie było jeszcze całkiem ciemne, ale już zapełniało się gwiazdami. Poza ścianą zamykającą taras widziałem okna i ogródki sąsiednich posesji aż po horyzont. W wielu oknach paliło się światło i te najdalsze, jeżeli się zmrużyło oczy, wyglądały prawie jak przedłużenie rozgwieżdżonego nieba. Niezbyt duży taras był jednak zdecydowanie romantyczny. Można sobie było wyobrazić parę, która pośrodku wielkomiejskiego życia wychodzi tutaj i w ciepły wieczór przechadza się wśród donic z ozdobnymi krzewami, trzymając się za ręce i wymieniając uwagi na temat minionego dnia.

Chętnie zostałbym tu o wiele dłużej, ale bałem się, że stracę wolę działania. Wróciłem do kuchni, minąłem patelnię z wrzącą miksturą i zatrzymałem się na progu salonu, żeby ocenić swoje wcześniejsze zabiegi. Mój wielki błąd, uznałem, polegał na tym, że całkowicie zlekceważyłem spojrzenie takiej istoty jak Hendrix. Dopiero teraz uświadomiłem sobie, że kluczową sprawą jest utożsamienie się z duchem i wizją Hendriksa.

Z chwilą, gdy wpadłem na ten trop, dostrzegłem nie

tylko nieudolność moich wcześniejszych wysiłków, ale również nieprzydatność większości rad Charliego. Dlaczego rozrabiający pies miałby wyciągnąć małą figurkę wołu spośród sprzętu elektronicznego i potem ją tłuc? Pomysł rozcinania kanapy i rozrzucania tego, co ma w środku, też wydawał się idiotyczny. Hendrix musiałby mieć zęby jak brzytwa, żeby uzyskać taki efekt. Przewrócona cukiernica w kuchni była w porządku, ale uświadomiłem sobie, że salon wymaga ponownego przemyślenia.

Wszedłem do pokoju, kucając, żeby zobaczyć go z wysokości zbliżonej do linii wzroku Hendriksa. Natychmiast jako oczywisty cel ujawnił się stos lśniących czasopism leżący na stoliku do kawy, strąciłem je więc po torze pasującym do gwałtownego uderzenia pyskiem. Magazyny rozsypały się po podłodze i wyglądało to zadowalająco autentycznie. Zachęcony, ukląkłem, otworzyłem jedno z pism i zmiąłem stronę w sposób, który, jak miałem nadzieję, odezwie się echem, gdy Emily zobaczy dziennik. Tym razem jednak czekało mnie rozczarowanie: zbyt oczywiste było działanie ludzkiej ręki, a nie psich zębów. Znów popełniłem ten sam błąd: nie wcieliłem się należycie w Hendriksa.

Opadłem więc na kolana i opuściwszy głowę w stronę tegoż czasopisma, wgryzłem się w jego strony. Poczułem smak trochę perfumeryjny, ale całkiem znośny. Otworzyłem drugie czasopismo mniej więcej w połowie i zabrałem się do powtórzenia procedury. Dotarło do mnie, że idealna technika przypomina tę, którą trzeba stosować przy zabawie polegającej na próbach ugryzienia bez pomocy rąk jabłka pływającego w misce z wodą. Najlepszy był lekki, równomierny ruch żujący, który powodował fałdowanie i zgniatanie stron. Zbyt zdecydowane zaciśnięcie szczęk natychmiast sprawiało, że strony wyglądały jak połączone zszywaczem, co nie dawało większego efektu.

Zaabsorbowany tymi technicznymi szczegółami nie od razu zauważyłem, że Emily stoi w holu i obserwuje mnie przez otwarte drzwi.

Z chwilą, gdy uświadomiłem sobie jej obecność, moim pierwszym odczuciem nie była panika ani zawstydzenie, ale uraza, że ona tak tam stoi, nie zaanonsowawszy w żaden sposób swojego przybycia. Co więcej, kiedy sobie przypomniałem, że przed paroma minutami zadzwoniłem do jej biura, żeby zapobiec sytuacji, w której się teraz znalazłem, poczułem się ofiarą celowego oszustwa. Na moje westchnienie Emily weszła do pokoju i bardzo delikatnie położyła rękę na moich plecach. Nie jestem pewien, czy też uklękła, ale kiedy się odezwała, jej twarz była bardzo blisko mojej.

— Wróciłam, Raymondzie. Może lepiej usiądźmy, dobrze?

Pomogła mi wstać i musiałem się opanować, żeby jej nie odtrącić.

— Wiesz, to dziwne — powiedziałem. — Nie dalej jak kilka minut temu miałaś iść na posiedzenie.

— To prawda. Ale po twoim telefonie uświadomiłam sobie, że są ważniejsze sprawy.

— Co to znaczy „ważniejsze sprawy"? Emily, proszę, nie musisz mnie tak podpierać, ja się nie przewrócę. Co miałaś na myśli, mówiąc, że są ważniejsze sprawy?

— Ten twój telefon. Zrozumiałam, co oznacza. To było wołanie o pomoc.

— Wcale nie. Próbowałem tylko... — urwałem, ponieważ zauważyłem, że Emily ze zdziwieniem rozgląda się po pokoju.

— Och, Raymondzie — szepnęła jakby do siebie.

— Byłem chyba trochę niezgrabny. Uporządkowałbym to, ale wróciłaś wcześniej.

Schyliłem się, żeby postawić przewróconą lampę, ale Emily mnie powstrzymała.

— To nieważne, Ray. Naprawdę, to nic takiego. Możemy to razem uporządkować później. Teraz usiądź i się rozluźnij.

— Posłuchaj, Emily, wiem, że to jest twój dom i tak dalej, ale dlaczego zakradłaś się tak cicho?

— Nie zakradałam się, kochanie. Wołałam, kiedy weszłam, ale myślałam, że cię nie ma. Wskoczyłam do toalety, a kiedy wyszłam, okazało się, że jednak jesteś. Ale po co się nad tym zastanawiać? To nie ma znaczenia. Ważne, że już jestem, i możemy spędzić razem miły wieczór. Siadaj, proszę, Raymondzie, a ja zrobię herbatę.

Mówiła to już w drodze do kuchni. Walczyłem z abażurem stojącej lampy i dlatego dopiero po chwili przypomniałem sobie, co się tam dzieje, ale było już za późno. Nasłuchiwałem reakcji Emily, ale słyszałem tylko ciszę. W końcu odłożyłem abażur i stanąłem w drzwiach kuchni.

Woda na patelni nadal ładnie pyrkotała, wokół buta unosiła się para. Zapach, którego do tej pory prawie nie czułem, w kuchni był niewątpliwie intensywny. Bez dwóch zdań ostry, z przewagą curry. Najbardziej jednak przywodził na myśl chwile, kiedy wyciąga się stopę z buta po długiej i forsownej wycieczce.

Emily stała kilka kroków od piecyka i wyciągała szyję, żeby jak najlepiej przyjrzeć się patelni z bezpiecznej odległości. Wyglądała na zafascynowaną jej widokiem i kiedy roześmiałem się cicho, żeby zaznaczyć swoją obecność, nie odwróciła się ani nawet nie oderwała wzroku od patelni.

Przecisnąłem się obok niej i usiadłem przy kuchennym stole. Po chwili odwróciła się do mnie z łagodnym uśmiechem.

— To bardzo miłe z twojej strony, Raymondzie — powiedziała, po czym jej wzrok, jakby wbrew jej woli, znów przyciągnęła patelnia.

Miałem przed sobą przewróconą cukiernicę leżącą obok notesu i nagle poczułem ogromne zmęczenie. Wszystko to mnie przytłoczyło i uznałem, że jedynym wyjściem jest skończyć wszelkie gierki i wyznać prawdę.

— Posłuchaj, Emily — powiedziałem, odetchnąwszy głęboko. — To wszystko wygląda może trochę dziwnie, ale to przez ten notes, ten tutaj. — Otworzyłem go na pogniecionej stronie i pokazałem jej. — Postąpiłem bardzo brzydko i strasznie cię przepraszam. Przypadkiem go otworzyłem i wtedy, niechcący, zgniotłem tę stronę. O, tak... — Odtworzyłem mniej gniewną wersję wcześniejszej akcji, po czym spojrzałem na Emily.

Ku mojemu zaskoczeniu, obdarzyła notes przelotnym spojrzeniem i znów wpatrzyła się w patelnię.

— Och, to tylko notes. Nic osobistego. Nie przejmuj się, Ray. — I zrobiła krok w stronę patelni.

— Jak to? Co to znaczy „nie przejmuj się"? Jak mogłaś coś takiego powiedzieć?

— O co ci chodzi, Raymondzie? On tylko służy do zapisywania rzeczy, o których mogłabym zapomnieć.

— Ale Charlie powiedział mi, że się wściekniesz! — Moja uraza wzrosła jeszcze, kiedy przekonałem się, iż Emily najwyraźniej nie pamięta, co tam o mnie napisała.

— Naprawdę? Charlie powiedział ci, że będę zła?

— Tak! Prawdę mówiąc, opowiedział mi, jak kiedyś groziłaś, że utniesz mu jaja, jeżeli kiedykolwiek zajrzy do tego notesu!

Nie byłem pewien, czy wyraz zdziwienia na twarzy Emily wywołało to, co usłyszała, czy myślała jeszcze tym, co zobaczyła na patelni. Usiadła obok mnie i zastanawiała się przez chwilę.

— Nie — powiedziała w końcu. — Wtedy chodziło o coś innego. Przypomniałam sobie. Mniej więcej rok temu Charlie wpadł z jakiegoś powodu w ponury nastrój i spytał mnie, co bym zrobiła, gdyby popełnił samobójstwo. Sprawdzał mnie tylko, jest zbyt tchórzliwy, żeby czegoś takiego próbować. Ale spytał, więc powiedziałam mu, że gdyby zrobił coś takiego, obcięłabym mu jaja. To był jedyny przypadek, kiedy coś takiego powiedziałam. To nie jest jakieś moje ulubione powiedzonko.

— Nie rozumiem. Zrobiłabyś mu to, gdyby popełnił samobójstwo? Po śmierci?

— To był tylko zwrot retoryczny, Raymondzie. Chciałam powiedzieć, jak bardzo by mi się to nie podobało. Starałam się go dowartościować.

— Nie o to mi chodzi. Jeżeli próbuje się czegoś takiego, jak samobójstwo, to nie jest to czynnik odstraszający, prawda? Ale może masz rację, może i tak...

— Raymondzie, zostawmy to. Dajmy sobie z tym wszystkim spokój. Mamy potrawkę z jagnięcia z wczoraj, została ponad połowa. Wczoraj była bardzo smaczna, a dziś będzie jeszcze lepsza. Do tego możemy otworzyć butelkę bordeaux. To bardzo miłe, że zacząłeś coś dla nas przygotowywać, ale ta potrawka będzie chyba bardziej odpowiednia, nie sądzisz?

Wszelkie próby wyjaśnienia wydały mi się bezcelowe.

— Doskonale. Potrawka z jagnięcia. Wspaniale. Tak, tak.

— Możemy więc to na razie odstawić?

— Tak, tak. Proszę. Proszę, odstaw.

Wstałem i poszedłem do salonu, w którym oczywiście nadal panował bałagan, ale nie miałem już energii, żeby zabrać się do sprzątania. Zamiast tego położyłem się na kanapie i wbiłem wzrok w sufit. W pewnej chwili poczułem, że weszła Emily, i myślałem, że pójdzie do holu, ale potem uświadomiłem sobie, że kuca w rogu pokoju i manipuluje przy adapterze. Zaraz potem salon wypełniły bogate smyczki, blusowe trąbki i Sarah Vaughan śpiewająca *Lover Man*.

Ogarnęło mnie uczucie ulgi i spokoju. Kiwając głową w powolnym rytmie, zamknąłem oczy, wspominając, jak wiele lat temu w pokoju Emily w akademiku sprzeczaliśmy się przeszło godzinę, czy Billie Holiday zawsze śpiewała tę piosenkę lepiej niż Sarah Vaughan.

Emily dotknęła mojego ramienia i wręczyła mi kieliszek z czerwonym winem. Na biurowy strój włożyła fartuszek z falbankami, też trzymała kieliszek. Usiadła na drugim końcu kanapy, obok moich stóp, i spróbowała wina. Potem pilotem ściszyła nieco muzykę.

— To był okropny dzień — powiedziała. — Mam na myśli nie tylko pracę, gdzie mamy urwanie głowy. Chodzi o wyjazd Charliego i w ogóle. Nie myśl, że mnie to nie boli, kiedy on sobie ot tak, wyjeżdża za granicę, gdy sytuacja między nami jest napięta. A potem, na domiar złego, przyjeżdżasz ty i zupełnie ci odbija. — Emily westchnęła głęboko.

— Nie, naprawdę, Emily, nie jest tak źle, jak myślisz. Po pierwsze, Charlie świata poza tobą nie widzi. A co do mnie, to nic mi nie jest. Naprawdę nic mi nie jest.

— Gówno prawda.

— Nie, poważnie, czuję się dobrze...

— Miałam na myśli to, że Charlie świata poza mną nie widzi.

— A, rozumiem. Jeżeli uważasz, że to gówno prawda, to bardzo się mylisz. Wiem, że Charlie kocha cię najbardziej na świecie.

— Skąd możesz to wiedzieć?

— Wiem, bo... po pierwsze, właśnie to mi powiedział, kiedy poszliśmy na lunch. A nawet, jeśli nie użył tych słów, to takie rzeczy się wyczuwa. Posłuchaj, Emily, wiem, że teraz nie układa wam się najlepiej, ale musisz pilnować tego, co najważniejsze. A najważniejsze jest to, że on nadal bardzo cię kocha.

Emily znów westchnęła.

— Wiesz, nie słuchałam tej płyty od wieków. To przez Charliego. Kiedy nastawiam taką muzykę, on natychmiast zaczyna jęczeć.

Przez parę chwil w milczeniu słuchaliśmy Sarah Vaughan. Potem, kiedy piosenkarka oddała głos instrumentom, Emily powiedziała:

— Domyślam się, Raymondzie, że wolisz tę inną wersję. Tę, w której śpiewa z pianinem i basem.

Nie odpowiedziałem, tylko poprawiłem się na kanapie, żeby mi było wygodniej sączyć wino.

— Założę się, że tak — nalegała. — Wolisz tę drugą wersję, prawda?

— Wiesz, że nie wiem. Prawdę mówiąc, nie pamiętam tej innej wersji.

Poczułem, że Emily drgnęła na drugim końcu kanapy.

— Chyba żartujesz — powiedziała.

— Zdziwisz się, ale teraz rzadko słucham takich rzeczy. Prawdę mówiąc, prawie wszystko zapomniałem. Nie jestem nawet pewien, jak się nazywa ten kawałek, który teraz leci.

— Co ty wygadujesz? — Nagle w jej głosie zabrzmiała

pretensja. — To śmieszne. Musiałbyś mieć lobotomię, żeby to zapomnieć.

— Cóż. Minęło tyle lat. Świat się zmienia.

— O czym ty mówisz? — Teraz usłyszałem w jej głosie nutę paniki. — Świat nie może się aż tak zmieniać.

Odczułem gwałtowną potrzebę zmiany tematu.

— To niedobrze, że masz takie zamieszanie w pracy.

Emily zignorowała moją uwagę.

— Co chcesz powiedzieć? Że to ci się nie podoba? Chcesz, żebym wyłączyła tę piosenkę, czy tak?

— Nie, Emily, proszę, to jest bardzo ładne... budzi wspomnienia. Proszę, posiedźmy znów w spokoju, jak przed chwilą.

Emily westchnęła i kiedy się odezwała, jej głos zabrzmiał łagodniej.

— Przepraszam, kochanie. Zapomniałam. To ostatnia rzecz, jakiej potrzebujesz. Żebym na ciebie krzyczała. Bardzo przepraszam.

— Nie, nie, w porządku. — Usiadłem. — Wiesz, Emily, Charlie jest w porządku. To bardzo porządny gość. I cię kocha. Lepszego nie znajdziesz.

Emily wzruszyła ramionami i upiła łyk wina.

— Pewnie masz rację. I nie jesteśmy już młodzi. Każde z nas ma wady. Powinniśmy uważać się za szczęśliwych, ale jakoś nigdy nie jesteśmy zadowoleni. Nie wiem dlaczego, bo jeśli się zastanowię, to wiem, że tak naprawdę nie chcę nikogo innego.

Przez następną minutę popijała wino i słuchała muzyki.

— Wiesz, Raymondzie — odezwała się wreszcie — to jest tak, jakby się tańczyło na przyjęciu. I może tańczymy wolny taniec i jesteśmy z osobą, z którą naprawdę chcemy być, i wszystko inne powinno zniknąć, ale jakoś nie chce. Po prostu nie znika. Wiesz, nie ma nikogo nawet w połowie tak fajnego, jak człowiek w twoich ramionach. A jednak... są ci wszyscy inni ludzie, którzy nie dają ci spokoju. Coś pokrzykują, machają rękami i wygłupiają się, żeby zwrócić twoją uwagę. „Hej! Jak możesz się zadowolić kimś takim? Stać cię na więcej. Popatrz no tylko tutaj!". Zachowują się tak, jakby przez cały czas wykrzykiwali takie rzeczy. I robi się beznadziejnie, nie dadzą ci spokojnie tańczyć z twoim facetem. Czy rozumiesz, co mam na myśli, Raymondzie?

Zastanawiałem się przez chwilę.

— Cóż, ja nie miałem tyle szczęścia, co ty i Charlie. Nie mam nikogo bliskiego takiego jak ty. Ale tak, w pewien sposób wiem, o co ci chodzi. Niełatwo jest zdecydować, gdzie się zakotwiczyć. I z kim się zakotwiczyć.

— Otóż to. Chciałabym, żeby wszyscy ci nieproszeni goście się odczepili. Chciałabym, żeby się odczepili i zostawili nas w spokoju.

— Wiesz, Emily, ja nie żartowałem. Charlie naprawdę świata poza tobą nie widzi. Jest bardzo zmartwiony tym, że między wami ostatnio się nie układa.

Siedziała odwrócona do mnie plecami i przez dłuższą chwilę milczała. I wtedy Sarah Vaughan rozpoczęła swoje przepiękne, może przesadnie zwolnione wykonanie *April in Paris* i Emily drgnęła, jakby Sarah zawołała ją po imieniu. A potem odwróciła się do mnie i pokręciła głową.

— Nie mogę tego zrozumieć, Ray. Nie mogę zrozumieć, dlaczego nie słuchasz już tej muzyki. Puszczaliśmy razem te płyty na tym małym adapterze, który mama kupiła mi, gdy wyjeżdżałam na studia. Jak mogłeś coś takiego zapomnieć?

Wstałem i z kieliszkiem w ręku podszedłem do drzwi balkonowych. Kiedy wyjrzałem na taras, uświadomiłem sobie, że mam w oczach łzy. Otworzyłem drzwi i wyszedłem na zewnątrz, żeby móc je niezauważalnie otrzeć, ale Emily ruszyła za mną, więc może zauważyła, nie wiem.

Wieczór był przyjemnie ciepły i Sarah Vaughan ze swoim zespołem przelewała się na taras. Gwiazdy świeciły teraz jaśniej i światła w okolicy nadal połyskiwały jak przedłużenie nocnego nieba.

— Uwielbiam ten kawałek — westchnęła Emily. — Pewnie to też zapomniałeś. Ale jeżeli nawet, możesz go zatańczyć, prawda?

— Tak. Chyba tak.

— Możemy udać, że jesteśmy Fredem Astaire'em i Ginger Rogers.

— Możemy.

Odstawiliśmy kieliszki z winem na kamienny stolik i zaczęliśmy tańczyć. Nie robiliśmy tego nadzwyczajnie, zderzaliśmy się kolanami, ale przytulałem Emily i moje zmysły wypełniły się dotykiem jej ubrań, włosów, skóry. Trzymając ją w ramionach, poczułem, jak bardzo utyła.

— Masz rację, Raymondzie — powiedziała mi cicho do ucha — Charlie jest w porządku. Powinniśmy jakoś dojść do ładu.

— Na pewno.

— Jesteś dobrym przyjacielem, Raymondzie. Co byśmy bez ciebie zrobili?

— Cieszę się, jeśli jestem dobrym przyjacielem. Bo w niczym poza tym nie jestem dobry. Szczerze mówiąc, jestem właściwie do niczego.

Poczułem ostre szarpnięcie za ramię.

— Nie mów tak. Nie opowiadaj takich rzeczy. — I za chwilę powtórzyła: — Jesteś takim dobrym przyjacielem, Raymondzie.

Słuchaliśmy *April in Paris* w wersji z 1954 roku z Cliffordem Brownem grającym na trąbce, wiedziałem więc, że to długi kawałek, co najmniej osiem minut. Urządzało mnie to, bo wiedziałem, że gdy piosenka się skończy, nie będziemy już więcej tańczyli, tylko pójdziemy jeść potrawkę. I niewykluczone, że Emily zmieni zdanie na temat tego, co zrobiłem z jej notesem, i tym razem uzna, że to jednak nie jest błahostka. Kto to może wiedzieć? Ale jeszcze przynajmniej przez kilka minut byliśmy bezpieczni i tańczyliśmy pod rozgwieżdżonym niebem.

Malvern Hills

Spędziłem tę wiosnę w Londynie i jeżeli nie osiągnąłem wszystkiego, co zamierzyłem, był to fascynujący
okres. Jednak w miarę, jak mijały tygodnie i zbliżało
się lato, odzywał się dawny niepokój. Choćby dlatego,
że zaczynałem nerwowo reagować na spotkania z daw-
nymi kolegami z uniwersytetu. Wędrując po Camden
Town albo spacerując na West Endzie wśród płyt CD,
na które nie było mnie stać, spotykałem zbyt wielu
z nich. Pytali, jak mi idzie pogoń za „sławą i fortuną",
odkąd rzuciłem studia. Nie chodzi o to, że wstydziłem
się powiedzieć, czym się zajmuję. Rzecz w tym, że
poza paroma wyjątkami żaden z nich nie potrafił zrozumieć, co w danym momencie oznacza dla mnie kilka
„udanych" miesięcy.

Jak już wspomniałem, z jednej strony nie osiągnąłem wszystkich celów, które przed sobą postawiłem, ale cele te zawsze dotyczyły dalszej przyszłości. A wszystkie przesłuchania, nawet te naprawdę drętwe, stanowiły bezcenne doświadczenie. Prawie w każdym przypadku wyniosłem z tego coś dla siebie, coś, czego nauczyłem się o światku muzycznym Londynu albo o przemyśle muzycznym w ogólności.

Niektóre z przesłuchań miały całkiem profesjonalny charakter. Lądowało się w jakimś opuszczonym magazynie czy garażu, gdzie był kierownik albo dziewczyna członka orkiestry, która zapisywała nazwisko, prosiła, żeby zaczekać, częstowała herbatą, podczas gdy dźwięki orkiestry urywały się i po chwili rozbrzmiewały od nowa. Jednak większość przesłuchań odbywała się w znacznie bardziej bałaganiarskich warunkach. Prawdę powiedziawszy, kiedy się zobaczyło, jak większość kapel prowadzi swoje interesy, przestawało być tajemnicą, dlaczego cała branża w Londynie umiera, stojąc. Raz po raz lądowałem wśród anonimowych szeregowych domów na przedmieściu, wnosiłem moją akustyczną gitarę po schodach i wchodziłem do zatęchłego mieszkania z materacami i śpiworami zaścielającymi podłogę oraz z członkami kapeli, którzy bełkotali i mieli błędny wzrok. Śpiewałem i grałem, podczas gdy oni gapili się na mnie półprzytomnie, aż któryś z nich kończył sprawę, mówiąc coś w rodzaju:

„Tak, wystarczy. Dziękujemy, ale to nie jest w naszym stylu".

Wkrótce zrozumiałem, że większość tych facetów nie ma żadnego doświadczenia w prowadzeniu przesłuchań i kiedy gadałem z nimi o innych sprawach, stawali się dużo swobodniejsi. W ten sposób zdobywałem masę użytecznych informacji: gdzie szukać interesujących klubów albo które kapele potrzebują gitarzysty. Czasami była to wiadomość o kimś nowym, kogo warto posłuchać. Jak już mówiłem, nigdy nie wychodziłem z pustymi rękami.

Generalnie ludziom podobała się moja gra i często słyszałem, że moje piosenki nadają się do rozpisania na głosy, jednak szybko okazało się, że są dwa czynniki działające na moją niekorzyść. Po pierwsze, nie miałem sprzętu. Wiele kapel szukało kogoś z elektryczną gitarą, ze wzmacniaczami, głośnikami, najlepiej z transportem, kogoś, kto włączyłby się w ich program koncertowy. Tymczasem ja byłem bez samochodu, z nie najlepszą gitarą akustyczną. Dlatego, choćby nie wiem jak bardzo podobał im się mój rytm czy głos, nie mieli innego wyjścia, jak powiedzieć „nie". To było zrozumiałe.

Znacznie trudniej przyszło mi zaakceptować drugą przeszkodę i muszę powiedzieć, że to mnie zupełnie zaskoczyło. Problemem było to, że piszę piosenki. Nie mogłem wprost uwierzyć. Siedziałem w jakimś obskur-

119

nym mieszkaniu i grałem dla kręgu pozbawionych wyrazu twarzy, a na koniec, po piętnastu, trzydziestu sekundach ciszy, jeden z obecnych pytał podejrzliwie: „To czyj to był kawałek?". A kiedy mówiłem, że mój, można było zobaczyć, jak zatrzaskują się okiennice. Było wzruszanie ramionami, kręcenie głową, wymiana ukradkowych uśmiechów, a potem słyszałem rutynową odmowę.

Za kolejnym razem doprowadziło mnie to do rozpaczy i nie wytrzymałem.

— Słuchajcie, nie rozumiem tego. Chcecie do końca świata grać cudze kawałki? A nawet jeśli tego chcecie, to czy przyszło wam do głowy, skąd się te piosenki wzięły? Tak, otóż to. Ktoś je napisał!

Facet, do którego to mówiłem, spojrzał na mnie tępo.

— Bez urazy, kolego — powiedział — ale jest za dużo palantów piszących piosenki.

Głupota takiego podejścia, która zdawała się obejmować cały londyński światek muzyczny, przekonała mnie ostatecznie, że dzieje się coś, jeśli nie chorego, to w każdym razie skrajnie płytkiego i nieautentycznego, coś na samym dole, co niewątpliwie stanowiło odbicie stanu całego przemysłu muzycznego, aż do samej góry.

Zrozumienie tego plus fakt, że w miarę, jak zbliżało się lato, coraz trudniej było mi znaleźć kawałek podłogi do spania, skłoniło mnie do myśli, że pomimo fascynacji Londynem (w porównaniu z nim moje lata na uniwersytecie wydawały się szare) dobrze by było wyrwać się z tego miasta. Zadzwoniłem więc do mojej siostry Maggie, która prowadzi z mężem kawiarnię w Malvern Hills, i tak oto postanowiłem spędzić u nich lato.

• • •

Maggie jest ode mnie o cztery lata starsza i zawsze się o mnie martwi, wiedziałem więc, że ucieszy się z mojego przyjazdu. Prawdę mówiąc, domyślałem się, że będzie też zadowolona z dodatkowej pary rąk do pracy. Kiedy mówię, że jej kawiarnia jest w Malvern Hills, nie znaczy to, że jest w Great Malvern albo gdzieś przy drodze A, ale dosłownie na wzgórzach. Stary wiktoriański dom stoi samotnie, zwrócony frontem na zachód, i kiedy jest ładna pogoda, można przy ciastku i herbacie siedzieć na tarasie z bezkresnym widokiem na Herefordshire. Maggie i Geoff muszą zamykać lokal na zimę, ale w lecie gości nie brakuje, głównie miejscowych, którzy zostawiają samochody na parkingu National Trust sto metrów poniżej i zdyszani docierają tu w sandałach i sukienkach w kwiatki, ale przychodzą też grupy turystów z mapami i w wycieczkowym rynsztunku.

Maggie powiedziała, że ona i Geoff nie mogą mi zapłacić, co mnie urządzało, bo oznaczało, że nie będą mogli zbyt wiele ode mnie oczekiwać. Jednak ponieważ dostałem łóżko i wyżywienie, rozumiało się samo przez się, że będę trzecim członkiem załogi. Z początku nie było to tak całkiem jasne i szczególnie Geoff był rozdarty między chęcią kopnięcia mnie w tyłek za to, że za mało przykładam się do pracy, a przepraszaniem, że w ogóle czegoś ode mnie chce, jakbym był gościem. Wkrótce jednak sprawy się ułożyły. Praca była lekka, najlepiej wychodziło mi robienie kanapek, i czasami musiałem sobie przypomnieć o moim głównym celu przyjazdu na wieś: napisaniu kilku piosenek na powrót do Londynu jesienią.

Zazwyczaj wstaję wcześnie, ale szybko odkryłem, że śniadanie w kawiarni to koszmar, każdy gość chce jajka takie, a tosty siakie i wszystko się przypala. Przyjąłem więc zasadę, że nie schodzę na dół przed jedenastą. Gdy trwało to zamieszanie, ja otwierałem wielkie okno we wnęce, siadałem na szerokim parapecie i grałem na gitarze, mając przed oczami rozległy wiejski krajobraz. Kiedy przyjechałem, nastał ciąg naprawdę pięknych poranków i było to wspaniałe uczucie, jakbym widział bez końca, akordy zaś, które brzdąkałem, niosły się na cały kraj. Dopiero kiedy nieco się odwróciłem i wystawiłem głowę za okno, mogłem zobaczyć w dole taras kawiarni i przychodzących i odchodzących ludzi z psami i dziećmi w wózkach.

Nie byłem w tej okolicy kimś obcym. Maggie i ja dorastaliśmy w odległym zaledwie o parę mil Pershore i nasi rodzice często zabierali nas na spacery po wzgórzach. Ale wtedy za tym nie przepadałem i gdy tylko podrosłem, odmawiałem chodzenia z nimi. Jednak tego lata stwierdziłem, że jest to najpiękniejsze miejsce na świecie, że pod wieloma względami pochodzę stąd i należę do tych wzgórz. Może wiązało się to w jakiś sposób z tym, że nasi rodzice się rozstali i że od pewnego czasu ten mały szary dom naprzeciwko fryzjera nie był już „naszym" domem. Cokolwiek to było, tym razem zamiast klaustrofobii, którą pamiętałem z dzieciństwa, poczułem do tych miejsc pociąg, a nawet nostalgię.

Codziennie wędrowałem po tych wzgórzach, często z gitarą, jeżeli miałem pewność, że nie będzie padać. Szczególnie upodobałem sobie Table Hill i End Hill na północnym krańcu łańcucha, zwykle lekceważone przez wycieczkowiczów. Tam pogrążałem się w rozmyślaniach, godzinami nie spotykając żywej duszy. Miałem wrażenie, jakbym dopiero odkrywał te wzgórza, i prawie fizycznie czułem, jak w moim umyśle rodzą się pomysły nowych piosenek.

Natomiast praca w kawiarni to była zupełnie inna sprawa. Przygotowując sałatkę, mogłem usłyszeć głos albo zobaczyć twarz, która przeniosłaby mnie w dawniejsze czasy. Starzy znajomi rodziców podchodzili i maglowali mnie o moje plany na przyszłość, i musiałem trochę pozmyślać, żeby zostawili mnie w spokoju. Zwykle na odchodnym rzucali coś w rodzaju: „Przynajmniej masz jakieś zajęcie", wskazując głową pokrojony chleb i pomidory, zanim poczłapali z filiżanką do swojego stolika. Albo jakiś znajomy ze szkoły podchodził i zaczynał rozmowę w swoim nowym „uniwersyteckim" języku, analizując w superinteligentnym żargonie nowy film o Batmanie albo rozwodząc się nad prawdziwymi przyczynami biedy na świecie.

W zasadzie nie miałem nic przeciwko temu. Więcej, niektórych z tych ludzi witałem z przyjemnością. Ale była jedna osoba, która przyszła tego lata do kawiarni, i od pierwszego spojrzenia na nią poczułem, jak cierpnie mi skóra, i ona też mnie poznała, zanim zdążyłem dać nura do kuchni.

Była to pani Fraser albo Wiedźma Fraser, jak ją nazywaliśmy. Poznałem ją, gdy tylko weszła ze swoim ubłoconym małym buldożkiem. Miałem ochotę powiedzieć jej, że nie wolno wprowadzać psów, chociaż robili to wszyscy, kiedy po coś przychodzili. Wiedźma Fraser była moją nauczycielką w Pershore. Na szczęście przeszła na emeryturę, zanim zdałem do szóstej klasy, ale w mojej pamięci jej cień pada na cały mój pobyt w szkole. Poza nią szkoła nie była taka zła, ale ona uwzięła się na mnie od początku, a kiedy ma się jedenaście lat, człowiek jest zupełnie bezbronny wobec kogoś takiego jak ona. Nawet gdy podrosłem, niewiele mogłem zrobić, bo baba była przebiegła i chytra. W młodszych klasach stosowała zwykle sztuczki zboczonych nauczycieli, na przykład zadawała mi na lekcji pytania, na które, jak wyczuwała, nie potrafię odpowiedzieć, po czym kazała mi wstać, żeby cała klasa mogła się ze mnie wyśmiewać. Potem nabrało to nieco subtelniejszego charakteru. Pamiętam, jak kiedyś, gdy miałem czternaście lat, nowy nauczyciel, pan Travis, wymieniał ze mną na lekcji żarty. Nie żartował ze mnie, ale jak równy z równym, i klasa się śmiała, a mnie było przyjemnie. Ale parę dni później szedłem korytarzem, a naprzeciwko mnie szedł pan Travis z nią i kiedy się spotkaliśmy, zatrzymała mnie i strasznie mnie opieprzyła za spóźnienie się z pracą domową czy coś takiego. Rzecz w tym, że napadła na mnie tylko po to, żeby pan Travis dowiedział się, że jestem „trudnym uczniem" i że jeśli choć przez chwilę myślał, iż jestem chłopcem zasługującym na jego szacunek, to głęboko się mylił. Nie wiem, może to dlatego, że była stara, ale inni nauczyciele nie potrafili jej przejrzeć i wszystko, co mówiła, traktowali jak świętość.

Kiedy Wiedźma Fraser weszła tamtego dnia do kawiarni, było oczywiste, że mnie pamięta, ale nie uśmiechnęła się i nie zwróciła się do mnie po imieniu. Kupiła herbatę i paczkę ciasteczek i zabrała je na taras. Myślałem, że to będzie koniec, ale chwilę później przyszła znowu, postawiła pustą filiżankę i talerzyk na ladzie i powiedziała:

„Skoro nie sprzątasz ze stolików, przyniosłam to sama".
I posłała mi spojrzenie, które trwało o sekundę lub dwie
dłużej niż to normalne. To dawne „gdybym-tylko-mogła-
-cię-zdzielić" spojrzenie, i dopiero wtedy wyszła.

Nagle wróciła cała moja nienawiść do tej starej ropuchy
i kiedy po kilku minutach Maggie zeszła na dół, byłem
wściekły jak diabli. Maggie natychmiast to zauważyła
i spytała, co się stało. Kilkoro gości siedziało na tarasie,
ale w środku nie było nikogo, zacząłem więc krzyczeć,
obrzucając Wiedźmę Fraser wszystkimi wyzwiskami, na
które zasługiwała. Maggie kazała mi się uspokoić, po
czym powiedziała:

— Ona już nie jest niczyją nauczycielką. Jest smutną
starą kobietą porzuconą przez męża.

— To mnie nie dziwi.

— Ale mógłbyś jej choć trochę współczuć. Myślała,
że odpocznie sobie na emeryturze, on rzucił ją dla młod-
szej i teraz musi sama prowadzić pensjonat, o którym
ludzie mówią, że się sypie.

To mnie bardzo podniosło na duchu. Wkrótce zresztą
zapomniałem o Wiedźmie Fraser, bo przyszła grupa i musiałem zrobić dużo sałatek z tuńczyka. Jednak kilka dni
później, gdy gawędziłem w kuchni z Geoffem, usłyszałem
od niego nieco dodatkowych szczegółów; jak to jej mąż
po czterdziestu latach małżeństwa zwiał ze swoją sek-
retarką i jak ich pensjonat wystartował całkiem nieźle,

a teraz krążą plotki o gościach żądających zwrotu go-
tówki albo wyjeżdżających kilka godzin po przyjeździe.
Widziałem to miejsce tylko raz, kiedy pomagałem Maggie w zakupach i tamtędy przejeżdżaliśmy. Pensjonat
Wiedźmy Fraser mieścił się przy samej Elgar Route
i był to całkiem pokaźny dom z wielkim szyldem „Malvern Lodge".

Ale nie chcę rozwodzić się zbyt długo na temat Wiedźmy Fraser. Nie mam obsesji ani na punkcie jej, ani na
punkcie jej pensjonatu. Wspominam o tym tylko ze względu na to, co wydarzyło się później, kiedy pojawili się
Tilo i Sonja.

Tego dnia Geoff pojechał do Great Malvern, więc na
gospodarstwie zostaliśmy tylko Maggie i ja. Największy
ruch w porze lunchu minął, ale gdy zjawiła się para
Szwabów, wciąż mieliśmy pełne ręce roboty. Nazwałem
ich w myśli „Szwabami", gdy tylko usłyszałem ich akcent.
Nie jestem nacjonalistą, ale jeżeli stoi się za ladą i trzeba
pamiętać, kto nie chce buraczków, kto chce dodatkowy
chleb, kto chce co wpisać na który rachunek, człowiek
nie ma innego wyjścia, jak przyczepiać etykietki wszystkim klientom, nadać im imiona, znaleźć fizyczne wyróż-
niki. Ośla Gęba zamawiał zapiekankę i dwie kawy. Ba-
gietki z tuńczykiem i majonezem dla Winstona Churchilla
z żoną. Tak sobie radziłem. I w ten sposób Tilo i Sonja
zostali „Szwabami".

Popołudnie było upalne, ale większość gości, jak to Anglicy, wolała siedzieć na zewnątrz, na tarasie, a niektórzy nawet nie korzystali z cienia parasola, żeby móc opalić się na czerwono. Ta para jednak postanowiła usiąść w cieniu wewnątrz. Byli ubrani w workowate spodnie w kolorze wielbłądziej sierści, adidasy i podkoszulki, ale wyglądali jakoś elegancko, jak to często bywa z ludźmi z kontynentu. Uznałem, że są po czterdziestce, może tuż po pięćdziesiątce, na tym etapie nie przywiązywałem do tego wagi. Zjedli lunch, rozmawiając cicho, i sprawiali wrażenie przeciętnej pary Europejczyków w średnim wieku. Po chwili mężczyzna wstał i zaczął przechadzać się po sali, przystając przed wyblakłym zdjęciem domu z roku 1915, które Maggie powiesiła na ścianie.

— Wasz krajobraz jest taki piękny! W Szwajcarii mamy wiele pięknych gór, ale to, co wy tu macie, jest inne. To są wzgórza. Mówicie na nie „wzgórza". Mają specyficzny urok, bo są łagodne i przyjazne.

— O, więc państwo są ze Szwajcarii — zauważyła Maggie uprzejmie. — Zawsze chciałam tam pojechać. To brzmi tak fantastycznie: Alpy, kolejki linowe...

— To prawda, w naszym kraju jest wiele pięknych miejsc, ale to miejsce ma jakiś szczególny urok. Od dawna chcieliśmy odwiedzić tę część Anglii. Zawsze o tym rozmawialiśmy i w końcu tu jesteśmy! — Mężczyzna roześmiał się donośnie. — Bardzo nam się tu podoba!

— To wspaniale — powiedziała Maggie. — Mam nadzieję, że będziecie zadowoleni. Państwo na długo?

— Mamy jeszcze trzy dni, a potem musimy wracać do pracy. Od dawna marzyliśmy, żeby tu przyjechać. Odkąd przed wielu laty obejrzeliśmy cudowny film dokumentalny o Elgarze. Elgar najwyraźniej kochał te wzgórza i zjeździł je wzdłuż i wszerz na rowerze. A teraz wreszcie i my tu jesteśmy!

Maggie rozmawiała z nim przez parę minut o miejscach w Anglii, które już zwiedzili, i o tym, co powinni zobaczyć w okolicy, normalne rzeczy, o których wypada rozmawiać z turystami. Słuchałem tego już masę razy i sam mógłbym to robić mniej więcej mechanicznie, zacząłem się więc wyłączać. Dotarło do mnie tylko, że Szwaby to w rzeczywistości Szwajcarzy i że podróżują wynajętym samochodem. On powtarzał, jakim wspaniałym krajem jest Anglia, jacy wszędzie są mili ludzie, i wybuchał śmiechem, ilekroć Maggie powiedziała coś choć trochę żartobliwego. Ale, jak powiedziałem, wyłączyłem się, uznawszy ich za dość nudną parę. Zacząłem znów zwracać na nich uwagę kilka chwil później, kiedy zauważyłem, że mężczyzna próbuje wciągnąć do rozmowy żonę, a ona milczy, wpatrzona w przewodnik, i zachowuje się, jakby rozmowa zupełnie jej nie dotyczyła. Wtedy zacząłem przyglądać im się z większą uwagą.

Oboje mieli równą, naturalną opaleniznę, nie tak jak ci faceci na tarasie o wyglądzie spoconych homarów, i pomimo swoich lat oboje byli szczupli i wysportowani. On miał siwe, ale gęste włosy, starannie ostrzyżone, chociaż w stylu przypominającym lata siedemdziesiąte, jak ci faceci z Abby. Ona miała włosy blond, prawie śnieżnobiałe, surowy wyraz twarzy i zmarszczki wokół ust, psujące coś, co mogłoby być twarzą pięknej kobiety. Mężczyzna, jak już mówiłem, próbował wciągnąć ją do rozmowy.

— Oczywiście, żona ogromnie lubi Elgara i z wielką ochotą zobaczyłaby dom, w którym mieszkał.

Cisza.

Albo:

— Muszę wyznać, że nie jestem entuzjastą Paryża. Dużo bardziej wolę Londyn. Ale Sonja uwielbia Paryż.

Nic.

Za każdym razem, gdy mówił coś takiego, zwracał się do siedzącej w rogu żony i Maggie też musiała spoglądać w jej stronę, ale tamta nie odrywała wzroku od książki. Mężczyzna nie wydawał się tym specjalnie poruszony i nadal perorował z ożywieniem. W końcu rozłożył ręce.

— Jeśli państwo pozwolą — powiedział — myślę, że wyjdę na chwilę, żeby podziwiać wspaniały widok!

Wyszedł na zewnątrz i widzieliśmy, jak przechadza się po tarasie. Potem zniknął nam z oczu. Żona nadal siedziała w narożniku i czytała przewodnik, i po chwili Maggie podeszła do jej stolika, żeby zebrać nakrycia. Kobieta nie zwracała na nią najmniejszej uwagi, póki moja siostra nie podniosła talerza, na którym pozostał nadgryziony kawałek bułki. Wtedy kobieta zatrzasnęła książkę.

— Jeszcze nie skończyłam! — powiedziała znacznie głośniej, niż to było konieczne.

Maggie przeprosiła i zostawiła ją z kawałkiem bułki, którego kobieta, jak zauważyłem, wcale nie miała zamiaru dokończyć. Maggie spojrzała na mnie, przechodząc, a ja wzruszyłem ramionami. Po chwili moja siostra bardzo grzecznie spytała kobietę, czy jeszcze czegoś sobie życzy.

— Nie, nie chcę nic więcej.

Z tonu jej głosu zgadywałem, że należy ją zostawić w spokoju, ale u Maggie to był nawyk.

— Czy wszystko pani smakowało? — spytała, jakby ją to rzeczywiście interesowało.

Przez co najmniej pięć albo sześć sekund kobieta nie przerywała lektury, jakby nie usłyszała pytania. Potem odłożyła książkę i wbiła w moją siostrę spojrzenie pełne nienawiści.

— Skoro pani pyta — odezwała się — powiem pani. Jedzenie było w porządku. Lepsze niż w większości tych okropnych lokali, jakie tu macie. Za to czekaliśmy trzydzieści pięć minut na zwykłego sandacza i sałatkę. Trzydzieści pięć minut.

Dopiero teraz dotarło do mnie, że ta kobieta gotuje się ze złości. Nie takiej, która nagle dopada człowieka, a potem przechodzi. Nie, czułem, że ta kobieta dusi w sobie wściekłość od dłuższego czasu. Jest to rodzaj złości, która nadchodzi i utrzymuje się na stałym poziomie jak uporczywy ból głowy, nie osiągając punktu kulminacyjnego i nie mogąc znaleźć ujścia. Maggie jest osobą tak zrównoważoną, że nie rozpoznawała tych objawów i myślała pewnie, że skarga kobiety ma mniej więcej racjonalne podłoże. Przeprosiła i zaczęła się tłumaczyć:

— Widzi pani, kiedy jest duży ruch, jaki akurat mieliśmy...

— Chyba macie go codziennie, prawda? Czy tak? Codziennie w lecie, przy dobrej pogodzie macie taki ruch? No więc? Dlaczego nie możecie się przygotować? Zaskakuje was coś, co zdarza się codziennie. Czy to chciała mi pani powiedzieć?

Kobieta piorunowała wzrokiem moją siostrę, ale kiedy wyszedłem zza lady i stanąłem obok Maggie, przeniosła spojrzenie na mnie. Może było to związane z moim wyrazem twarzy, bo zauważyłem, że natężenie jej złości podskoczyło o kilka kresek. Maggie też na mnie spojrzała i zaczęła mnie łagodnie odpychać, ale ja nie ustępowałem i nadal patrzyłem na kobietę. Chciałem, żeby wiedziała, że Maggie nie jest sama. Bóg wie, do czego by nas to doprowadziło, gdyby nie wrócił jej mąż.

— Co za wspaniały widok! Wspaniały widok, wspaniały lunch, wspaniały kraj!

Czekałem, aż zorientuje się, w co wkroczył, ale jeżeli coś zauważył, to nie dał tego po sobie poznać i uśmiechnął się do żony.

— Sonju, naprawdę musisz wyjść i popatrzeć — powiedział po angielsku, pewnie ze względu na naszą obecność. — Podejdź tylko do końca tej małej ścieżki!

Odpowiedziała coś po niemiecku, po czym zagłębiła się w lekturze. On wszedł do sali i zwrócił się do nas:

— Zamierzaliśmy dziś po południu pojechać do Walii, ale wasze wzgórza są takie piękne, że może zostaniemy w tej okolicy przez następne trzy dni, do końca naszych wakacji. Jeżeli Sonja się zgodzi, będę bardzo szczęśliwy!

Spojrzał na żonę, która wzruszyła ramionami i znów powiedziała coś po niemiecku, na co on roześmiał się głośnym, radosnym śmiechem.

— Dobrze! Żona się zgodziła! A więc ustalone. Nie jedziemy do Walii. Zostajemy tutaj, w waszej okolicy, na następne trzy dni!

Posłał nam promienny uśmiech i Maggie wyraziła swoje poparcie.

Z ulgą zauważyłem, że żona odkłada książkę i zbiera się do wyjścia. Mężczyzna też podszedł do stolika, podniósł mały plecak i zarzucił go sobie na ramię.

— Zastanawiam się — zwrócił się do Maggie — czy jest przypadkiem w okolicy jakiś mały hotel, który mogliby państwo nam polecić? Coś niezbyt drogiego, ale wygodnego i sympatycznego. I jeżeli to możliwe, z angielską atmosferą!

Maggie była nieco zaskoczona.

— O jakim miejscu państwo myślicie? — spytała trochę bez sensu, żeby zyskać na czasie.

Natychmiast skorzystałem z okazji:

— Najlepszy w okolicy jest pensjonat pani Fraser. Mieści się przy drodze do Worcester. Nazywa się Malvern Lodge.

— Malvern Lodge! To brzmi jak coś, czego szukamy!

Maggie odwróciła się z dezaprobatą i udawała, że porządkuje coś na stoliku, podczas gdy ja udzielałem im szczegółowych wskazówek, jak znaleźć pensjonat Wiedźmy Fraser. Potem para wyszła, facet dziękował nam z uśmiechem, a kobieta nawet nie spojrzała w naszą stronę.

Siostra zrobiła niezadowoloną minę i pokręciła głową. Roześmiałem się w odpowiedzi.

— Musisz przyznać — powiedziałem — że ta kobieta i Wiedźma Fraser są siebie godne. To była okazja, której nie mogłem przepuścić.

— Ty możesz się tak zabawiać — mruknęła Maggie, przeciskając się obok mnie do kuchni — a ja muszę tutaj żyć.

— No i co się stało? Tych Szwabów już nigdy więcej nie zobaczysz, a je żeli ta stara wiedźma dowie się, że poleciliśmy jej pensjonat turystom, to nie będzie mogła mieć pretensji, prawda?

Maggie znów pokręciła głową, ale tym razem z cieniem uśmiechu.

• • •

Po tym wszystkim w kawiarni nastał spokój, wrócił Geoff, poszedłem więc na górę z poczuciem, że jak na razie zrobiłem więcej, niż do mnie należało. W pokoju usiadłem z gitarą w wykuszu i na jakiś czas pogrążyłem się w ułożonej do połowy piosence. Nagle, a wydawało mi się, że upłynęła zaledwie chwila, usłyszałem głosy gości przybywających na popołudniową herbatę. Jeśli zrobi się gorąco, jak zwykle bywało, Maggie poprosi mnie, żebym zszedł na dół, co nie byłoby uczciwe, biorąc pod uwagę, ile już tego dnia zrobiłem. Uznałem, że najlepiej będzie wymknąć się na wzgórza i tam kontynuować pracę.

Niezauważony wyszedłem tylnymi drzwiami i natychmiast poczułem radość, że jestem na powietrzu. Było dość ciepło, zwłaszcza jeżeli niosło się futerał z gitarą, i cieszył mnie każdy chłodniejszy powiew wiatru.

Zmierzałem do miejsca, które odkryłem w poprzednim tygodniu. Żeby się tam dostać, należało podejść stromą ścieżką za domem, a potem kilka minut iść łagodniejszym stokiem do upatrzonej ławki. Wybrałem ją nie tylko ze względu na fantastyczny widok, jaki się z niej roztaczał, ale również dlatego, że nie stała na jednym z tych skrzyżowań szlaków, gdzie docierają ludzie z ledwo żywymi dziećmi i padają obok ciebie.

Z drugiej strony nie stała tak całkiem na uboczu i co pewien czas przechodził wędrowiec i mówił „cześć", jak to jest w zwyczaju, może dodając jakąś dowcipną uwagę na temat mojej gitary, a wszystko to bez przerywania marszu. To mi ani trochę nie przeszkadzało. Było tak, jakbym raz miał audytorium, a raz nie miał, i dawało to mojej wyobraźni odrobinę potrzebnego dopingu.

Siedziałem na tej mojej ławce może z pół godziny, kiedy zauważyłem, że jacyś spacerowicze, którzy normalnie minęliby mnie z krótkim pozdrowieniem, zatrzymali się i obserwują mnie z odległości kilku jardów, co było dosyć denerwujące.

— W porządku — odezwałem się z sarkazmem — nie musicie rzucać mi pieniędzy.

Odpowiedział mi głośny radosny śmiech, który natychmiast rozpoznałem, i kiedy podniosłem wzrok, zobaczyłem podchodzących do ławki Szwabów.

Przemknęła mi przez myśl możliwość, że pojechali do Wiedźmy Fraser, zorientowali się, że zrobiłem ich w konia, i teraz przychodzą, żeby się ze mną porachować. Ale zaraz zobaczyłem, że nie tylko ten facet, ale i jego żona radośnie się uśmiechają. Cofnęli się parę kroków, żeby stanąć naprzeciwko mnie, a że słońce właśnie zachodziło, przez chwilę widziałem tylko ich sylwetki na tle wielkiego przedwieczornego nieba. Podeszli bliżej i zobaczyłem, że oboje wpatrują się w moją gitarę (na której wciąż grałem) z wyrazem radosnego zdziwienia, z jakim ludzie patrzą na niemowlę. Jeszcze bardziej zaskoczyło mnie, że kobieta przytupuje do taktu. Zbity z tropu przestałem grać.

— Hej, dalej, dalej! — zachęciła mnie kobieta. — To, co pan grał, było bardzo dobre.

— Tak — potwierdził jej mąż — znakomite. Usłyszeliśmy to z daleka. — Pokazał palcem. — Byliśmy tam, na grani, i powiedziałem do Sonji, że słyszę muzykę.

— I śpiew — dodała kobieta. — Powiedziałam do Tila: „Posłuchaj, tam ktoś śpiewa". I miałam rację, prawda? Przed chwilą pan grał i śpiewał.

Nie mieściło mi się w głowie, że ta roześmiana kobieta jest tą samą osobą, która tak nam zalazła za skórę podczas lunchu, i przyjrzałem im się uważnie, żeby sprawdzić, czy to przypadkiem nie jest zupełnie inna para. Ale byli tak samo ubrani i chociaż wiatr potargał nieco fryzurę mężczyzny w stylu Abby, nie mogło być wątpliwości. Zresztą Szwajcar rozwiałby je następnym pytaniem:

— To pan jest tym dżentelmenem, który podawał nam lunch w tej uroczej restauracji?

Potwierdziłem.

— Tę melodię, którą pan grał przed chwilą — powiedziała kobieta — usłyszeliśmy tam, na górze, w powiewie wiatru. Podobało mi się, jak opada na końcu każdej linijki.

— Dziękuję — odpowiedziałem. — To coś, nad czym pracuję. Nie jest jeszcze skończone.

— To pana własna kompozycja? Jest pan bardzo utalentowany! Proszę, niech pan zaśpiewa to jeszcze raz, tak jak przedtem.

— Wie pan co? — odezwał się mężczyzna. — Kiedy będzie pan nagrywał tę piosenkę, musi pan powiedzieć producentowi, że tak właśnie ma brzmieć. Jak to! — Wskazał za siebie na rozciągający się przede mną krajobraz Herefordshire. — Musi mu pan powiedzieć, że to jest to brzmienie, atmosfera, o którą panu chodzi. Wtedy słuchacz usłyszy pańską piosenkę, tak jak my ją usłyszeliśmy dzisiaj, w powiewie wiatru, kiedy schodziliśmy z grani...

— Tylko oczywiście trochę wyraźniej — zaznaczyła kobieta. — Inaczej słuchacz nie chwyci słów. Ale Tilo ma rację. Powinna w tym być sugestia otwartej przestrzeni. Powietrze, echo.

Wyglądali, jakby byli na granicy uniesienia, jakby spotkali wśród tych wzgórz drugiego Elgara. Mimo począstkowej niechęci, nie mogłem nie poczuć do nich sympatii.

— Cóż, ponieważ większą część tej piosenki napisałem tutaj, nic dziwnego, że jest w niej coś z tego miejsca.

— Tak, tak! — zawołali oboje, kiwając głowami.

— Niech pan nie będzie nieśmiały — zachęcała mnie kobieta. — Niech się pan podzieli z nami swoją muzyką. Brzmiała cudownie.

— No dobrze. — Zagrałem parę wstępnych akordów. — Zgoda. Zaśpiewam coś dla was, jeżeli naprawdę chcecie, ale nie tę niedokończoną piosenkę. Inną. Ale nie mogę grać, gdy tak nade mną stoicie.

— Naturalnie — powiedział Tilo. — Nie pomyśleliśmy o tym. Sonja i ja musieliśmy występować w tak różnych i trudnych warunkach, że zlekceważyliśmy potrzeby innego muzyka.

Tilo rozejrzał się i usiadł przy ścieżce na wydeptanej trawie, plecami do mnie, a przodem do widoku. Sonja posłała mi zachęcający uśmiech i usiadła obok niego. Tilo otoczył ją ramieniem, ona przytuliła się do niego i zrobiło się tak, jakby mnie w ogóle nie było, a oni przeżywali moment czułości, zapatrzeni w wieczorną panoramę okolicy.

— No dobrze, idzie to tak — powiedziałem i zaśpiewałem piosenkę, od której zwykle zaczynałem przesłuchania. Kierowałem głos ku horyzontowi, ale co jakiś czas spoglądałem na Tila i Sonję. Nie widziałem twarzy, ale ich rozluźniona postawa, sposób, w jaki się do siebie przytulali, bez najmniejszych oznak zniecierpliwienia, mówiły mi, że podoba się im to, co słyszą. Kiedy skończyłem, odwrócili się do mnie z szerokimi uśmiechami i bili brawo, odbijające się echem wśród wzgórz.

— Fantastyczne! — wykrzyknęła Sonja. — Bardzo utalentowane!

— Wspaniałe, wspaniałe — mówił Tilo.

Trochę mnie to zawstydziło i udawałem, że majstruję coś przy gitarze. Kiedy w końcu podniosłem wzrok, nadal siedzieli na trawie, tak żeby móc mnie widzieć.

— Jesteście więc muzykami? — spytałem. — To znaczy zawodowymi muzykami?

— Tak — odpowiedział Tilo. — Myślę, że można nas nazwać profesjonalistami. Sonja i ja występujemy jako duet. W hotelach, w restauracjach. Na ślubach i przyjęciach. W całej Europie, choć najbardziej lubimy pracować w Szwajcarii i Austrii. Zarabiamy w ten sposób na życie, więc tak, jesteśmy profesjonalistami.

— Ale przede wszystkim — dodała Sonja — gramy, bo kochamy muzykę. Widzę, że z panem jest tak samo.

— Gdybym przestał kochać muzykę, natychmiast przestałbym grać. Chciałbym to robić zawodowo — dodałem. — To chyba jest dobre życie.

— O tak, to jest dobre życie — potwierdził Tilo. — Mamy dużo szczęścia, że możemy robić to, co robimy.

— Słuchajcie — powiedziałem może trochę niespodziewanie — czy pojechaliście państwo do tego hotelu, o którym wam mówiłem?

— To bardzo niegrzeczne z naszej strony! — wykrzyknął Tilo. — Byliśmy tak pochłonięci pańską muzyką, że zupełnie zapomnieliśmy panu podziękować. Tak, pojechaliśmy tam i wszystko jest tak, jak chcieliśmy. Na szczęście były jeszcze wolne miejsca.

— O coś takiego właśnie nam chodziło — wyjaśniła Sonja. — Bardzo dziękujemy.

Znów udałem zainteresowanie gitarą, po czym odezwałem się najbardziej obojętnie, jak potrafiłem:

— Przypomniałem sobie, że jest tu jeszcze inny hotel. Chyba lepszy niż Malvern Lodge. Myślę, że powinni się państwo przenieść.

— Och, już się rozgościliśmy — powiedział Tilo. — Rozpakowaliśmy rzeczy, a poza tym jest tam wszystko, czego potrzebujemy.

— Tak, ale... Chodzi o to, że wcześniej, kiedy pytali mnie państwo o hotel, nie wiedziałem, że jesteście muzykami. Myślałem, że jesteście państwo bankierami albo kimś takim.

Oboje wybuchnęli śmiechem, jakbym opowiedział jakiś świetny dowcip.

— Nie, nie, nie jesteśmy bankierami — śmiał się Tilo. — Ale nieraz tego żałujemy.

— Chcę powiedzieć, że są inne hotele, znacznie lepiej dostosowane, wiecie państwo, do ludzi ze świata sztuki. Kiedy nieznajome osoby pytają o hotel, trudno jest coś polecić, dopóki się nie wie, jacy to ludzie.

— To miło, że tak się pan przejmuje — stwierdził Tilo — ale nie ma takiej potrzeby. Jest doskonale. Poza tym ludzie nie różnią się aż tak bardzo. Bankierzy, muzycy, w końcu wszyscy chcemy od życia tego samego.

— Wiesz, nie byłabym tego taka pewna — odezwała się Sonja. — Nasz przyjaciel, jak widzisz, nie szuka pracy w banku. On ma inne marzenia.

— Chyba masz rację, Sonju. W każdym razie, ten hotel nam odpowiada.

Pochyliłem się nad strunami i ćwiczyłem kolejną frazę. Na parę chwil zapadło milczenie.

— A państwo jaki rodzaj muzyki gracie? — spytałem wreszcie.

Tilo wzruszył ramionami.

— Każde z nas gra na kilku instrumentach. Oboje jesteśmy klawiszowcami. Ja lubię klarnet. Sonja jest bardzo dobrą skrzypaczką, a także znakomitą śpiewaczką. Chyba to, co lubimy najbardziej, to nasza tradycyjna szwajcarska muzyka ludowa, ale w stylu współczesnym. Można powiedzieć, czasem nawet w stylu awangardowym. Bierzemy wzór z wielkich kompozytorów, którzy wybrali podobną drogę, na przykład Janáček czy wasz Vaughan Williams.

— Ale tego rodzaju muzyki nie gramy teraz często — zaznaczyła Sonja.

Wymienili spojrzenia, w których zauważyłem błysk napięcia. Potem na twarz Tila powrócił uśmiech.

— Mówiłem naszemu młodemu przyjacielowi, co lubimy grać najbardziej. — Potem zwrócił się do mnie: — Ale tak, jak zauważyła Sonja, w realnym świecie przeważnie musimy grać to, co może się spodobać naszej publiczności, więc wykonujemy wiele przebojów. Beatlesi, Carpentersi. Różne nowsze piosenki. To nam całkowicie odpowiada.

— A co z Abbą? — spytałem pod wpływem impulsu i natychmiast tego pożałowałem. Ale Tilo chyba nie wyczuł złośliwości.

— Tak, rzeczywiście gramy trochę Abby. *Dancing Queen*. To zawsze się podoba. Prawdę powiedziawszy, przy *Dancing Queen* ja sam trochę podśpiewuję, robię drugi głos. Sonja powie panu, że śpiewam okropnie, musimy więc pilnować, żeby wykonywać ten kawałek, kiedy nasi słuchacze są w środku posiłku, bo wtedy nie mogą uciec!

Wybuchnął donośnym śmiechem i Sonja też się roześmiała, chociaż nie tak głośno. W tym momencie przemknął obok nas facet na rowerze górskim ubrany w coś, co wyglądało jak czarny strój płetwonurka, i przez kilka następnych chwil wszyscy śledziliśmy jego oddalającą się w morderczym tempie sylwetkę.

— Byłem kiedyś w Szwajcarii — powiedziałem wreszcie. — Na wakacjach, dwa lata temu. W Interlaken. Mieszkałem w schronisku młodzieżowym.

— A tak, Interlaken. Piękna miejscowość. Niektórzy Szwajcarzy wybrzydzają na nią, mówią, że to miejsce tylko dla turystów. Ale Sonja i ja lubimy tam występować. Prawdę powiedziawszy, grać w Interlaken w letni wieczór dla szczęśliwych ludzi z całego świata to wielka przyjemność. Mam nadzieję, że był pan zadowolony z tej wizyty.

— Tak, było wspaniale.

— Jest w Interlaken restauracja, w której każdego lata gramy przez kilka wieczorów. Ustawiamy się pod markizą i w ten sposób mamy widok na wszystkie stoliki, które w taki wieczór oczywiście stoją na dworze. I grając, widzimy wszystkich turystów, bardzo szczęśliwych, jak jedzą i rozmawiają pod gwiazdami. A za turystami widzimy wielką łąkę, na której w ciągu dnia lądują paralotniarze, a którą w nocy oświetlają latarnie stojące wzdłuż Hoheweg. A jeżeli sięgnąć wzrokiem dalej, to nad łąką wznoszą się Alpy. Zarysy Eigeru, Möncha, Jungfrau. A powietrze jest przyjemnie ciepłe i wypełnione naszą muzyką. Zawsze czuję, że być tam, to przywilej. Tak, myślę, że dobrze jest robić to, co robimy.

— W zeszłym roku — podjęła Sonja — kierownik tej restauracji kazał nam włożyć na występ pełne kostiumy, chociaż było gorąco. To bardzo niewygodne i powiedzieliśmy mu, co to za różnica, po co mamy wkładać grube kamizelki, szale i kapelusze? W samych koszulach wyglądamy porządnie i też bardzo po szwajcarsku. Ale kierownik restauracji mówi nam: „Wkładacie pełne kostiumy albo nie gracie. Wasz wybór", mówi i odchodzi, ot, tak.

— Ależ, Sonju, tak samo jest w każdej pracy. Zawsze jest jakiś uniform, coś, co pracodawca każe nosić. Tak samo jest w bankach! A w naszym przypadku to przynajmniej coś, co kochamy. Szwajcarska kultura. Szwajcarska tradycja.

I znów zawisło między nami niedopowiedzenie, ale trwało to tylko sekundę lub dwie i zaraz oboje się uśmiechnęli i skupili wzrok na mojej gitarze. Pomyślałem, że wypada coś powiedzieć.

— Myślę, że mnie by się to przydało — rzuciłem. — Móc grać w różnych krajach. Musicie być państwo zawsze na najwyższych obrotach, świadomi swojej publiczności.

— Tak — przyznał Tilo. — To dobrze, że występujemy przed różnymi ludźmi. I nie tylko w Europie. W sumie dobrze poznaliśmy wiele miast.

— Na przykład Düsseldorf — wtrąciła Sonja. Było teraz w jej głosie coś innego, coś twardszego, i znów zobaczyłem tę samą osobę, co wtedy w kawiarni. Ale Tilo jakby niczego nie zauważył.

— W Düsseldorfie mieszka teraz nasz syn — wyjaśnił beztrosko. — Jest w pańskim wieku. Może trochę starszy.

— Na początku roku pojechaliśmy do Düsseldorfu — ciągnęła Sonja. — Mieliśmy tam kontrakt na występ. Nie taki zwykły, to była okazja, żeby zagrać naszą prawdziwą muzykę. Dzwonimy więc do niego, do naszego syna, naszego jedynego dziecka, że przyjeżdżamy do jego miasta. Nikt nie podniósł słuchawki, więc zostawiamy wiadomość. Zostawiamy wiele wiadomości. Żadnej odpowiedzi. Przyjeżdżamy do Düsseldorfu, zostawiamy więcej wiadomości. Mówimy, jesteśmy tutaj, w twoim mieście. Nadal nic. Tilo mówi, nie przejmuj się, pewnie przyjdzie wieczorem na nasz koncert. Ale nie przyszedł. Gramy i wyjeżdżamy do innego miasta, na następny występ.

Tilo zachichotał.

— Myślę, że może Peter nasłuchał się dosyć naszej muzyki w dzieciństwie! Widzi pan, biedny chłopak musiał dzień w dzień słuchać naszych prób.

— Przypuszczam, że to może być trochę ryzykowne, mieć dzieci, kiedy jest się muzykiem.

— Mamy tylko jedno dziecko — odrzekł Tilo — więc to nie było takie straszne. Oczywiście mieliśmy szczęście.

Kiedy wyjeżdżaliśmy, a nie mogliśmy go ze sobą zabrać, dziadkowie zawsze chętnie służyli pomocą. A kiedy Peter był starszy, mogliśmy go posłać do dobrej szkoły z internatem. I znów dziadkowie przyszli z pomocą. Inaczej nie moglibyśmy sobie pozwolić na taką szkołę. Mieliśmy więc dużo szczęścia.

— Tak, mieliśmy szczęście — przyznała Sonja. — Tyle że Peter nienawidził tej szkoły.

Dobra atmosfera wyraźnie się psuła.

— Cóż — odezwałem się szybko, chcąc powiedzieć coś pocieszającego — w każdym razie wygląda na to, że oboje państwo lubicie swoją pracę.

— O tak, bardzo lubimy swoją pracę — zapewnił Tilo. — Jest dla nas wszystkim. Mimo to bardzo cenimy sobie te wakacje. Czy wie pan, że to są nasze pierwsze prawdziwe wakacje od trzech lat?

Znów poczułem wyrzuty sumienia i chciałem jeszcze raz spróbować namówić ich do zmiany hotelu, ale rozumiałem, że będzie to wyglądać śmiesznie. Musiałem liczyć na to, że Wiedźma Fraser pokaże się z jak najlepszej strony. Powiedziałem więc coś innego:

— Jeżeli państwo chcecie, zaśpiewam piosenkę, nad którą teraz pracuję. Nie skończyłem jej jeszcze i normalnie bym tego nie zrobił, ale skoro słyszeliście już państwo jej fragment, nie mam nic przeciwko temu, żeby zaśpiewać tyle, ile już ułożyłem.

Na twarz Sonji wrócił uśmiech.

— Tak — powiedziała — prosimy, niech pan zaśpiewa. Brzmiała wcześniej tak pięknie.

Przygotowałem się do gry, a oni wrócili do poprzedniej pozycji, twarzami do widoku, a plecami do mnie. Tym razem jednak nie przytulili się, tylko siedzieli na trawie zaskakująco sztywno i oboje osłaniali dłońmi oczy przed blaskiem zachodzącego słońca. Trwali tak przez cały czas, gdy grałem, dziwnie nieruchomi, a że każde z nich rzucało długi cień, wyglądali jak eksponaty na wystawie. Zakończyłem moją niedokończoną piosenkę zaimprowizowanym akordem, a oni przez chwilę siedzieli bez ruchu. Potem rozluźnili się i zaczęli klaskać, choć może nie tak entuzjastycznie, jak poprzednio. Tilo podniósł się, mrucząc komplementy, potem pomógł wstać Sonji. Dopiero przy tym ruchu widać było, że nie są młodzi. A może byli tylko zmęczeni. Mogli przecież przejść kawał drogi, zanim mnie spotkali. Tak czy inaczej wydało mi się, że wstawanie wymagało od nich niemałego wysiłku.

— Sprawił nam pan wielką przyjemność — mówił Tilo. — Teraz to my jesteśmy turystami i ktoś gra dla nas! Co za miła odmiana.

— Chciałabym usłyszeć pańską piosenkę, kiedy będzie skończona — dodała Sonja i chyba mówiła szczerze. — Może pewnego dnia usłyszę ją w radiu. Kto wie?

— Tak, i wtedy Sonja i ja zagramy naszą wersję dla naszej publiczności! — W powietrzu zabrzmiał jego donośny śmiech, po czym skłonił się grzecznie.

— I tak oto dzisiaj jesteśmy potrójnie pana dłużnikami. Wspaniały lunch. Wspaniały wybór hotelu. I wspaniały koncert na wzgórzach!

Kiedy się żegnaliśmy, kusiło mnie, żeby powiedzieć im prawdę. Przyznać się, że umyślnie posłałem ich do najgorszego hotelu w okolicy, i ostrzec, żeby się przenieśli, póki jeszcze jest czas. Ale wylewność, z jaką ściskali moją dłoń, ogromnie utrudniała takie wyznanie. A potem odeszli drogą w dół i znów zostałem na ławce sam.

• • •

Gdy wróciłem ze wzgórz, kawiarnia była już zamknięta. Maggie i Geoff wyglądali na zmordowanych. Maggie powiedziała, że jeszcze nigdy nie mieli takiego ruchu, i sprawiała wrażenie zadowolonej. Ale kiedy Geoff zrobił tę samą uwagę przy kolacji (dojadaliśmy w kawiarni resztki z dnia), zabrzmiało to, jakby oni musieli tak ciężko pracować, a gdzie ja byłem w tym czasie, zamiast pomagać? Maggie spytała, jak spędziłem popołudnie, ale nie wspomniałem o Tilu i Sonji. Wydało mi się to zbyt skomplikowane, powiedziałem więc tylko, że wybrałem się na Sugarloaf, żeby popracować nad piosenką. A kiedy spytała, czy posunąłem się z pracą, a ja powiedziałem,

149

że tak, że zrobiłem spory postęp, Geoff wstał i demonstracyjnie odszedł, mimo że miał jeszcze jedzenie na talerzu. Maggie udawała, że tego nie widzi, i trzeba przyznać, że po kilku minutach wrócił z puszką piwa, po czym usiadł z gazetą, prawie się nie odzywając. Nie chciałem być przyczyną rozdźwięków między moją siostrą a szwagrem, więc szybko pożegnałem się i poszedłem na górę pracować nad piosenką.

Mój pokój, tak inspirujący za dnia, po zmroku nie był specjalnie przytulny. Na przykład zasłony nie zaciągały się do końca, co oznaczało, że gdy otworzyłem okno, bo panowała upalna duchota, owady widziały moje światło z odległości mil i pakowały się do środka.

Jedyne światło, jakie miałem, stanowiła naga żarówka zwisająca z sufitu i rzucająca ponure cienie w całym pokoju, który jeszcze bardziej ujawniał swój charakter niemieszkalnej graciarni. Tego wieczoru chciałem pracować przy świetle, żeby notować przychodzące mi do głowy słowa, ale zrobiło się nieznośnie duszno i w końcu zgasiłem światło, rozsunąłem zasłony, otworzyłem okno na całą szerokość i usiadłem z gitarą na parapecie, tak jak za dnia.

Spędziłem tak może godzinę, próbując różnych wersji pewnego pasażu, gdy rozległo się pukanie i do pokoju wetknęła głowę Maggie. Naturalnie wszystko było pogrążone w ciemnościach, ale na tarasie paliło się światło i mogłem rozpoznać jej twarz. Uśmiechała się jakoś niezręcznie i pomyślałem, że chce mnie prosić o pomoc przy jeszcze jakiejś pracy. Potem weszła do środka i zamknęła za sobą drzwi.

— Przykro mi, kochanie — powiedziała — ale Geoff jest dziś bardzo zmęczony, miał ciężki dzień i mówi, że teraz chciałby sobie w spokoju obejrzeć film.

Powiedziała to tak, jakby to było pytanie, i dopiero po chwili zrozumiałem, że to prośba, żebym przestał grać.

— Ale ja tu pracuję nad czymś ważnym — zaprotestowałem.

— Wiem. Ale on jest dziś naprawdę zmęczony i mówi, że twoje granie mu przeszkadza.

— Geoff musi zrozumieć, że tak jak on ma swoją pracę, tak ja mam swoją.

Maggie zastanawiała się nad tym, co usłyszała, po czym ciężko westchnęła.

— Chyba nie powinnam tego mówić Geoffowi — powiedziała.

— Dlaczego nie? Dlaczego nie miałabyś tego zrobić? Najwyższy czas, żeby to do niego dotarło.

— Dlaczego? Nie sądzę, żeby był z tego specjalnie zadowolony, dlatego. I nie sądzę, żeby uznał, że jego pracę można porównać z twoją.

Patrzyłem na siostrę i na chwilę odebrało mi mowę.

— Gadasz głupoty — odezwałem się wreszcie. — Dlaczego wygadujesz takie głupoty?

Pokręciła ze znużeniem głową i nic nie powiedziała.

— Nie rozumiem, dlaczego gadasz takie głupoty. I to akurat teraz, kiedy wszystko tak dobrze mi się układa.

— Wszystko ci się dobrze układa, kochanie? — Patrzyła na mnie w półmroku. — No dobrze — dodała po chwili — nie chcę się z tobą sprzeczać. — Odwróciła się, żeby otworzyć drzwi. — Chodź na dół i przyłącz się do nas, jeśli chcesz. — I wyszła.

Sztywny ze złości, patrzyłem na drzwi, które się za nią zamknęły. Dotarły do mnie z dołu stłumione odgłosy telewizora i nawet w stanie, w jakim się znajdowałem, jakaś bezstronna część umysłu mówiła mi, że moja wściekłość powinna być skierowana nie na Maggie, ale na Geoffa, który systematycznie próbuje mnie dezawuować, odkąd się tu zjawiłem. Mimo to byłem bardziej zły na siostrę. Przez cały czas, kiedy mieszkałem w jej domu, ani razu nie poprosiła mnie, żebym coś zaśpiewał, tak jak to zrobili Tilo i Sonja. Chyba nie wymagałem zbyt wiele od rodzonej siostry, i to takiej, która, jak pamiętam, jako nastolatka była wielką entuzjastką muzyki? A teraz, proszę, przerywa mi, kiedy próbuję pracować, i wygaduje głupoty. Ilekroć przypomni mi się, jak powiedziała: „Nie chcę się z tobą sprzeczać", czuję złość.

Zszedłem z parapetu, odłożyłem gitarę i rzuciłem się na materac, a potem przez chwilę gapiłem się na pęknięcia na suficie. Wydawało się jasne, że zostałem tu zaproszony pod fałszywym pretekstem, że chodziło o znalezienie taniego pracownika w sezonie, kiedy jest większy ruch, frajera, któremu nawet nie trzeba płacić. A moja siostra tak samo nie rozumiała, co próbuję osiągnąć, jak ten bałwan jej mąż. Oboje zasłużyli na to, żebym zostawił ich na lodzie i wrócił do Londynu. Chodziło mi to po głowie, ale po jakiejś godzinie trochę się uspokoiłem i postanowiłem, że jeszcze na tę noc zostanę.

• • •

Prawie się do nich nie odzywałem, kiedy zszedłem na dół jak zwykle po śniadaniowej godzinie szczytu. Zrobiłem sobie tosta i kawę, wziąłem trochę jajecznicy i usiadłem w kącie kawiarni. Jedząc śniadanie, myślałem o tym, że może na wzgórzach znów spotkam Tila i Sonję. I chociaż mogłoby to oznaczać konieczność stawienia czoła skargom na pensjonat Wiedźmy Fraser, i tak miałem nadzieję, że ich spotkam. Poza tym, nawet jeśli stara Wiedźma byłaby naprawdę okropna, nigdy nie przyszłoby im do głowy, że poleciłem jej pensjonat z czystej złośliwości. Było wiele sposobów, żeby jakoś z tego się wyłgać.

Maggie i Geoff oczekiwali pewnie, że im pomogę w czasie lunchu, ale uznałem, że przyda im się nauczka za niedocenianie ludzi. Dlatego zaraz po śniadaniu poszedłem na górę, wziąłem gitarę i wymknąłem się tylnymi drzwiami.

Znów było bardzo gorąco i pot spływał mi po twarzy, kiedy wspinałem się ścieżką prowadzącą do mojej ławki. Chociaż podczas śniadania myślałem o Tilu i Sonji, to teraz o nich zapomniałem i zaskoczyło mnie, kiedy pokonując końcowy odcinek drogi, zobaczyłem samotnie siedzącą Sonję. Natychmiast mnie zobaczyła i pomachała mi.

Wciąż trochę się jej bałem, szczególnie pod nieobecność Tila, i nie bardzo miałem ochotę się do niej przysiadać, ale przywitała mnie szerokim uśmiechem i posunęła się nieco na ławce, jakby robiąc dla mnie miejsce, nie miałem więc wyboru.

Wymieniliśmy powitania i potem przez chwilę siedzieliśmy obok siebie w milczeniu. Z początku nie wydawało się to dziwne, częściowo dlatego, że ja wciąż ciężko dyszałem, a częściowo ze względu na widok. Było więcej mgły i chmur niż poprzedniego dnia, lecz przy odrobinie wysiłku można było za granicami Walii dostrzec pasmo Black Mountains. Wiatr wiał dość silny, ale nie przykry.

— A gdzie jest Tilo? — spytałem w końcu.

— Tilo? — Osłoniła dłonią oczy, a potem wskazała. — Tam. Widzi pan? O, tam. To jest Tilo.

W oddali zobaczyłem postać w zielonym podkoszulku i białej czapce, wspinającą się w kierunku szczytu Worcestershire Beacon.

— Tilo chciał iść na wycieczkę — wyjaśniła Sonja.

— A pani nie chciała z nim pójść?

— Nie. Postanowiłam zostać tutaj.

Chociaż nie przypominała zołzy z kawiarni, nie była też tą samą życzliwą i ciepłą osobą co wczoraj. Najwyraźniej coś było nie tak i przygotowałem się do obrony w sprawie Wiedźmy Fraser.

— Nawiasem mówiąc — powiedziałem — pracowałem trochę nad tą piosenką. Mogę ją zaśpiewać, jeżeli pani chce posłuchać.

— Jeżeli nie ma pan nic przeciwko temu — odpowiedziała Sonja po chwili namysłu — to może nie teraz. Widzi pan, Tilo i ja odbyliśmy rozmowę. Można ją nazwać sprzeczką.

— Rozumiem. Przykro mi to słyszeć.

— I teraz on poszedł sam na wycieczkę.

Znów siedzieliśmy chwilę w milczeniu.

— Może to wszystko moja wina — powiedziałem z westchnieniem.

Sonja odwróciła się i spojrzała na mnie.

— Pańska wina? Dlaczego pan tak mówi?

— Chodzi o powód państwa sprzeczki, o powód nieudanych wakacji. To moja wina. Chodzi o ten pensjonat, prawda? Jest marny?

— Pensjonat? — Sonja zrobiła zdziwioną minę. — Ten hotelik? Może i ma jakieś wady, ale to hotel jak wiele innych.

— Ale pani zauważyła? Zauważyła pani wszystkie słabe strony. Na pewno tak.

Zastanawiała się przez chwilę i kiwnęła głową.

— To prawda, zauważyłam słabe strony. Ale Tilo nie. Tilo, rzecz jasna, uznał, że hotel jest wspaniały. Mieliśmy wielkie szczęście, powtarzał. Szczęście, że znaleźliśmy taki hotel. Dziś rano jemy śniadanie. Dla Tila to jest doskonałe śniadanie, najlepsze w życiu. Ja mówię, Tilo, nie bądź głupi, to nie jest dobre śniadanie. To nie jest dobry hotel. A on mówi nie, nie, mieliśmy wielkie szczęście. To mnie zezłościło. Mówię właścicielce o wszystkim, co jest nie tak. Tilo mnie odciąga. Chodźmy na wycieczkę, mówi. Zaraz poczujesz się lepiej. Więc przychodzimy tutaj. I on mówi, Sonju, popatrz na te wzgórza, czyż nie są piękne? Czy nie mamy szczęścia, że trafiliśmy w takie miejsce na te nasze wakacje? Te wzgórza, mówi, są jeszcze piękniejsze, niż sobie wyobrażał, kiedy słuchał Elgara. Pyta mnie, czy tak nie jest? Może to mnie znowu złości. Mówię mu, że te wzgórza nie są wcale takie piękne. Nie tak je sobie wyobrażałam, kiedy słuchałam muzyki Elgara. Wzgórza Elgara są majestatyczne i tajemnicze, a tutaj jest jak w parku. Tak mu powiedziałam i wtedy on się obraził. Powiedział, że wobec tego pójdzie na wycieczkę sam. Powiedział, że z nami koniec, że w żadnej sprawie już się nie zgadzamy. Tak, mówi, Sonju, między nami wszystko skończone. I poszedł sobie! Więc tak to

jest. To dlatego on jest tam wysoko, a ja tutaj na dole. —
Znów osłoniła oczy dłonią i patrzyła w ślad za Tilem.

— Jest mi naprawdę przykro. Gdybym nie posłał państwa do tego hotelu...

— Proszę. Ten hotel nie ma znaczenia. — Pochyliła
się, żeby lepiej widzieć Tila. Potem odwróciła się do
mnie z uśmiechem i wydało mi się, że ma w oczach
łzy. — Proszę mi powiedzieć, czy dzisiaj chce pan układać
nowe piosenki?

— Taki mam plan. Albo przynajmniej chcę skończyć
tę, nad którą pracuję. Tę, którą słyszała pani wczoraj.

— Była piękna. A co pan będzie robił później, kiedy
skończy pan pisanie piosenek? Ma pan jakieś plany?

— Wrócę do Londynu i założę zespół. Te piosenki
wymagają odpowiedniej kapeli, bo inaczej się nie sprawdzą.

— To fascynujące. Życzę panu szczęścia.

— Choć z drugiej strony — dodałem cicho po chwili —
może dam sobie spokój. Widzi pani, to nie jest takie łatwe.

Nie odpowiedziała i chyba mnie nie usłyszała, bo znów
odwróciła się i patrzyła na Tila.

— Wie pan — rzekła w końcu — gdy byłam młodsza,
nic nie mogło wyprowadzić mnie z równowagi. A teraz
złości mnie wiele rzeczy. Sama nie wiem, jak to się stało.
To jest niedobre. Cóż, myślę, że Tilo nie będzie tędy
wracał. Pójdę do hotelu i zaczekam na niego. — Wstała
ze wzrokiem wciąż utkwionym w oddalającej się postaci.

— To niedobrze — również wstałem — że posprze-
czaliście się na wakacjach. A wczoraj, kiedy dla państwa
grałem, wyglądaliście na bardzo szczęśliwą parę.

— Tak, to była dobra chwila. Dziękuję panu za to. —
Nagle z ciepłym uśmiechem wyciągnęła do mnie rękę. — Było bardzo miło pana poznać.

Uścisnęliśmy sobie dłonie w taki nieco wiotki sposób,
jak to się robi z kobietami. Zaczęła już odchodzić, ale
zatrzymała się i spojrzała na mnie.

— Gdyby Tilo był tutaj, poradziłby panu, żeby nigdy
się pan nie zniechęcał. Powiedziałby, że koniecznie musi
pan wracać do Londynu i założyć kapelę. Na pewno
odniesie pan sukces. Tak by panu poradził Tilo. Bo taki
jest jego styl.

— A co pani by powiedziała?

— Chciałabym móc powiedzieć to samo. Bo jest pan
młody i bardzo utalentowany. Ale ja nie mam takiej
pewności. Życie przynosi mnóstwo rozczarowań. Kiedy
jest się w rozkwicie sił, ma się takie marzenia jak pan... —
Uśmiechnęła się i wzruszyła ramionami. — Ale nie powinnam tego mówić. Ja nie jestem dla pana dobrym
przykładem. Poza tym widzę, że pan bardziej przypomina
Tila. Kiedy przychodzą rozczarowania, pan nie rezygnuje.
Powie pan, tak jak on, że ma wielkie szczęście. — Przez
parę chwil przyglądała mi się, jakby chciała zapamiętać
mój wygląd. Wiatr targał jej włosy, przez co wydawała

się starsza. — Życzę panu bardzo dużo szczęścia — powiedziała na koniec.

— I ja pani też. Mam nadzieję, że wszystko będzie u państwa dobrze.

Pomachała na pożegnanie i znikła mi z oczu, schodząc ścieżką w dół.

Wyjąłem gitarę z futerału i usiadłem na ławce. Przez chwilę jednak nie grałem, tylko patrzyłem w stronę szczytu Worcestershire Beacon i małej postaci Tila na stoku. Może było to związane ze sposobem, w jaki słońce padało na tę część wzgórza, ale widziałem go teraz znacznie wyraźniej niż przedtem, mimo że przecież się oddalił. Zatrzymał się na chwilę na ścieżce i rozglądał po otaczających go wzgórzach, jakby chciał zobaczyć je od nowa. Potem jego postać znów zaczęła się oddalać.

Pracowałem przez kilka minut nad piosenką, ale nie mogłem się skoncentrować, głównie dlatego, że wyobrażałem sobie minę Wiedźmy Fraser, kiedy Sonja naskoczyła na nią dziś rano. Potem spojrzałem na chmury, na szmat ziemi u moich stóp i zmusiłem się do myślenia o mojej muzyce i o pasażu, który wciąż mi nie wychodził.

Nokturn

Jeszcze dwa dni temu moją sąsiadką była Lindy Gardner. No dobrze, myślicie, że skoro moją sąsiadką była Lindy Gardner, to pewnie znaczy, że mieszkam w Beverly Hills i że jestem producentem filmowym, a może aktorem albo muzykiem. Rzeczywiście jestem muzykiem. Ale chociaż towarzyszyłem jednemu czy dwóm artystom, o których słyszeliście, to jednak nie należę do pierwszej ligi. Bradley Stevenson, mój menedżer, który na swój sposób jest od lat moim przyjacielem, twierdzi, że mam w sobie potencjał na pierwszą ligę. Nie tylko na uczestnika sesji w pierwszej lidze, ale na gwiazdę. To nieprawda, że saksofoniści nie zostają już gwiazdami, twierdzi, i przytacza listę nazwisk. Marcus Lightfoot. Silvio Tarrentini. Mówię mu, że to wszystko są jazzmani. On na to: „A ty co, nie jesteś jazzmanem?". Ale tylko w najbardziej skrytych marzeniach jestem jeszcze jazzmanem. W świecie rzeczywistym, kiedy nie mam twarzy całej w bandażach, tak jak teraz, jestem tylko dorywczo pracującym tenorowcem, umiarkowanie poszukiwanym do nagrań albo kiedy zespół traci stałego saksofonistę. Jeżeli chcą pop, gram pop. R&B? Bardzo proszę. Reklamy samochodów, wstawka muzyczna do talk-show, zrobi się. Jestem jazzmanem, tylko kiedy zamykam się w swojej dziupli.

Pewnie, że wolałbym grać w salonie, ale nasz dom jest tak tandetnie zbudowany, że zaczęliby się skarżyć sąsiedzi z całego korytarza. Dlatego przerobiłem nasz najmniejszy pokoik na studio. To właściwie niewiele więcej niż szafa, można tam wstawić jedno krzesło biurowe i to wszystko, ale za pomocą styropianu, pudełek na jajka i starych wyściełanych kopert, które przesyła mi ze swojego biura mój menedżer Bradley, uzyskałem pomieszczenie dźwiękoszczelne. Moja żona Helena, kiedy jeszcze ze mną mieszkała i widziała, że idę tam z saksofonem, śmiała się i mówiła, że to jest tak, jakbym szedł do ustępu, i czasem tak się czułem. To znaczy, jakbym siedział w ciemnym, dusznym pomieszczeniu i zajmował się osobistą sprawą, od której wszyscy inni wolą trzymać się z daleka.

Domyślacie się już, że Lindy Gardner nigdy nie mieszkała za ścianą takiego lokalu, o jakim mówię. Nie należała też do tych sąsiadów, którzy walili w drzwi, ilekroć zagrałem poza dziuplą. Kiedy mówię, że była moją sąsiadką, mam na myśli co innego i zaraz to wyjaśnię.

Jeszcze dwa dni temu Lindy mieszkała w sąsiednim pokoju w tym wypasionym hotelu, i podobnie jak ja miała twarz owiniętą bandażami. Lindy, rzecz jasna, miała w pobliżu duży wygodny pałacyk ze służbą i doktor Boris wypuścił ją do domu. Prawdę mówiąc, z czysto medycznego punktu widzenia mogła wyjść dużo wcześniej, ale najwyraźniej w grę wchodziły inne czynniki. Chociażby to, że we własnym domu trudniej by jej było ukryć się przed kamerami i specjalistami od prasowych plotek. Co więcej, mam przeczucie, że dobra reputacja, jaką cieszy się doktor Boris wśród gwiazd, oparta jest na nie całkiem legalnych procedurach i dlatego ukrywa swoich pacjentów na tym utajnionym piętrze hotelu, odizolowanym od zwykłej obsługi i gości, z zaleceniem, żeby wychodzili z pokoju tylko wtedy, gdy naprawdę muszą. Gdyby człowiek mógł przebić wzrokiem wszystkie te bandaże, zobaczyłby w ciągu tygodnia więcej gwiazd niż przez miesiąc w Chateau Marmont.

Więc jak ktoś taki jak ja wylądował tutaj wśród tych gwiazd i milionerów, żeby zmieniać sobie twarz u najlepszego specjalisty w mieście? Chyba zaczęło się to od mojego menedżera Bradleya, który sam nie należy do pierwszej ligi i nie jest bardziej podobny do George'a Clooneya niż ja. Po raz pierwszy wspomniał o tym parę lat temu jakby półżartem, a potem mówił coraz poważniej za każdym razem, gdy poruszał ten temat. Krótko mówiąc, dawał mi do zrozumienia, że jestem brzydki. I że to nie pozwala mi zabłysnąć.

— Taki Marcus Lightfoot — mówił — albo Kris Bugoski. Albo Tarrentini. Czy któryś z nich ma swój własny, niepowtarzalny dźwięk, tak jak ty? Nie. Czy mają twoją delikatność? Twoją wizję? Czy mają choć połowę twojej techniki? Nie. Ale wyglądają jak trzeba i wszystkie drzwi stają przed nimi otworem.

— A Billy Fogel? Jest brzydki jak diabli i jakoś mu to nie przeszkadza.

— Billy jest brzydki, to prawda. Ale on jest seksownie brzydki, bandycko brzydki. A ty, Steve, ty jesteś... Ty jesteś nijaki, brzydki jak nieudacznik. Brzydki w niewłaściwy sposób. Posłuchaj, myślałeś kiedyś, żeby coś z tym zrobić? Mam na myśli, chirurgicznie?

Wróciłem do domu i powtórzyłem to Helen, mojej żonie, bo pomyślałem, że to ją rozśmieszy tak samo jak mnie. Z początku rzeczywiście pośmialiśmy się z Bradleya. Potem Helen objęła mnie i powiedziała, że jak dla niej jestem najprzystojniejszym, najsłodszym mężczyzną we wszechświecie. Potem cofnęła się o krok i zamilkła, a kiedy spytałem, o co chodzi, powiedziała, że o nic.

Potem dodała, że może Bradley ma trochę racji. Może powinienem się zastanowić, czy warto coś z tym zrobić.

— Nie musisz tak na mnie patrzeć! — krzyknęła. — Wszyscy to robią. A ty, ty masz powód zawodowy. Jeśli facet chce być superkierowcą, to idzie i kupuje supersamochód. Z tobą jest tak samo!

Ale wtedy jeszcze nie rozważałem takiej możliwości, chociaż zaczynałem przyzwyczajać się do myśli, że jestem „brzydki jak nieudacznik". Po pierwsze, nie miałem pieniędzy. Prawdę mówiąc, w chwili, kiedy Helen mówiła o superkierowcach, mieliśmy dziewięć i pół tysiąca dolarów długu. To była cała Helen. Pod wieloma względami świetna, ale zdolna do całkowitego zapominania o stanie naszych finansów i wymyślania nowych sposobów wydawania pieniędzy — cała Helen.

Niezależnie od pieniędzy, nie podobał mi się pomysł, że ktoś ma mnie kroić. Muszę przyznać, że nie przepadam za tego rodzaju rzeczami. Kiedyś, na początku naszego związku, zaprosiła mnie, żebym poszedł z nią pobiegać. Był mroźny zimowy poranek, a ja nigdy nie entuzjazmowałem się joggingiem, ale zupełnie straciłem dla niej głowę i chciałem się popisać. Biegaliśmy więc po parku i nawet dotrzymywałem jej kroku, kiedy nagle mój but trafił na coś bardzo ostrego, co wystawało z ziemi. Poczułem ból, który nie był jakiś straszny, ale kiedy zdjąłem but i skarpetę i zobaczyłem, że z mojego wielkiego palca sterczy gwóźdź, jakby robił *Heil Hitler*, zakręciło mi się w głowie i zemdlałem. Taki już jestem, rozumiecie więc, że nie pociągał mnie pomysł operacji twarzy. Poza tym była oczywiście kwestia zasad. No dobrze, mówiłem już, że nie jestem pedantem, jeżeli chodzi o honor artysty. Mogę za pieniądze zagrać każdy kit. Ale ta propozycja miała zupełnie inny wymiar, a ja zachowałem resztki dumy. W jednej sprawie Bradley miał rację: byłem dwa razy bardziej utalentowany niż większość ludzi w tym mieście, ale wyglądało na to, że w tych czasach nie ma to większego znaczenia. Bo najważniejszy jest image, to, czy dobrze się sprzedajesz, obecność w czasopismach i programach telewizyjnych, bywanie na przyjęciach, i to, z kim jadłeś lunch. Od tego wszystkiego robiło mi się niedobrze. Byłem muzykiem, dlaczego miałbym się w to pakować? Dlaczego nie miałbym grać mojej muzyki najlepiej, jak umiem i robić to coraz lepiej, choćby w swojej dziupli, i może któregoś dnia usłyszeliby mnie autentyczni wielbiciele muzyki i docenili to, co robię. Co tu ma do rzeczy chirurg plastyczny?

Początkowo Helen wydawała się patrzeć na to tak samo jak ja i przez jakiś czas nie było tematu. To znaczy, dopóki nie zatelefonowała z Seattle, by mnie poinformować, że zrywa ze mną i wprowadza się do Chrisa Prendergasta, faceta, którego znała od szkoły średniej i który teraz jest właścicielem sieci cieszących się powodzeniem tanich barów w stanie Waszyngton. Spotkałem tego Prendergasta kilka razy w ciągu tych lat, raz nawet był u nas na kolacji, ale nigdy niczego nie podejrzewałem. „To zamykanie się w dźwiękoszczelnej dziupli, powiedział wtedy Bradley, działa w obie strony". Chyba miał rację.

Ale nie chciałbym rozwodzić się na temat Helen i Prendergasta poza wyjaśnieniem ich roli w tym, w czym teraz siedzę. Może myślicie, że pojechałem na północny zachód, stanąłem oko w oko ze szczęśliwą parą i chirurgia plastyczna stała się konieczna po męskiej wymianie zdań z moim rywalem? Romantyczne, ale nie tak się to odbyło.

Było tak, że jakieś dwa tygodnie po telefonie, Helen zjawiła się, żeby zorganizować ewakuację swoich rzeczy. Wyglądała na zasmuconą, kiedy chodziła po naszym mieszkaniu, w którym przeżyliśmy przecież trochę szczęśliwych chwil. Myślałem, że się popłacze, ale nie, układała tylko swoje rzeczy w porządne kupki. „Za dzień lub dwa ktoś po nie przyjedzie", powiedziała. Kiedy z saksofonem pod pachą wybierałem się do mojej dziupli, podniosła głowę.

— Steve, proszę — powiedziała cicho — nie zamykaj się znów w tym miejscu. Musimy porozmawiać.

— O czym?

— Steve, na litość boską.

Schowałem więc saksofon do futerału, poszliśmy do

naszej małej kuchenki i usiedliśmy przy stole naprzeciwko siebie. I tam przedstawiła mi propozycję.

Jej decyzja jest nieodwołalna. Jest szczęśliwa z Prendergastem, który był jej bożyszczem jeszcze w szkole średniej. Ale ma też wyrzuty sumienia, że mnie porzuca, teraz, gdy zawodowo nie wiedzie mi się najlepiej. Przemyślała więc wszystko i pogadała ze swoim nowym facetem, który też czuje się wobec mnie winny. Podobno powiedział: „To niesprawiedliwe, że Steve musi płacić za nasze szczęście". I stąd transakcja. Prendergast gotów był zapłacić za zmianę mojej twarzy dokonaną przez najlepszego specjalistę w mieście.

— To prawda — powiedziała Helen, kiedy zrobiłem wielkie oczy. — On mówi poważnie. Pokrywa całość wydatków. Wszystkie rachunki za szpital, rekonwalescencję, wszystko. Najlepszy chirurg w mieście. Kiedy poprawią mi twarz, nic mnie nie powstrzyma, powiedziała. Dojdę na szczyty, jak mógłbym się nie przebić z moim talentem?

— Steve, dlaczego tak na mnie patrzysz? To wspaniała propozycja. I Bóg jeden wie, czy za pół roku on się nie rozmyśli. Zgódź się natychmiast i zrób to dla siebie. To tylko parę tygodni i po wszystkim. Kosmos stoi przed tobą otworem!

Po piętnastu minutach, kiedy już wychodziła, odezwała się znacznie surowiej:

— Więc co chcesz mi powiedzieć? Że zadowala cię granie w tej dziupli do końca życia? Że uwielbiasz być wielkim nieudacznikiem? — I po tych słowach wyszła.

Następnego dnia poszedłem do biura Bradleya, żeby zobaczyć, czy coś dla mnie ma, i wspomniałem o tym, co się stało, spodziewając się, że się z tego razem pośmiejemy. Ale Bradley wcale się nie śmiał.

— Ten gość jest bogaty? I chce ci zafundować najlepszego chirurga? Może załatwi ci Crespo? Albo nawet Borisa?

Teraz więc Bradley mówił mi, że muszę skorzystać z tej szansy i że będę do końca życia nieudacznikiem, jeśli tego nie zrobię. Wyszedłem z jego biura nieźle rozzłoszczony, ale po południu zadzwonił i nadal wiercił mi dziurę w brzuchu. Jeżeli powstrzymuje mnie konieczność wykonania telefonu, mówił, jeżeli to urażona duma nie pozwala mi podnieść słuchawki i powiedzieć: „Helen, tak, proszę, chcę to zrobić, dopilnuj, proszę, żeby twój ukochany podpisał ten wielki czek", jeżeli to mnie powstrzymuje, to on, Bradley, z przyjemnością poprowadzi za mnie wszystkie potrzebne negocjacje. Powiedziałem mu, żeby się wypchał, i odłożyłem słuchawkę. Za godzinę zadzwonił znowu. Oświadczył, że dopiero teraz wszystko zrozumiał, a ja jestem głupi, że sam się nie domyśliłem.

— Helen to wszystko starannie zaplanowała. Spójrz na to z jej strony. Ona cię kocha, ale jeżeli chodzi o urodę, jesteś na poziomie meduzy. Przynosisz jej wstyd, kiedy idziecie gdzieś razem. Nie jesteś przystojniakiem. Ona chce coś na to poradzić, ale ty się nie zgadzasz. To co ona ma zrobić? Jej następny ruch był po prostu wspaniały. Niezwykle subtelny. Jako profesjonalny menedżer muszę to przyznać. Idzie do tego faceta. No dobrze, może zawsze ją rajcował, ale tak naprawdę wcale go nie kocha. Namawia gościa, żeby zafundował ci nową twarz. Jeśli się zagoisz, ona wraca, ty jesteś przystojny, ona się pali do twojego ciała, nie może się doczekać, żeby się z tobą pokazać w restauracji...

Przerwałem mu w tym miejscu uwagą, że chociaż od lat przyzwyczaił mnie do tego, jak nisko potrafi się stoczyć, kiedy mnie przekonuje, żebym zrobił coś w jego interesie, to tę najnowszą intrygę wyciągnął z takiego dna, gdzie nie dociera choćby promyk światła, a parujące końskie gówno zamarzłoby w ciągu sekundy. A skoro mowa o końskim gównie, to rozumiem, że z racji swojej natury musi mnie nim bez przerwy zarzucać, ale byłoby rozsądnie z jego strony znaleźć taki rodzaj gówna, na które mógłbym się dać złapać choć na minutę albo dwie. Po czym znów odłożyłem słuchawkę.

Przez następne kilka tygodni praca trafiała się rzadziej niż przedtem, a ilekroć dzwoniłem do Bradleya, żeby sprawdzić, czy coś dla mnie ma, odpowiadał: „Niełatwo jest pomóc facetowi, który nie chce pomóc sam sobie".

W końcu zacząłem podchodzić do całej sprawy bardziej pragmatycznie. Nie mogłem uciec od faktu, że muszę jeść.

I jeżeli zrobienie tego oznaczało, że w końcu więcej ludzi będzie słuchało mojej muzyki, to czy jest w tym coś złego? A co z moimi planami, żeby któregoś dnia założyć własny zespół? Jak ma do tego dojść?

W końcu, może po sześciu tygodniach od czasu, gdy Helen przedstawiła mi propozycję, wspomniałem mimochodem Bradleyowi, że jestem gotów tę sprawę przemyśleć. Tego mu było trzeba. Wybiegł, zaczął telefonować, umawiał się, krzyczał podniecony. Trzeba przyznać, że słowa dotrzymał: załatwił wszystko jak przystało na pośrednika, więc nie musiałem odbyć ani jednej upokarzającej rozmowy z Helen, nie mówiąc o Prendergaście. Chwilami Bradleyowi udawało się nawet stworzyć iluzję, że negocjuje dla mnie kontrakt, że to ja mam coś do sprzedania. Mimo to muszę powiedzieć, że kilka razy dziennie opadały mnie wątpliwości. Kiedy to się w końcu stało, stało się nagle. Bradley zadzwonił z informacją, że doktor Boris ma odwołaną operację i mam się zgłosić pod wskazany adres o piętnastej trzydzieści tego samego popołudnia. Możliwe, że dopadła mnie wtedy trzęsiączka, bo pamiętam, jak Bradley wrzeszczał przez telefon, żebym się opanował, że po mnie przyjeżdża, i jak potem wieziono mnie krętymi drogami do wielkiego domu na wzgórzach

Hollywood, i dano mi narkozę, jakbym był postacią z powieści Raymonda Chandlera.

Po dwóch dniach przewieziono mnie tutaj, do tego hotelu w Beverly Hills, i tylnymi drzwiami, pod osłoną nocy dostarczono na to piętro tak ekskluzywne, że jesteśmy tu całkowicie izolowani od normalnego życia hotelu.

• • •

Przez pierwszy tydzień bolała mnie twarz, a środki znieczulające przyprawiały o mdłości. Musiałem spać oparty na poduszkach, co znaczyło, że nie spałem prawie wcale, a ponieważ pielęgniarka pilnowała, żeby pokój był przez cały czas zaciemniony, nie wiedziałem, czy jest dzień, czy noc. Mimo to nie czułem się źle. Prawdę mówiąc, byłem ożywiony, w zadziwiająco optymistycznym nastroju. Miałem pełne zaufanie do doktora Borisa, którego dłoniom gwiazdy filmowe powierzały przecież całą swoją przyszłość. Co więcej, wiedziałem, że stałem się jego majstersztykiem, że widok mojej twarzy nieudacznika obudził w nim najgłębsze ambicje, przypomniał mu, dlaczego wybrał ten zawód, i dlatego dał z siebie wszystko i jeszcze trochę. Kiedy opadną bandaże, będę mógł spojrzeć na idealnie wyrzeźbioną twarz, nieco brutalną, ale pełną niuansów. Przecież ktoś z jego reputacją musiał starannie przemyśleć rysy stosowne dla poważnego muzyka jazzowego i nie pomylić ich z twarzą, powiedzmy, prezentera telewizyjnego. Mógłby nawet dołożyć coś, co nadałoby mi nieco nawiedzony wygląd młodego De Niro albo Cheta Bakera, zanim zniszczyły go narkotyki. Myślałem o albumach, które nagram, o tekstach na okładki, o muzykach, których wezmę do zespołu. Byłem w siódmym niebie i nie mogłem wprost uwierzyć, że się wahałem.

Potem nadszedł drugi tydzień, działanie środków chemicznych ustało i ogarnęło mnie przygnębienie, samotność i poczucie bezwartościowości. Moja pielęgniarka, Gracie, wpuszczała teraz do pokoju trochę więcej światła, choć rolety były przynajmniej do połowy opuszczone, i wolno mi było w szlafroku poruszać się po pokoju. Wkładałem więc do Banga & Olufsena jedną płytę po drugiej i chodziłem w kółko po dywanie, przystając co jakiś czas przed lustrem nad toaletką, żeby przyjrzeć się niesamowitemu, spowitemu w bandaże potworowi, spoglądającemu na mnie przez otwory w opatrunku.

To podczas tej fazy Gracie po raz pierwszy powiedziała mi, że za ścianą mieszka Lindy Gardner. Gdyby podzieliła się ze mną tą nowiną w mojej wcześniejszej, euforycznej fazie, powitałbym ją z radością. Może nawet uznałbym ją za pierwszy zwiastun gwiazdorskiego życia, jakie mnie czeka. Jednak teraz, gdy byłem w dołku, napełniła mnie obrzydzeniem, które wywołało nowy atak mdłości. Jeżeli ktoś z was jest jednym z wielu wielbicieli Lindy, to z góry przepraszam za to, co powiem, ale prawda jest taka, że w tamtym czasie, jeżeli istniała jakaś postać uosabiająca dla mnie wszystko, co w świecie płytkie i wkurzające, była to Lindy Gardner. W jej osobie zbiegało się wszystko — zupełne beztalencie, powiedzmy to sobie, dowiodła, że jest żadną aktorką, i nawet nie udaje, że ma jakieś zdolności muzyczne, a jednak potrafiła zdobyć sławę, stać się kimś, o kogo biją się stacje telewizyjne i magazyny ilustrowane, nigdy niemające dość jej olśniewającego uśmiechu. Kilka miesięcy temu zobaczyłem przed księgarnią długą kolejkę i zastanawiałem się, czy to do Stephena Kinga albo kogoś takiego, a tymczasem okazało się, że to Lindy podpisuje egzemplarze swojej przez kogoś innego napisanej autobiografii. A jak do tego doszła? Jak zwykle. Odpowiednie romanse, odpowiednie małżeństwa, odpowiednie rozwody. Prowadzące do odpowiednich okładek czasopism, odpowiednich programów telewizyjnych, jak ten ostatni, tytułu nie pamiętam, w którym udzielała porad, jak się ubrać na pierwszą poważną randkę po rozwodzie albo co ma robić kobieta, kiedy podejrzewa, że jej mąż jest gejem, i tym podobne. Słyszy się, jak ludzie mówią o jej „osobowości gwiazdy", ale ten urok łatwo poddać analizie. To proste nagromadzenie wystąpień w telewizji i błyszczących okładek, wszystkich jej zdjęć na premierach i balach pod ramię z legendarnymi osobami. A teraz ona jest tuż obok za ścianą i tak jak ja dochodzi do siebie po operacji plastycznej wykonanej przez doktora Borisa. Żadna inna wiadomość nie mogła lepiej symbolizować skali mojego moralnego upadku. Tydzień temu byłem muzykiem jazzowym. Teraz byłem jednym więcej żałosnym hochsztaplerem, przerabiającym sobie twarz w nadziei, że uda mu się przeczołgać za takimi jak Lindy Gardner do ich świata taniej popularności.

Przez następne kilka dni próbowałem czytać, ale nie mogłem się skoncentrować. Pod bandażami niektóre miejsca na mojej twarzy pulsowały bólem, inne swędziały jak diabli, przeżywałem napady gorąca i klaustrofobii. Tęskniłem za grą na saksofonie i myśl, że upłyną tygodnie, zanim będę mógł narazić mięśnie twarzy na taki wysiłek, sprawiała, że byłem jeszcze bardziej przygnębiony. W końcu doszedłem do tego, że najlepszym sposobem zabicia czasu będzie słuchanie płyt na zmianę z przeglądaniem nut (zabrałem ze sobą zbiór przebojów z zapisem partii wiodących, nad którymi pracowałem w mojej dziupli) i nuceniem improwizacji.

Pod koniec drugiego tygodnia, kiedy zaczynałem czuć się trochę lepiej zarówno fizycznie, jak i psychicznie, moja pielęgniarka z porozumiewawczym uśmiechem wręczyła mi kopertę.

— No, to nie jest coś, co się dostaje codziennie — powiedziała. W środku znajdowała się kartka z hotelowej papeterii, a ponieważ mam ją tutaj przy sobie, zacytuję w całości:

Gracie mówi mi, że ma pan dosyć tego światowego życia. Ze mną jest tak samo. A może by mnie pan odwiedził? Jeżeli godzina siedemnasta to nie jest za wcześnie na koktajl. Dr B. zabrania alkoholu, panu pewnie też. Zostaje więc woda sodowa i perrier. Niech go licho! Proszę przyjść o siedemnastej, bo będę zawiedziona. Lindy Gardner.

Może dlatego, że byłem już bardzo znudzony, a może dlatego, że znów miałem lepszy nastrój, albo dlatego, że myśl o możliwości wymiany opowieści ze współwięźniem była nadzwyczaj pociągająca. A może nie byłem aż tak odporny na powaby światowego życia. W każdym razie, mimo tego, co o niej sądziłem, gdy przeczytałem ten liścik, poczułem ukłucie podniecenia i stwierdziłem, że powiem Gracie, że tak, będę o piątej.

• • •

Lindy Gardner była jeszcze bardziej zabandażowana niż ja. Ja przynajmniej miałem otwór na czubku głowy, z którego włosy sterczały jak palmy z pustynnej oazy, natomiast głowę Lindy Boris opakował w całości, tak że miała kształt orzecha kokosowego z otworami na oczy, nos i usta. Co się stało z tymi wspaniałymi blond włosami, nie miałem pojęcia. Mówiła za to jak zwykle przez ściśnięte gardło, jak to zapamiętałem z jej występów w telewizji.

— I jak pan to wszystko wytrzymuje? — spytała. Kiedy odpowiedziałem, że czuję się tu nie najgorzej, powiedziała: — Steve. Mogę do pana mówić Steve? Dużo o tobie słyszałam od Gracie.

— Tak? Mam nadzieję, że złe rzeczy opuściła.

— Wiem, że jesteś muzykiem. I to bardzo obiecującym.

— Tak pani powiedziała?

— Steve, jesteś spięty. Chciałabym, żebyś się rozluźnił, kiedy jesteś ze mną. Niektórzy sławni ludzie, których znam, lubią, gdy publiczność w ich obecności jest spięta. Czują się wtedy jeszcze bardziej szczególni. Ale ja tego nie cierpię. Chciałabym, żebyś traktował mnie jak któregoś ze swoich normalnych znajomych. Co powiedziałeś? Mówiłeś, że czujesz się tu nie najgorzej?

Pokój, w którym się znajdowałem, był znacznie większy od mojego, a stanowił tylko reprezentacyjną część apartamentu. Siedzieliśmy naprzeciwko siebie na identycznych białych kanapach, a między nami stał niski stolik z przydymionego szkła, przez które widziałem podstawę zrobioną z wyrzuconego przez morze drewna. Jego blat zaścielały kolorowe magazyny, stał też kosz owoców, nierozpakowany jeszcze z celofanu. Podobnie jak ja Lindy miała klimatyzację nastawioną na cały regulator (w bandażach człowiekowi jest gorąco) i opuszczone żaluzje, dla ochrony przed wieczornym słońcem. Pokojówka przyniosła mi szklankę wody i kawę, jedno i drugie ze słomkami, tak jak wszystko tutaj musi być podawane, po czym wyszła z pokoju.

W odpowiedzi na pytanie Lindy o to, co mi tu najbardziej dokucza, wyznałem, że niemożność gry na saksofonie.

— Ale rozumiesz chyba, dlaczego Boris nie może ci na to pozwolić. Pomyśl tylko: zadmiesz w tę trąbę o dzień za wcześnie i kawałki twojej twarzy rozprysną się po całym pokoju!

Zachowywała się, jakby to było coś bardzo śmiesznego, i wskazywała ręką na mnie, jakby to był mój dowcip.

— Przestań — piszczała — bo nie wytrzymam! — Śmiałem się dla towarzystwa i pociągałem przez słomkę kawę. Potem Lindy zaczęła opowiadać o różnych swoich znajomych, którzy przeszli ostatnio operację plastyczną, co mówili i co zabawnego im się przytrafiło. Wszyscy, których wymieniła, byli znakomitościami albo ich współmałżonkami.

— Więc grasz na saksofonie — stwierdziła, zmieniając nagle temat. — Dokonałeś dobrego wyboru. To cudowny instrument. Wiesz, co mówię wszystkim młodym saksofonistom? Mówię im, żeby słuchali starych mistrzów. Znałam pewnego saksofonistę, bardzo obiecującego, tak jak ty, który wcale nie słuchał takich wspaniałych facetów jak Wayne Shorter i inni tacy. Powiedziałam mu, że dużo się można nauczyć od tych starych mistrzów. Może to nie jest nic awangardowego i dziwacznego, powiedziałam mu, ale ci starzy zawodowcy wiedzieli, jak to się robi. Steve, czy pozwolisz, że coś ci puszczę? Żeby ci pokazać, o co mi dokładnie chodzi?

— Ależ proszę. Tylko, pani Gardner...

— Proszę, mów mi Lindy. Wszyscy tutaj jesteśmy równi.

— Dobrze, Lindy. Chciałem tylko powiedzieć, że nie jestem już taki młody. Niedługo będę obchodził trzydzieste dziewiąte urodziny.

— Naprawdę? To jesteś jeszcze młody. Ale masz rację, myślałam, że jesteś dużo młodszy. W tych ekskluzywnych maskach, które założył nam Boris, trudno zgadnąć, prawda? Z tego, co mówiła Gracie, myślałam, że jesteś obiecującym chłopakiem i może rodzice zafundowali ci tę operację, żeby ułatwić ci start. Przepraszam, pomyliłam się.

— Gracie powiedziała, że jestem „obiecujący"?

— Nie miej do niej pretensji. Powiedziała mi, że jesteś muzykiem, i spytałam ją o twoje nazwisko. A kiedy powiedziałam, że nigdy o tobie nie słyszałam, wyjaśniła mi, że to dlatego, iż jesteś „nowy, obiecujący". I to wszystko. Ale słuchaj, jakie to ma znaczenie, ile masz lat? Zawsze możesz się czegoś nauczyć od starych mistrzów. Chcę, żebyś tego posłuchał. Myślę, że to cię zainteresuje.

Podeszła do półki i po chwili podniosła płytę.

— Na pewno to docenisz. Saks jest na niej doskonały.

Jej apartament, podobnie jak mój pokój, był wyposażony w duży system Banga & Olufsena, wkrótce więc otoczyły nas wykwintne dźwięki skrzypiec. Po kilku taktach wkroczył senny tenor w stylu Bena Webstera i zaczął prowadzić orkiestrę. Ktoś, kto nie za bardzo zna się na tych sprawach, mógłby to wziąć za jeden ze wstępów Nelsona Riddle'a do Sinatry. Jednak głos, kiedy się wreszcie odezwał, należał do Tony'ego Gardnera. Piosenka, z trudem ją sobie przypomniałem, nazywała się *Back at Culver City*, ballada, która nigdy się nie przebiła i której nikt już nie grywa. Saksofon przez cały czas towarzyszył piosenkarzowi, powtarzając go linijka po linijce. Cała rzecz była skrajnie przewidywalna i strasznie ckliwa.

Po chwili jednak przestałem zwracać uwagę na muzykę, bo miałem przed sobą Lindy, która jakby wpadła w trans i wolno tańczyła w rytm piosenki. Poruszała się płynnie i z wdziękiem (najwyraźniej operacja nie objęła jej ciała), a figurę miała kształtną i szczupłą. Ubrana była w coś, co było ni to szlafroczkiem, ni to sukienką koktajlową, coś kojarzącego się ze szpitalem, a jednocześnie wytwornego. Próbowałem sobie przypomnieć... Miałem niejasne wrażenie, że Lindy niedawno rozwiodła się z Tonym

Gardnerem, ponieważ jednak jestem najgorszy w kraju, jeśli chodzi o plotki z życia gwiazd, pomyślałem, że może coś mi się pomyliło. W przeciwnym razie, dlaczego tańczyłaby w ten sposób, zasłuchana i najwyraźniej urzeczona?

Tony Gardner przestał na chwilę śpiewać, smyczki wezbrały, zaznaczając przejście, i pianista rozpoczął solówkę. W tym momencie Lindy wydawała się wracać na ziemię. Przestała się kołysać, wyłączyła pilotem muzykę i usiadła na wprost mnie.

— Czy to nie cudowne? Rozumiesz, o co mi chodzi?

— Tak, to było piękne — powiedziałem, nie będąc pewnym, czy mówimy tylko o saksofonie.

— Nawiasem mówiąc, słuch cię nie zawiódł.

— Proszę?

— Ten śpiewak. Tak jak myślałeś. Mój eks.

— Tak myślałem, że to był on.

— Czy dlatego, że nie jest już moim mężem, nie mogę słuchać jego płyt?

— Nie, oczywiście, że nie.

— A poza tym, ten saksofon jest cudowny. Rozumiesz teraz, dlaczego chciałam, żebyś tego posłuchał?

— Tak, to było piękne.

— Steve, czy są gdzieś twoje nagrania? Myślę tylko o twojej grze.

— Oczywiście. Prawdę mówiąc, mam kilka płyt tu, w moim pokoju.

183

— Kiedy przyjdziesz następnym razem, mój drogi, chcę, żebyś je przyniósł. Chcę usłyszeć twoje brzmienie. Zrobisz to?

— Dobrze, jeżeli cię to nie znudzi.

— Na pewno mnie nie znudzi. Mam nadzieję, że nie uważasz tego za wścibstwo. Tony zawsze mówił, że jestem wścibska, że nie powinnam się wtrącać w sprawy innych, ale wiesz, myślę, że to był z jego strony snobizm. Wielu sławnych ludzi uważa, że powinni się interesować tylko innymi sławnymi ludźmi. Ja nigdy taka nie byłam. Dla mnie każdy jest potencjalnym przyjacielem. Weźmy Gracie. Jest moją przyjaciółką. Cała moja służba w domu, wszyscy są moimi przyjaciółmi. Powinieneś mnie zobaczyć na przyjęciach. Wszyscy inni rozmawiają między sobą o swoim najnowszym filmie i innych takich. Tylko ja rozmawiam z kelnerką albo barmanem. Nie uważam, żeby to było wścibstwo, prawda?

— Nie, też nie uważam, żeby było w tym coś wścibskiego. Ale, pani Gardner...

— Lindy, proszę.

— Lindy. Wspaniale się z tobą rozmawia, ale te lekarstwa, one mnie naprawdę osłabiają. Myślę, że muszę się na chwilę położyć.

— O, źle się czujesz?

— Nic takiego. To tylko lekarstwa.

— Jaka szkoda! Koniecznie musisz jeszcze wpaść,

kiedy poczujesz się lepiej. I przynieś płyty, te, na których grasz. Zgoda?

Musiałem ją jeszcze raz zapewnić, że było mi miło i że jeszcze przyjdę.

— Steve, czy grasz w szachy? — spytała, kiedy stałem w drzwiach. — Jestem najgorszym graczem na świecie, ale mam najbardziej uroczy komplet szachów. Przyniosła mi je w zeszłym tygodniu Meg Ryan.

● ● ●

Kiedy wróciłem do siebie, wziąłem z minibaru colę, usiadłem przy biurku i wyjrzałem przez okno. Był wielki różowy zachód słońca, a że znajdowaliśmy się na wysokim piętrze, widziałem w oddali samochody na autostradzie. Po paru minutach zadzwoniłem do Bradleya i chociaż sekretarka kazała mi dość długo czekać, wreszcie się odezwał.

— Jak tam twarz? — spytał z troską, jakby pytał o ulubionego pieska, którego zostawił pod moją opieką.

— Skąd mam wiedzieć? Nadal jestem Niewidzialnym Człowiekiem.

— A jak się czujesz? Sądząc po głosie, jesteś jakby... przygnębiony.

— Bo jestem przygnębiony. Cała ta afera była błędem. Teraz to widzę. Nic z tego nie będzie.

— Operacja się udała? — spytał po chwili milczenia.

— Jestem pewien, że operacja jest w porządku. Chodzi o całą resztę, o to, do czego ma doprowadzić, o całą intrygę... Wcale nie będzie tak, jak mówiłeś. Nie powinienem dać ci się w to wciągnąć.

— Co się z tobą dzieje? Gadasz jak potłuczony. Czym oni cię tam faszerują?

— Nic mi nie jest. Prawdę mówiąc, moja głowa od dawna nie pracowała tak dobrze, jak teraz. I w tym cały kłopot. Teraz widzę. Ta twoja intryga... Niepotrzebnie cię posłuchałem.

— O co chodzi? Jaka intryga? Uwierz mi, Steve, to nic skomplikowanego. Jesteś bardzo utalentowanym artystą. Kiedy z tego wyjdziesz, będziesz robił to co zawsze. Teraz usuwasz tylko jedną przeszkodę, to wszystko. Nie ma żadnej intrygi...

— Posłuchaj, Bradley, stało się coś niedobrego. Nie chodzi tylko o dolegliwości fizyczne, to coś więcej. Widzę teraz, co ze sobą zrobiłem. To był błąd. Powinienem mieć do siebie więcej szacunku.

— Steve, co cię tak ruszyło? Czy coś się tam u ciebie wydarzyło?

— Jasne, że coś się wydarzyło. Dlatego dzwonię. Chcę, żebyś mnie z tego wyciągnął. Musisz mnie przenieść do innego hotelu.

— Do innego hotelu? A kto ty jesteś? Książę Abdullah? Co ci się, kurwa, nie podoba w tym hotelu?

— Nie podoba mi się, że moją sąsiadką jest Lindy Gardner. Przed chwilą zaprosiła mnie do siebie i będzie mnie jeszcze zapraszała. To mi się nie podoba!

— Masz za sąsiadkę Lindy Gardner?

— Posłuchaj, dłużej tego nie zniosę. Właśnie od niej wyszedłem, nie mogłem wytrzymać. A teraz ona chce, żebym grał z nią w szachy kompletem od Meg Ryan...

— Steve, chcesz powiedzieć, że mieszkasz obok Lindy Gardner? I że ją odwiedzasz?

— Puściła mi płytę swojego męża! Ja pierdolę, chyba teraz puszcza następną. Na to mi przyszło. To jest teraz mój poziom.

— Steve, chwileczkę, uporządkujmy to. Steve, zamknij się na chwilę, do cholery, i wyjaśnij mi. Wyjaśnij, jak doszło do spotkania z Lindy Gardner.

Uspokoiłem się na chwilę i opowiedziałem pokrótce, jak Lindy mnie zaprosiła i co było dalej.

— Więc nie byłeś dla niej niegrzeczny? — spytał Bradley, gdy tylko skończyłem.

— Nie, nie byłem dla niej niegrzeczny. Panowałem nad sobą. Ale więcej tam nie pójdę. Muszę się przenieść do innego hotelu.

— Steve, nigdzie się nie przeniesiesz. Lindy Gardner? Ona jest w bandażach, ty jesteś w bandażach. Ona mieszka za ścianą. Steve, to jest wielka szansa.

— Nic z tych rzeczy, Bradley. To jest salonowe piekło. Jej komplet szachów od Meg Ryan, jak Boga kocham!

— Szachy od Meg Ryan? Na czym to polega? Każda figura wygląda jak Meg?

— I chce posłuchać, jak gram! Każe mi przynieść płyty na następne spotkanie!

— Ona chce... Jezu, Steve, nie zdjąłeś jeszcze bandaży, a już wszystko zaczyna się układać. Ona chce posłuchać, jak grasz?

— Proszę, żebyś coś z tym zrobił, Bradley. Dobrze, skoczyłem na głęboką wodę, dałem sobie zrobić operację, bo mnie namówiłeś, bo byłem tak głupi, że uwierzyłem w twoją intrygę. Ale nie muszę w to wchodzić! Nie muszę spędzić następnych dwóch tygodni z Lindy Gardner! Proszę cię, żebyś mnie przeniósł, i to szybko!

— Nigdzie cię nie przeniosę. Czy ty rozumiesz, jak ważną osobą jest Lindy Gardner? Czy wiesz, jakich ona ma przyjaciół? Co mogłaby dla ciebie zrobić jednym telefonem? No dobrze, nie jest już żoną Tony'ego Gardnera, ale to niczego nie zmienia. Wykorzystaj jej znajomości, wykorzystaj swoją nową twarz i wszystkie drzwi staną przed tobą otworem. To będzie pierwsza liga.

— Nie będzie żadnej pierwszej ligi, Bradley, bo ja tam więcej nie pójdę. I nie chcę, żeby się przede mną otwierały jakieś drzwi prócz tych, które się otworzą z powodu mojej muzyki. I nie wierzę w to, co mówiłeś, nie wierzę w twoją gównianą intrygę...

— Myślę, że nie powinieneś tak się unosić. Boję się o te twoje szwy...

— Bradley, wkrótce przestaniesz się bać o moje szwy, bo wiesz co? Zaraz zedrę z twarzy tę maskę mumii, która mnie parzy i swędzi, a potem wsadzę palce w usta i będę rozciągał moją gębę na wszystkie możliwe strony! Słyszysz, Bradley?!

Usłyszałem, jak westchnął.

— Dobrze, uspokój się. Opanuj. Żyłeś ostatnio w stresie. To zrozumiałe. Jeśli nie chcesz zobaczyć się z Lindy teraz, jeśli chcesz, żeby złoto przeszło ci koło nosa, w porządku, rozumiem twój punkt widzenia. Ale bądź grzeczny, dobrze? Znajdź dobrą wymówkę. Nie pal za sobą mostów.

• • •

Po rozmowie z Bradleyem poczułem się dużo lepiej i spędziłem dość przyjemny wieczór, oglądając pół jakiegoś filmu, a potem słuchając Billa Evansa. Następnego dnia rano, po śniadaniu, przyszedł doktor Boris z dwiema pielęgniarkami, wyglądało na to, że jest zadowolony, i wyszedł. Nieco później, koło jedenastej, miałem gościa, perkusistę imieniem Lee, z którym grywałem parę lat temu w orkiestrze w San Diego. Bradley jest również jego menedżerem i zasugerował mu, żeby mnie odwiedził.

Lee jest w porządku i ucieszyłem się z jego wizyty. Siedział około godziny, podczas której wymienialiśmy plotki na temat wspólnych znajomych, o tym, kto gra w jego zespole, a kto zwinął manatki i wyjechał do Kanady albo do Europy.

— Szkoda, że ubyło już tylu ze starej gwardii — powiedział. — Robimy razem fajne rzeczy, a potem nagle nie wiadomo, co się z nimi dzieje.

Opowiedział mi o swoich ostatnich koncertach i pośmialiśmy się trochę ze wspomnień z czasów San Diego.

— A co z Jakiem Marvellem? — zapytał pod koniec wizyty. — Co o tym sądzisz? Dziwny ten świat, co?

— Trochę to dziwne — zgodziłem się — ale, z drugiej strony, Jake był zawsze dobrym muzykiem. Zasługuje na to, co go spotkało.

— Tak, ale to dziwne. Pamiętasz, jaki był wtedy? W San Diego? Steve, mogłeś go zdmuchnąć z estrady w dowolnym dniu. A teraz popatrz na niego. Czy to tylko szczęście, czy coś innego?

— Jake był zawsze porządnym facetem. I jeżeli o mnie chodzi, to cieszę się, że któryś z saksofonistów został doceniony.

— Nie byle jak doceniony. I to tutaj, w tym hotelu. Poczekaj, gdzieś to mam... — Pogrzebał w torbie i wydobył wymięty egzemplarz „LA Weekly". — Tak, tutaj to jest. Nagrody muzyczne Simona i Wesbury'ego. Jazzowy muzyk roku. Jake Marvell. Tak jest, tutaj, w tym hotelu, wielka gala. Zobaczmy, kiedy jest ten pierdolnik? Hej, to dziś wieczorem. Nie, jutro. Jutro w sali balowej na dole. Mógłbyś zejść i uczestniczyć w ceremonii. — Odłożył gazetę i pokręcił głową. — Jake Marvell. Jazzowy muzyk roku. Kto by pomyślał, co, Steve?

— Na pewno nie zejdę na dół — powiedziałem — ale będę pamiętał, żeby go uczcić kieliszkiem szampana.

— Jake Marvell. Czy ten świat jest pierdolnięty, czy co?

• • •

Jakąś godzinę po lunchu zadzwonił telefon i to była Lindy.

— Szachy rozstawione, kochanie — powiedziała. — Czy jesteś gotów do gry? Tylko mi nie odmawiaj, bo zwariuję z nudów. A, i nie zapomnij przynieść płyt. Umieram z ciekawości, jak grasz.

Odłożyłem słuchawkę, usiadłem na skraju łóżka i próbowałem odpowiedzieć sobie na pytanie, dlaczego tak łatwo się poddałem. Prawdę mówiąc, nawet nie zasygnalizowałem możliwości odmowy. Może było to zwykłe tchórzostwo, a może przejąłem się argumentami Bradleya bardziej, niż mi się wydawało. Teraz jednak nie miałem czasu na podobne rozważania, bo musiałem zdecydować, które z moich nagrań może zrobić największe wrażenie na Lindy. Bardziej awangardowe rzeczy zdecydowanie odpadały, podobnie jak to, co nagrałem zeszłego roku w San Francisco z zespołem elektrofunkowym. W końcu wybrałem tylko jedną płytę, włożyłem czystą koszulę i szlafrok i zapukałem do sąsiednich drzwi.

• • •

Ona też miała na sobie szlafrok, ale taki, że mogłaby bez żenady wystąpić w nim na premierze filmu. Rzeczywiście, na niskim szklanym stoliku rozstawione były szachy, usiedliśmy więc jak poprzednio naprzeciwko siebie i rozpoczęliśmy grę. Może dlatego, że mogliśmy czymś zająć ręce, nastrój był znacznie swobodniejszy niż poprzednio. Podczas gry rozmawialiśmy o tym i owym: o programach telewizyjnych, o jej ulubionych miastach w Europie, o chińskim jedzeniu. Padało znacznie mniej nazwisk, a Lindy wyglądała na dużo spokojniejszą.

— Wiesz, co robię, żeby tu nie zwariować? — spytała w pewnym momencie. — To moja wielka tajemnica. Powiem ci, ale nikomu ani słowa, nawet Gracie, obiecujesz? Otóż o północy chodzę na spacery. Tylko po tym budynku, ale on jest taki wielki, że można po nim chodzić bez końca. A w środku nocy to bardzo ekscytujące. Zeszłej nocy chodziłam tak może przez całą godzinę. Trzeba uważać, bo wszędzie kręci się personel, ale ani razu nie zostałam przyłapana. Gdy tylko coś usłyszę, natychmiast się gdzieś chowam. Raz jacyś sprzątacze widzieli mnie przez sekundę, ale błyskawicznie skryłam się w cieniu! To takie podniecające. Przez cały dzień jest się więźniem, a potem nagle jest się całkowicie wolnym, to naprawdę cudowne. Zabiorę cię ze sobą którejś nocy, kochanie. Pokażę ci wspaniałe rzeczy. Bary, restauracje, sale konferencyjne. Cudowną salę balową. I nie ma tam żywej duszy, wszędzie jest ciemno i pusto. Odkryłam też najbardziej fantastyczne miejsce, rodzaj penthouse'u, myślę, że to ma być... apartament prezydencki. Nie jest ukończony, ale znalazłam go, udało mi się wejść do środka i spędziłam tam na rozmyślaniach dwadzieścia minut, może pół godziny. Hej, Steve, czy to jest prawidłowy ruch? Mogę tu stanąć i zbić twoją królówkę?

— Och. Tak, rzeczywiście. Nie zauważyłem. Hej, Lindy, jesteś w tym znacznie lepsza, niż mówiłaś. I co ja mam teraz zrobić?

— Dobrze, powiem ci. Ponieważ jesteś gościem i rozpraszałam cię moimi opowieściami, udam, że nie zauważyłam tego ruchu. Czy to nie miłe z mojej strony? Steve, nie pamiętam, czy cię już o to pytałam. Jesteś żonaty, tak?

— Tak.

— No to co ona myśli o tym wszystkim? To przecież nie jest tanie. Za te pieniądze mogłaby sobie kupić sporo par butów, co?

— Ona nie ma nic przeciwko temu. Właściwie to był jej pomysł. No i kto się teraz zagapił?

— O, do licha. Zresztą i tak kiepsko gram w szachy. Nie chcę być wścibska, ale czy ona często cię odwiedza?

— Prawdę mówiąc, nie była ani razu. Ale tak się umówiliśmy na początku, zanim tu trafiłem.

— Tak?

Lindy wyglądała na tak zdziwioną, że musiałem coś powiedzieć.

— Może to się wydać dziwne, ale oboje tak to chcieliśmy załatwić.

— Rozumiem. Czy to znaczy, że nikt cię tu nie odwiedza? — spytała po chwili.

— Miewam gości. Prawdę mówiąc, jeden odwiedził mnie nawet dziś rano. Muzyk, z którym kiedyś pracowałem.

— Tak? To dobrze. Wiesz, kochanie, nigdy nie jestem pewna, jak się ruszają te gońce. Powiedz, jak zobaczysz, że coś robię nie tak, dobrze? Nie próbuję oszukiwać.

— Wiem. Ten facet, który mnie dziś odwiedził, przekazał mi nowinę. Dziwny zbieg okoliczności.

— Tak?

— Jest taki saksofonista, którego znaliśmy parę lat temu w San Diego. Nazywa się Jake Marvell. Może o nim słyszałaś? Jest teraz na topie, ale wtedy, gdy go znaliśmy, był nikim. Taki bajerant. Można powiedzieć, miglanc.

194

Zawsze miał kłopoty z trafieniem we właściwy klawisz. Ostatnio słyszałem go wielokrotnie i nie poprawił się ani na jotę. Ale mu się poszczęściło i jest teraz modny. Przysięgam ci, że nie jest ani trochę lepszy, niż był kiedyś, ani trochę. I wiesz, co usłyszałem? Ten facet, Jake Marvell, odbiera jutro ważną nagrodę muzyczną, tutaj, w tym hotelu. Muzyk jazzowy roku. To jakieś wariactwo. Jest tylu utalentowanych saksofonistów, a oni dają nagrodę Jake'owi.

Zmusiłem się, żeby zamilknąć, i podnosząc głowę znad szachownicy, zaśmiałem się.

— Co tu można poradzić? — powiedziałem już łagodniej.

Lindy siedziała wyprostowana, słuchając mnie z uwagą.

— To wielka szkoda. I mówisz, że ten facet nie jest dobry?

— Przepraszam, trochę mnie poniosło. Chcą dać Jake'owi nagrodę, dlaczego nie?

— Ale jeżeli on nie jest dobry...

— Jest tak samo dobry, jak każdy inny. Tak tylko gadam. Przepraszam, nie zwracaj na mnie uwagi.

— Hej, to mi coś przypomniało... Pamiętałeś, żeby przynieść swoją muzykę?

Wskazałem płytę CD leżącą obok mnie na kanapie.

— Nie wiem, czy cię zainteresuje. Nie musisz tego słuchać...

— Ależ nie, zdecydowanie chcę. Pokaż, niech zobaczę. Podałem jej płytę.

— To zespół, z którym występowałem w Pasadenie. Graliśmy standardy, stary swing, trochę bossa novy. Nic szczególnego, przyniosłem, bo prosiłaś.

Oglądała pudełko, trzymając je blisko twarzy, to znów odsuwając.

— Więc jesteś na tym zdjęciu? — Znów zbliżyła je do oczu. — Jestem ciekawa, jak wyglądasz. Może powinnam powiedzieć: jak wyglądałeś.

— Stoję drugi od prawej. W hawajskiej koszuli, z deską.

— Ten? — Spojrzała na okładkę, a potem na mnie. — Hej, jesteś milutki — powiedziała, ale tak jakoś cicho i bez przekonania. Prawdę mówiąc, usłyszałem w jej głosie wyraźny ton współczucia. Zaraz się jednak opanowała. — W porządku, posłuchajmy!

— Kawałek numer dziewięć — powiedziałem, kiedy podeszła do Banga & Olufsena. — *The Nearness of You*. To mój ulubiony.

— Zaraz będzie *The Nearness of You*.

Wybrałem ten kawałek po namyśle. Wszyscy w tym zespole byli muzykami najwyższej klasy. Każdy z nas miał większe ambicje, ale utworzyliśmy tę grupę, żeby pograć wysokiej klasy materiał mainstreamowy, coś, co spodobałoby się lepszej publiczności. Nasza wersja *The*

Nearness of You, w której mój tenor przez cały czas jest obecny, nie była aż tak odległa od terytorium Tony'ego Gardnera, ale zawsze byłem z niej naprawdę dumny. Pomyślicie może, że słyszeliście już tę piosenkę w każdym możliwym wykonaniu. A jednak posłuchajcie naszego. Wsłuchajcie się na przykład w drugi refren. Albo w ten moment, kiedy wychodzimy ze środkowej ósemki, orkiestra przechodzi od III-5 do VI-9, a ja wznoszę się w interwałach, w niewiarygodnych interwałach, i potem trzymam tę słodką, bardzo czułą nutę. Myślę, że są tam barwy, tęsknota i żal, jakich nigdy wcześniej nie słyszeliście.

Można więc powiedzieć, że byłem pewien wrażenia, jakie to nagranie zrobi na Lindy. I może przez minutę wyglądała na zasłuchaną. Po nastawieniu płyty nie usiadła i tak, jak wtedy, gdy puszczała mi piosenkę swojego męża, zaczęła się w rozmarzeniu kołysać w powolnym rytmie. Potem jednak rytm w jej ruchach zaczął zanikać, aż wreszcie stanęła całkiem nieruchomo, plecami do mnie, jakby się koncentrowała. Początkowo nie uznałem tego za zły znak, dopiero kiedy podeszła i usiadła, podczas gdy muzyka nadal grała, zrozumiałem, że coś jest nie tak. Z powodu opatrunku nie mogłem, rzecz jasna, odczytać wyrazu jej twarzy, ale sposób, w jaki opadła na kanapę, jak sztywny manekin, nie zwiastował niczego dobrego.

Kiedy kawałek dobiegł końca, wziąłem ze stolika pilota i wyłączyłem odtwarzacz. Przez chwilę, która wydawała się bardzo długa, Lindy siedziała w tej samej pozie, sztywna i spięta. Potem uniosła się nieco i zaczęła bawić się jedną z figur szachowych.

— To było bardzo przyjemne — powiedziała. — Dziękuję, że pozwoliłeś mi tego posłuchać. — Zabrzmiało to jak formuła grzecznościowa, ale nie wyglądało na to, że zwróciła na to uwagę.

— Może to nie było całkiem w twoim stylu.

— Nie, nie — powiedziała głosem cichym i nadąsanym. — To było bardzo dobre. Jestem ci wdzięczna, że mogłam tego posłuchać. — Postawiła figurę na jednym z kwadratów. — Twój ruch — powiedziała.

Spojrzałem na szachownicę, próbując przypomnieć sobie, na czym skończyliśmy.

— Może akurat ta piosenka kojarzy ci się z jakimiś wspomnieniami? — spytałem łagodnie.

Podniosła głowę i wyczułem pod jej bandażami gniew. Mimo to odezwała się tym samym spokojnym tonem:

— Ta piosenka? Z niczym mi się nie kojarzy. Ani trochę. — Nagle roześmiała się krótkim, nieprzyjemnym śmiechem. — Ach, myślisz o skojarzeniach z nim, z Tonym? Nie, nie. Tego nigdy nie miał w repertuarze. Grasz to bardzo ładnie. Naprawdę profesjonalnie.

— Naprawdę profesjonalnie? Jak mam to rozumieć?

— No... że zagrałeś naprawdę profesjonalnie. Uważam to za komplement.

— Profesjonalnie? — Wstałem, przeszedłem przez pokój i wyjąłem płytę z odtwarzacza.

— Dlaczego się złościsz? — Jej głos był nadal daleki i zimny. — Czy powiedziałam coś złego? Jeżeli tak, to przepraszam. Chciałam być miła.

Wróciłem do stołu, włożyłem płytę do pudełka, ale usiadłem.

— To jak, kończymy partię? — spytała Lindy.

— Jeżeli nie masz nic przeciwko temu, mam parę spraw do załatwienia. Telefony, jakieś papiery.

— Co cię tak rozzłościło? Nie rozumiem.

— Wcale się nie złoszczę. Zrobiło się późno, to wszystko.

Wreszcie wstała, żeby odprowadzić mnie do drzwi, i rozstaliśmy się, wymieniając chłodny uścisk dłoni.

• • •

Wspomniałem już, że po tej operacji rozpieprzył się mój rytm dnia i nocy. Tego wieczoru poczułem się nagle zmęczony, wcześnie się położyłem, zasnąłem głębokim snem na parę godzin, a potem obudziłem się w środku nocy i nie mogłem zasnąć. Po chwili wstałem i włączyłem telewizor. Trafiłem na film, który oglądałem jako chłopak, więc przysunąłem sobie krzesło i obejrzałem go do końca ze ściszonym głosem. Potem patrzyłem na dwóch kaznodziejów wymyślających sobie przy wtórze wrzeszczącej widowni. W sumie byłem zadowolony. Było mi przyjemnie, czułem się oddalony o milion mil od zewnętrznego świata. I dlatego serce omal nie wyskoczyło mi z piersi, kiedy zadzwonił telefon.

— Steve? To ty? — Lindy. Jej głos brzmiał dziwnie i przyszło mi do głowy, że może piła.

— Tak, to ja.

— Wiem, że jest późno, ale kiedy przechodziłam korytarzem, zobaczyłam światło pod twoimi drzwiami. Pomyślałam, że może masz kłopoty z zaśnięciem, tak jak ja.

— Chyba tak. Trudno przestrzegać godzin.

— Tak, to prawda.

— Wszystko w porządku? — spytałem.

— Tak. Jak najbardziej.

Zrozumiałem teraz, że nie jest pijana, ale nie potrafiłem sprecyzować, co się z nią dzieje. Chyba nie była też na haju, tylko mocno pobudzona i podekscytowana czymś, czym chciała się ze mną podzielić.

— Jesteś pewna, że wszystko w porządku? — powtórzyłem.

— Tak, naprawdę, ale... posłuchaj, kochanie, mam tu coś, co chcę ci dać.

— O. Co też to może być?

— Nie powiem ci. To będzie niespodzianka.

— Brzmi interesująco. Przyjdę po to może po śniadaniu?

— Miałam nadzieję, że przyjdziesz teraz. Mam to tutaj, ty nie śpisz, ja nie śpię. Wiem, że jest późno, ale... Steve, to, co było wcześniej, co się zdarzyło... Uważam, że jestem ci winna wyjaśnienia.

— Zapomnij o tym. Nic się nie stało...

— Byłeś na mnie zły, bo pomyślałeś, że nie podoba mi się twoja muzyka. To nieprawda, było wprost przeciwnie. To, co grałeś, twoje wykonanie *The Nearness of You*... Nie mogłam wyrzucić tego z głowy. Nie, nie z głowy, z serca. Nie mogłam wyrzucić tego z serca.

Nie wiedziałem, co odpowiedzieć, i zanim coś wymyśliłem, ona podjęła:

— Przyjdziesz? Teraz? Wszystko ci wyjaśnię. A najważniejsze... Nie, nie powiem. To będzie niespodzianka. Przyjdź, a zobaczysz. I przynieś swoje nagranie. Zrobisz to?

• • •

Wzięła ode mnie płytę, gdy tylko otworzyła drzwi, jakbym był chłopcem na posyłki, ale potem złapała mnie za rękę i wciągnęła do środka. Miała na sobie ten sam wytworny szlafroczek, ale teraz nie wyglądała już tak nieskazitelnie: jedna poła szlafroczka zwisała niżej niż druga i do bandaża z tyłu głowy przyczepił się jakiś śmieć.

— Domyślam się, że odbyłaś jeden ze swoich nocnych spacerów — powiedziałem.

— Kiedy wracałam, zobaczyłam u ciebie światło. Dlatego wiedziałam, że mogę zadzwonić. Tak się cieszę, że nie śpisz. Nie wiem, czy potrafiłabym czekać z tym do rana. A teraz posłuchaj. Jak powiedziałam, mam dla ciebie niespodziankę. Mam nadzieję, że ci się spodoba. Myślę, że tak. Ale najpierw chcę, żebyś wygodnie usiadł. Posłuchamy jeszcze raz twojego nagrania. Zaraz, który to był kawałek?

Usiadłem na swoim dawnym miejscu i patrzyłem, jak Lindy majstruje przy odtwarzaczu. Światło w pokoju było przyćmione, a powietrze przyjemnie chłodne. Po chwili rozległo się na cały głos *The Nearness of You*.

— Nie uważasz, że ludzie mogą mieć pretensje? — spytałem.

— Do diabła z nimi. Płacimy tyle za to miejsce, że to nie nasz problem. A teraz sza! Słuchajmy, słuchajmy!

Lindy zaczęła kołysać się w rytm muzyki, tak jak przedtem. Tylko tym razem nie zatrzymała się po pierwszej zwrotce. Co więcej, im dłużej grała muzyka, tym bardziej wydawała się nią urzeczona, wyciągając przed siebie ręce, jakby obejmowała niewidocznego partnera. Kiedy utwór się skończył, wyłączyła odtwarzacz i stanęła bez ruchu w drugim końcu pokoju, odwrócona plecami. Stała tak przez długą chwilę, a potem podeszła do mnie.

— Nie wiem, co powiedzieć. To jest zachwycające. Jesteś wspaniałym, cudownym muzykiem. Jesteś genialny.

— Cóż, dziękuję.

— Wiedziałam to za pierwszym razem. To prawda. Dlatego tak zareagowałam. Udawałam, że mi się nie podoba, udawałam, że kręcę nosem. — Usiadła naprzeciwko mnie i westchnęła. — Tony starał się mnie od tego powstrzymać. A ja zawsze tak robiłam i nie mogę się tego wyzbyć. Spotykam osobę, która jest... no, wiesz... która jest naprawdę utalentowana, kogoś, kto dostał dar od niebios, i nie potrafię nic na to poradzić, że kierowana pierwszym impulsem, postępuję tak jak w twoim przypadku. To jest... sama nie wiem... chyba zazdrość? Czasem widzi się to u kobiet, które są takie sobie, i gdy do tego samego pomieszczenia wchodzi kobieta naprawdę piękna, one kipią z nienawiści, chętnie wydrapałyby jej oczy. Taka właśnie jestem, kiedy spotykam kogoś takiego jak ty. Zwłaszcza jeśli jest to coś niespodziewanego, tak jak dzisiaj, i nie jestem na to przygotowana. To znaczy w jednej chwili myślę o tobie jako o kimś z publiczności, a potem nagle jesteś... no, kimś zupełnie innym. Wiesz, o czym mówię? W każdym razie próbuję ci wytłumaczyć, dlaczego dzisiaj zachowałam się tak brzydko. Masz prawo być na mnie wściekły.

Przez chwilę zawisła między nami nocna cisza.

— No cóż, doceniam to — powiedziałem w końcu. — Doceniam, że mi to powiedziałaś.

— A teraz niespodzianka! — Lindy zerwała się z kanapy. — Zaczekaj, nie ruszaj się.

Poszła do sąsiedniego pokoju i słyszałem, jak otwiera i zamyka szuflady. Kiedy wróciła, trzymała coś przed sobą w obu rękach, ale nie mogłem zobaczyć, co to jest, bo narzuciła na to jedwabną chustkę. Zatrzymała się na środku pokoju.

— Steve, chcę, żebyś podszedł i to przyjął. To ma być ceremonia.

Nic nie rozumiałem, ale wstałem. Kiedy się do niej zbliżyłem, ściągnęła chustkę i podała mi błyszczący mosiężny przedmiot.

— Zdecydowanie na to zasługujesz, jest więc twoja. Jazzowy muzyk roku. Może wszechświata. Gratulacje.

Włożyła to coś w moje dłonie i pocałowała mnie lekko w zabandażowany policzek.

— No, dziękuję. Co za niespodzianka. Hej, to ładne. Co to jest? Aligator?

— Aligator? Też mi coś! To parka ślicznych całujących się cherubinków.

— A, tak. Teraz widzę. Dziękuję, Lindy. Nie wiem, co powiedzieć. To naprawdę piękne.

— Aligator!

— Najmocniej przepraszam. To dlatego, że ten jeden tak wyciąga nogę do tyłu. Ale teraz widzę. To naprawdę piękne.

— No, jest twoja. Zasługujesz na nią.

— Jestem wzruszony, Lindy. Naprawdę. I co tu jest napisane? Nie wziąłem okularów.

— Napisane jest „Jazzowy muzyk roku". Co innego mogłoby być napisane?

— Tak tu jest napisane?

— Pewnie, że tak.

Podszedłem do kanapy, trzymając statuetkę, usiadłem i chwilę pomyślałem.

— Lindy — odezwałem się w końcu — ta rzecz, którą mi przed chwilą wręczyłaś, jest naprawdę ładna. Ale czy nie jest tak, że znalazłaś to podczas jednej ze swoich nocnych wypraw?

— Jasne. Tak właśnie było.

— Rozumiem. A czy nie jest tak, że to jest prawdziwa nagroda? To znaczy ta, którą mają wręczyć Jake'owi?

Lindy nie odpowiadała przez kilka sekund, tylko stała nieruchomo.

— Oczywiście, że to autentyk — powiedziała wreszcie. — Jaki byłby sens dawać ci jakiś złom? Miał się dokonać akt niesprawiedliwości, ale sprawiedliwość zwyciężyła. Tylko to się liczy. Hej, kochanie, daj spokój. Dobrze wiesz, że to ty zasługujesz na tę nagrodę.

— Cenię sobie twoją opinię. Chodzi tylko o to, że to jest... jakby kradzież.

— Kradzież? Czy sam nie mówiłeś, że ten facet jest do niczego? Uzurpator. A ty jesteś geniuszem. Kto tu kogo okrada?

— Lindy, gdzie dokładnie znalazłaś tę rzecz?

Wzruszyła ramionami.

— W pewnym miejscu. Jednym z tych, do których chodzę. W biurze, można to chyba tak nazwać.

— Dzisiejszej nocy? Zabrałaś to dziś w nocy?

— Oczywiście, że dziś w nocy. Zeszłej nocy nie wiedziałam jeszcze o twojej nagrodzie.

— Jasne, jasne. Więc było to jakąś godzinę temu?

— Godzinę. Może dwie. Kto wie? Byłam tam przez jakiś czas. Spędziłam dłuższą chwilę w moim apartamencie prezydenckim.

— Jezu...

— Posłuchaj, kogo to obchodzi? Czym się tak przejmujesz? Przepadnie im ta, przyniosą drugą. Pewnie mają tego pełną szafę. Wręczyłam ci coś, na co zasługujesz. Chyba nie odrzucisz tego, Steve?

— Nie odrzucam tego, Lindy. Uczucia, zaszczytu i tego wszystkiego. Przyjmuję to i jestem szczęśliwy. Ale chodzi o konkretne trofeum. Musimy to odnieść tam, gdzie to znalazłaś.

— Pieprzyć ich! Kto by się przejmował?

— Lindy, nie przemyślałaś tego. Co zrobisz, jeśli to się wyda? Wyobrażasz sobie, co prasa z tym zrobi? Plotki, skandal? Co powie twoja publiczność? Daj spokój. Idziemy tam natychmiast, zanim ludzie zaczną się budzić. Pokaż mi, gdzie to dokładnie znalazłaś.

Lindy wyglądała jak skrzywdzone dziecko.

— Chyba masz rację, kochanie — powiedziała z westchnieniem.

• • •

Z chwilą, gdy zgodziliśmy się, że trzeba zwrócić nagrodę, Lindy zaczęła zaborczo przyciskać ją do piersi. Prawie biegliśmy korytarzami tego wielkiego, pogrążonego we śnie hotelu. Prowadziła mnie w dół jakimiś ukrytymi schodami, bocznymi korytarzami, obok saun i automatów z napojami. Nie widzieliśmy i nie słyszeliśmy żywej duszy.

— To było tutaj — szepnęła Lindy w pewnym momencie i pchnęliśmy ciężkie drzwi prowadzące do ciemnego pomieszczenia.

Upewniwszy się, że jesteśmy sami, zapaliłem latarkę, którą zabrałem z pokoju Lindy, i omiotłem nią pomieszczenie. Znajdowaliśmy się w sali balowej, ale gdyby ktoś chciał w niej teraz zatańczyć, miałby kłopoty z masą stolików nakrytych białymi lnianymi obrusami i z krzesłami do kompletu. Z sufitu zwisał wymyślny żyrandol. Na końcu sali znajdowało się podwyższenie, mogące zapewne pomieścić spory zespół artystyczny, ale teraz zasłonięte kurtyną. Ktoś zostawił na środku sali drabinę, a pod ścianą odkurzacz.

— Szykuje się niezłe przyjęcie — mruknąłem. — Na czterysta, może pięćset osób?

Wszedłem w głąb sali i omiotłem ją raz jeszcze snopem światła.

— Może tutaj się to odbędzie. Tu będą wręczali Jake'owi jego nagrodę.

— Oczywiście, że tak. Tam, gdzie to znalazłam — podniosła do góry statuetkę — były jeszcze inne nagrody. Najlepszy debiutant, R&B album roku. I inne takie. To będzie wielkie wydarzenie.

Teraz moje oczy przywykły do ciemności i lepiej widziałem salę, mimo że latarka nie była zbyt mocna. I przez chwilę, kiedy tak stałem, patrząc na scenę, mogłem sobie wyobrazić, jak to miejsce będzie wyglądać wieczorem. Wyobraziłem sobie tłum elegancko ubranych ludzi; potężnych specjalistów od promocji, różne znakomitości ze świata show-biznesu, śmiejących się i wychwalających nawzajem. Przesadnie entuzjastyczne brawa za każdym razem, gdy mistrz ceremonii wymienia nazwę sponsora. I jeszcze więcej braw, tym razem z okrzykami, gdy na podium wchodzą laureaci. Wyobraziłem sobie Jake'a Marvella, jak trzyma nagrodę i uśmiecha się zadowolony z siebie, jak w San Diego, kiedy publiczność oklaskiwała jego solówkę.

— A może nie mamy racji? — odezwałem się. — Może nie trzeba tego zwracać? Może powinniśmy wyrzucić to do śmieci. Razem ze wszystkimi innymi nagrodami, które znalazłaś.

— Tak? — W głosie Lindy zabrzmiało zdziwienie. — Chcesz tak zrobić, kochanie?

Westchnąłem.

— Nie, chyba nie. Ale przyjemnie byłoby to zrobić, prawda? Wszystkie te nagrody na śmietniku. Założę się, że każdy z tych laureatów to uzurpator. Założę się, że wszyscy razem do kupy nie mają dość talentu, żeby starczyło na jednego hot doga.

Czekałem, aż Lindy coś powie, ale ona milczała. A kiedy się wreszcie odezwała, w jej głosie zabrzmiała nowa, ostrzejsza nuta.

— Skąd wiesz, że niektórzy z tych facetów nie są dobrzy? Skąd wiesz, że żaden nie zasługuje na nagrodę?

— Skąd wiem? — Poczułem nagły przypływ irytacji. — Skąd wiem? Zastanów się tylko. Jury, które uznaje

Jake'a Marvella za najwybitniejszego muzyka jazzowego roku. Kogo tacy mogą wyróżnić?

— Ale co ty wiesz o tych ludziach? Nawet o tym Jake'u. Skąd wiesz, czy nie napracował się ciężko, żeby dostać tę nagrodę?

— A to co? Jesteś teraz największą fanką Jake'a?

— Po prostu wypowiadam swoją opinię.

— Swoją opinię? Więc to jest twoja opinia? Właściwie nie powinienem być zaskoczony. Przez chwilę zapomniałem, z kim rozmawiam.

— Co to ma, do diabła, znaczyć? Jak śmiesz mówić do mnie w ten sposób?

Zdałem sobie sprawę, że straciłem nad sobą panowanie.

— No dobrze — powiedziałem szybko — poniosło mnie. Przepraszam. Chodźmy lepiej poszukać tego biura.

Lindy nie odpowiedziała i kiedy się do niej odwróciłem, w półmroku widziałem za słabo, żeby zgadywać, co myśli.

— Lindy, gdzie jest to biuro? Musimy je znaleźć.

W końcu wskazała statuetką tył sali i poszła pierwsza między stolikami, nadal nic nie mówiąc. Doszliśmy do drzwi i na kilka sekund przyłożyłem do nich ucho, a że niczego nie usłyszałem, ostrożnie je otworzyliśmy.

Znaleźliśmy się w długim wąskim pomieszczeniu, które

biegło, jak się wydawało, równolegle do sali balowej. Zostawiono gdzieś przyćmione światło, mogliśmy więc widzieć w półmroku bez pomocy latarki. Najwyraźniej nie było to biuro, którego szukaliśmy, ale pomocnicze pomieszczenie kuchenno-cateringowe. Wzdłuż ścian ciągnęły się długie robocze blaty, pozostawiając pośrodku przejście dla obsługi dokonującej ostatniej inspekcji dań.

Lindy sprawiała wrażenie, że zna to miejsce, i pewnym krokiem ruszyła przed siebie. Mniej więcej w połowie drogi zatrzymała się nagle, żeby przyjrzeć się jednej z pozostawionych na blacie blach do pieczenia.

— Hej, ciasteczka! — Chyba odzyskała równowagę ducha. — Szkoda, że są przykryte celofanem. Umieram z głodu. Spójrz! Zobaczmy, co jest pod tym.

Zrobiła kilka kroków w stronę wielkiej kopulastej pokrywy i zajrzała pod nią.

— Spójrz tylko na to, kochanie. To wygląda naprawdę apetycznie.

Pochylała się nad okazałym pieczonym indykiem. Zamiast go przykryć, ostrożnie położyła pokrywę obok półmiska.

— Czy myślisz, że będą mieli coś przeciwko temu, że urwę jedną nogę?

— Myślę, że nawet bardzo, Lindy. Ale co tam!

— To duża sztuka. Chcesz, żebym się z tobą podzieliła nogą?

— Chętnie, dlaczego nie?

— No, to do roboty.

Wyciągnęła rękę w stronę indyka, ale nagle wyprostowała się i odwróciła w moją stronę.

— Co to miało znaczyć tam, przed chwilą?

— Co miało co znaczyć?

— To, co mówiłeś. Kiedy powiedziałeś, że nie jesteś zaskoczony. Moją opinią. O co ci chodziło?

— Posłuchaj, przyznaję, że mnie poniosło. Przepraszam cię. Nie chciałem cię dotknąć. Po prostu myślałem na głos, to wszystko.

— Myślałeś na głos? No to może pomyślisz jeszcze trochę? Otóż ja sugeruję, że niektórzy z tych facetów może i zasłużyli na swoje nagrody, dlaczego to ma być śmieszne stwierdzenie?

— Posłuchaj, ja tylko mówię, że nagrody dostają niewłaściwi ludzie. To wszystko. Ale ty wiesz lepiej. Ty uważasz, że tak nie jest...

— Może niektórzy z tych facetów ciężko harowali, żeby osiągnąć to, co osiągnęli. I może zasługują na trochę uznania. Tacy jak ty, tylko dlatego, że Bóg obdarzył was szczególnym talentem, uważają, że wszystko wam się należy. Że jesteście lepsi od nas wszystkich, że zawsze zasługujecie na miejsce w pierwszym rzędzie. Nie dostrzegacie całej masy innych ludzi, którzy nie mieli tyle szczęścia, co wy, i którzy muszą ciężko pracować na swoją pozycję w świecie...

— Więc myślisz, że ja ciężko nie pracuję? Myślisz, że siedzę na dupie przez cały dzień? Ja się pocę, wysilam i wypruwam sobie żyły, żeby wystąpić z czymś wartościowym, czymś pięknym, a kto zbiera medale? Jake Marvell. Ludzie tacy jak ty!

— Jak, kurwa, śmiesz! Co ja mam z tym wspólnego? Czy to ja dostaję dzisiaj nagrodę? Czy ja kiedykolwiek dostałam jakąś cholerną nagrodę? Czy kiedykolwiek ktoś mi coś dał, choćby w szkole, jeden zasrany dyplom za taniec albo śpiew, albo w ogóle za cokolwiek? Nie! Najmniejszej pieprzonej nagrody! Musiałam stać i patrzeć, jak wy, lizusy, podchodzicie i odbieracie nagrody, a wszyscy rodzice biją brawo...

— Nie masz nagród? Ty nie masz nagród? Spójrz tylko na siebie! Kto pławi się w sławie? Kto mieszka w luksusowych willach...

W tym momencie pstryknął włącznik i zostaliśmy oślepieni ostrym jasnym światłem. Dwaj mężczyźni nadeszli z tej samej strony, co my, i teraz zbliżali się do nas. Szli obok siebie, zajmując całą szerokość przejścia. Jeden był wielkim czarnym facetem w uniformie hotelowego ochroniarza i to, co początkowo wziąłem za broń w jego ręku, okazało się radiem.

Towarzyszył mu niski biały mężczyzna w jasnoniebieskim garniturze, z przylizanymi czarnymi włosami. Żaden z nich nie zdradzał swoją postawą szacunku. Zatrzymali się dwa kroki przed nami i ten mniejszy wyjął z kieszeni legitymację.

— Policja Los Angeles — powiedział. — Nazywam się Morgan.

— Dobry wieczór — odpowiedziałem.

Przez chwilę policjant i ochroniarz przyglądali nam się w milczeniu.

— Jesteście gośćmi hotelu? — spytał wreszcie policjant.

— Tak — odpowiedziałem. — Jesteśmy gośćmi.

Poczułem, jak delikatny materiał szlafroczka Lindy ociera się o moje plecy. Potem wzięła mnie pod rękę i staliśmy obok siebie.

— Dobry wieczór, panie oficerze — powiedziała rozmarzonym słodkim głosikiem, zupełnie niepodobnym do tego, jakim zwykle mówiła.

— Dobry wieczór pani — odpowiedział policjant. — Czy państwo nie śpicie o tej porze z jakiegoś szczególnego powodu?

Zaczęliśmy mówić jednocześnie, po czym wybuchnęliśmy śmiechem. Jednak żaden z dwóch mężczyzn nie roześmiał się ani nawet nie uśmiechnął.

— Nie mogliśmy zasnąć — wyjaśniła Lindy — więc wybraliśmy się na spacer.

— Na spacer. — Policjant rozejrzał się w jaskrawym białym świetle. — Może w poszukiwaniu czegoś do zjedzenia?

— Tak jest, panie oficerze! — Głos Lindy nadal był przesadnie zalotny. — Trochę zgłodnieliśmy, co pewnie i panu zdarza się czasem w nocy.

— Zapewne obsługa kelnerska jest do niczego? — spytał policjant.

— Nie jest nadzwyczajna — przyznałem.

— To samo co zawsze — westchnął policjant. — Steki, pizza, hamburgery, trzypiętrowe kanapki. Wiem, bo przed chwilą sam korzystałem z nocnej obsługi. Ale państwo zapewne nie gustujecie w tego rodzaju jedzeniu?

— Wie pan, jak to jest, panie oficerze. Chodzi o ten dreszczyk emocji. O to, żeby zakraść się na dół i przełknąć coś, wie pan, trochę zabronionego, tak jak i pan to robił, kiedy był dzieckiem. — Żaden z mężczyzn nie okazywał, że ulega jej czarowi.

— Przykro nam, że państwa niepokoimy — powiedział policjant — ale rozumiecie państwo, że te pomieszczenia nie są dostępne dla gości. Poza tym ostatnio zginęło parę rzeczy.

— Naprawdę?

— Tak. Czy państwo zauważyliście dziś w nocy coś dziwnego albo podejrzanego?

Lindy i ja wymieniliśmy spojrzenia, po czym ona dramatycznie pokręciła głową.

— Nie — powiedziałem. — Nie zauważyliśmy niczego dziwnego.

— Na pewno?

Ochroniarz zaczął przeciskać się między nami a blatem. Zrozumiałem, że próbuje zobaczyć, czy czegoś nie ukrywamy, podczas gdy jego partner zajmował nas rozmową.

— Nie, nic — zapewniłem. — A o jakie rzeczy panu chodzi?

— Podejrzane osoby. Nietypowa działalność.

— Czy to znaczy, panie oficerze — odezwała się Lindy, a w jej głosie brzmiało przerażenie — że były jakieś włamania do pokojów?

— Niezupełnie, proszę pani. Ale zniknęły pewne wartościowe przedmioty.

Wyczułem, że ochroniarz zrobił jakiś ruch za naszymi plecami.

— Więc to dlatego panowie tutaj są — powiedziała Lindy. — Żeby bronić nas i naszego mienia?

— Dokładnie tak, proszę pani. — Wzrok policjanta przesunął się nieznacznie i odniosłem wrażenie, że wymienił spojrzenia z mężczyzną za naszymi plecami. — Dlatego, jeżeli zauważycie państwo coś dziwnego, proszę natychmiast zadzwonić do ochrony.

Rozmowa wyglądała na zakończoną i policjant odsunął się, żeby nas przepuścić. Chciałem odejść, ale Lindy nie miała dość.

— Przyznaję, że nie było zbyt mądre z naszej strony schodzenie tutaj, żeby coś przekąsić. Mieliśmy ochotę na te ciasteczka, które tam stoją, ale pomyśleliśmy, że są przygotowane na jakąś specjalną okazję i że szkoda byłoby popsuć dekorację.

— Ten hotel ma dobrą obsługę kelnerską — odezwał się policjant. — Dwadzieścia cztery godziny na dobę.

Pociągnąłem Lindy, ale wyglądało na to, że dopadła ją dobrze znana mania przestępców, żeby igrać z możliwością zdemaskowania.

— I pan zamówił coś niedawno dla siebie, panie oficerze?

— Już mówiłem.

— I to było dobre?

— Całkiem niezłe. Radzę państwu zrobić to samo.

— Pozwólmy panom kontynuować śledztwo. — Zacząłem ciągnąć Lindy za rękę, ale ona wciąż nie dawała za wygraną.

— Panie oficerze, czy mogę o coś zapytać? Nie ma pan nic przeciwko temu?

— Może pani spróbować.

— Pytał pan przed chwilą, czy nie widzieliśmy czegoś dziwnego. A czy pan widzi coś dziwnego? Na przykład w nas.

— Nie bardzo wiem, o co pani chodzi.

— Na przykład o to, że oboje mamy twarze owinięte bandażem? Czy pan to zauważył?

Policjant przyjrzał się nam uważnie, jakby chciał zweryfikować to stwierdzenie.

— Prawdę mówiąc, zauważyłem, proszę pani, tak. Ale nie chciałem robić uwag osobistych.

— A, rozumiem — mruknęła Lindy, po czym zwróciła się do mnie: — Czy to nie było ładne ze strony tego pana?

— Chodź już — syknąłem, ciągnąc ją już całkiem mocno. Czułem, jak obaj mężczyźni odprowadzają nas wzrokiem do samych drzwi.

• • •

Przeszliśmy przez salę balową, zachowując pozory spokoju. Jednak gdy tylko znaleźliśmy się za wielkimi wahadłowymi drzwiami, spanikowaliśmy i ruszyliśmy prawie biegiem. Ponieważ nadal trzymaliśmy się za ręce, często potykaliśmy się i zderzaliśmy z różnymi przedmiotami, podczas gdy Lindy prowadziła mnie przez labirynt budynku. W końcu wciągnęła mnie do jakiejś służbowej windy i dopiero, kiedy zamknęły się za nami drzwi i ruszyliśmy w górę, puściła moją rękę, oparła się o metalową ścianę i wydała niesamowity odgłos. Po chwili zdałem sobie sprawę, że tak brzmi histeryczny śmiech dochodzący spod warstwy bandaży.

Kiedy wysiedliśmy z windy, znów wzięła mnie pod rękę.

— No, jesteśmy bezpieczni — powiedziała. — A teraz chcę cię dokądś zabrać. To jest naprawdę coś. Widzisz to? — Trzymała w ręku kartę elektroniczną. — Przekonajmy się, co to potrafi.

Skorzystała z karty, żeby otworzyć drzwi z napisem „Prywatne", a potem drzwi z tabliczką „Niebezpieczeństwo. Wstęp wzbroniony". Znaleźliśmy się w pomieszczeniu pachnącym farbą i gipsem. Ze ścian i z sufitu zwisały kable, a betonowa podłoga była zachlapana farbą. Wszystko dobrze widzieliśmy, ponieważ cała jedna ściana była przeszklona, pozbawiona zasłon czy żaluzji, i światło z zewnątrz wypełniało pomieszczenie żółtawymi plamami. Znajdowaliśmy się powyżej naszego piętra i mieliśmy przed sobą widok na autostradę i okolicę zupełnie jak z helikoptera.

— To będzie nowy apartament prezydencki — oznajmiła Lindy. — Lubię tu przychodzić. Nie ma jeszcze kontaktów ani dywanów, ale powoli zaczyna nabierać charakteru. Kiedy trafiłam tu pierwszy raz, był w znacznie surowszym stanie. Teraz już widać, jaki będzie po ukończeniu. Jest nawet kanapa.

Pośrodku pomieszczenia stało coś wielkiego, zakrytego pokrowcem. Lindy podeszła do tego jak do czegoś dobrze znajomego i usiadła znużona.

— To moja fantazja — powiedziała — ale prawie w nią wierzę. Że ten pokój urządzają tylko dla mnie. Dlatego tu przychodzę. To wszystko dla mnie, żeby mi pomóc. Pomóc mi zbudować przyszłość. Kiedyś był tu straszny bałagan, a spójrz na to teraz. Zaczyna być podobne do ludzi. Będzie wspaniałe. — Poklepała miejsce obok siebie. — Chodź, mój drogi, usiądź sobie. Jestem ledwo żywa. Ty pewnie też.

Ta kanapa, czy cokolwiek kryło się pod pokrowcem, była zaskakująco wygodna, i gdy tylko się w nią zapadłem, poczułem przypływ zmęczenia.

— Strasznie chce mi się spać — powiedziała Lindy i poczułem jej ciężar na swoim ramieniu. — Czy to nie wspaniałe miejsce? Kiedy przyszłam tu po raz pierwszy, znalazłam kartę w drzwiach.

Przez chwilę siedzieliśmy w milczeniu i czułem, że zasypiam. Nagle coś sobie przypomniałem.

— Hej, Lindy.

— Mmm?

— Lindy, co stało się z tą nagrodą?

— Z nagrodą? A, tak. Nagroda. Schowałam ją. Co innego mogłam zrobić? Wiesz, mój drogi, ty naprawdę na nią zasłużyłeś. Mam nadzieję, że to, iż wręczyłam ci ją dziś w nocy, i to, jak to zrobiłam, coś dla ciebie znaczy. To nie był żaden kaprys. Przemyślałam to. Przemyślałam głęboko. Nie wiem, ile to znaczy dla ciebie. Nie wiem, czy będziesz ten moment pamiętał za dziesięć czy dwadzieścia lat.

— Na pewno. I jest to dla mnie bardzo ważne. Ale, Lindy, mówisz, że schowałaś tę rzecz, tylko gdzie? Gdzie ją schowałaś?

— Mmm? — Lindy znów zasypiała. — Schowałam to w jedynym miejscu, w którym mogłam. Wsunęłam do indyka.

— Wsadziłaś nagrodę do indyka?

— Zrobiłam dokładnie coś takiego, kiedy miałam dziewięć lat. Schowałam siostrze do indyka jej ulubioną zabawkę. Dlatego wpadłam na ten pomysł. Szybka decyzja, co?

— Tak, niewątpliwie. — Czułem się bardzo zmęczony, ale zmusiłem się do koncentracji. — Ale, czy dobrze to schowałaś, Lindy? Bo może ci policjanci już to znaleźli?

— Na pewno nie. Nic nie wystawało na zewnątrz, jeżeli to masz na myśli. Dlaczego mieliby tam szukać? Wpychałam to za plecami, o tak. I pchałam głęboko. Nie odwróciłam się, żeby popatrzeć, bo wtedy ci chłopcy zaczęliby się zastanawiać, co ja tam robię. Wiedz, że to nie był żaden kaprys. To wręczenie ci nagrody. Dobrze to przemyślałam. Mam nadzieję, że to coś dla ciebie znaczy. Boże, muszę się zdrzemnąć.

Osunęła się na mnie i w następnej chwili zaczęła pochrapywać. Bojąc się o jej szwy, starannie ułożyłem jej głowę, żeby policzek nie opierał się o moje ramię. A potem ja też zacząłem odpływać.

• • •

Obudziłem się tak nagle, że aż podskoczyłem, i zobaczyłem za oknem pierwsze oznaki świtu. Lindy nadal była pogrążona w głębokim śnie, więc ostrożnie uwolniłem się od niej, wstałem i rozprostowałem ramiona. Potem podszedłem do okna i spojrzałem na blade niebo i autostradę daleko w dole. Kiedy zasypiałem, dręczyła mnie jakaś myśl i próbowałem sobie przypomnieć, co to było, ale mój umysł był zamglony i wyczerpany. Po chwili jednak przypomniałem sobie, podszedłem do kanapy i potrząsnąłem Lindy.

— O co chodzi? O co chodzi? Czego chcesz? — powiedziała, nie otwierając oczu.

— Lindy, nagroda. Zapomnieliśmy o nagrodzie.

— Mówiłam ci już. Jest w indyku.

— Posłuchaj. Może tym policjantom nie przyjdzie do głowy, żeby szukać w indyku. Ale prędzej czy później ktoś to znajdzie. Może nawet ktoś teraz kroi tego indyka.

— No to co? No to znajdą nagrodę w indyku. I co z tego?

— Znajdą ją i ogłoszą wielką nowinę. Wtedy ten poli-

222

cjant przypomni sobie o nas. Przypomni sobie, że staliśmy przy tym indyku.

Lindy jakby zaczynała myśleć.

— Tak — powiedziała. — Rozumiem, o co ci chodzi.

— Dopóki nagroda jest w indyku, mogą nas powiązać z tym przestępstwem.

— Przestępstwo? O jakim przestępstwie mówisz?

— Nieważne, jak to nazwiemy. Musimy tam wrócić i wyjąć nagrodę z indyka. Wszystko jedno, gdzie ją potem zostawimy, ale nie możemy jej zostawić tam, gdzie jest teraz.

— Kochanie, czy jesteś pewien, że musimy to zrobić? Jestem taka zmęczona.

— Tak, musimy to zrobić, Lindy. Jeżeli zostawimy wszystko tak, jak jest, będziesz miała kłopoty. A pamiętaj, że to oznacza wielką sensację dla prasy.

Lindy pomyślała, wyprostowała się i spojrzała na mnie.

— Zgoda — powiedziała. — Wracajmy tam.

• • •

Tym razem słyszeliśmy głosy na korytarzach i szum odkurzaczy, ale mimo to dotarliśmy do sali balowej, nie natknąwszy się na nikogo. Było też jaśniej i Lindy pokazała mi na podwójnych drzwiach napis: „Spotkanie Związku Czyścicieli Basenów".

— Nic dziwnego, że nie mogliśmy znaleźć tego biura

z nagrodami — stwierdziła Lindy. — To nie ta sala balowa.

— To bez znaczenia. Rzecz, której szukamy, jest tutaj.

Przeszliśmy przez salę balową, potem ostrożnie zajrzeliśmy do pomieszczenia z przygotowanym jedzeniem. Tak jak poprzednio, zostawiono przyćmione światło, ale teraz wpadało tu też światło dzienne z okienek wentylacyjnych. Nie było nikogo widać, ale kiedy przebiegłem wzrokiem po długich ladach, zrozumiałem, że mamy problem.

— Wygląda na to, że ktoś tu był — zauważyłem.

— Tak. — Lindy, rozglądając się, zrobiła kilka kroków. — Na to wygląda.

Wszystkie pojemniki, tace, pudła z ciastkami, półmiski ze srebrnymi przykrywami, które tu wcześniej widzieliśmy, znikły. Na ich miejscu stały równe stosy talerzy i serwetek.

— No tak, zabrali całe jedzenie — westchnąłem. — Pytanie tylko, dokąd?

Lindy powędrowała dalej przejściem między ladami, po czym zwróciła się do mnie:

— Pamiętasz, Steve, jak byliśmy tu poprzednio, zanim zjawili się ci ludzie? Posprzeczaliśmy się wtedy.

— Tak, pamiętam, ale po co do tego wracać? Wiem, że mnie poniosło.

— To była moja wina. Zawsze tak robię. Tony często zwracał mi uwagę. Nie potrafię się znaleźć w towarzystwie osób utalentowanych. Staram się, jak mogę, trochę się poprawiam, ale nie mogę nic na to poradzić. Zawsze w końcu pytam, dlaczego Bóg nie dał mnie też trochę tego? Dlaczego mnie wykluczył? Ale dojrzewam w tej kwestii. Mam prawie pięćdziesiąt lat i dorastam do pogodzenia się z tym. Musisz okazać mi cierpliwość.

— To była moja wina, a nie twoja. Zresztą, zapomnijmy o tym.

— Zgoda, zapomnijmy. Więc dokąd powędrował ten indyk? — Rozejrzała się jeszcze raz. — Wiesz co, Steve? Kiedy byłam dzieckiem, bardzo chciałam być tancerką i śpiewaczką. Próbowałam i próbowałam, Bóg jeden wie, jak bardzo próbowałam, ale ludzie tylko się śmiali, a ja uważałam, że świat jest niesprawiedliwy. Ale gdy trochę podrosłam, zrozumiałam, że świat nie jest taki znów zły. Że nawet ktoś taki jak ja, ktoś nietknięty łaską, też ma szansę i może sobie znaleźć miejsce pod słońcem, nie musi się godzić z tym, że będzie tylko publicznością. Wiedziałam, że to nie będzie łatwe. Że będę musiała na to pracować i nie zwracać uwagi, co mówią ludzie. Ale szansa istniała na pewno.

— Cóż, wygląda na to, że ją wykorzystałaś.

— To dziwne, jak ten świat działa. Wiesz, Steve, myślę, że ona była bardzo przewidująca. To znaczy, twoja żona. Że kazała ci zrobić tę operację.

— Nie mieszajmy jej do tego. Hej, Lindy, czy wiesz, co jest za tymi drzwiami?

Na końcu pomieszczenia, tam, gdzie kończyły się lady, trzy stopnie prowadziły do zielonych drzwi.

— Możemy zobaczyć — powiedziała Lindy.

Otworzyliśmy drzwi równie ostrożnie, jak poprzednie, po czym przez chwilę stałem zdezorientowany. Było bardzo ciemno i za każdym razem, kiedy chciałem zrobić krok w bok, natrafiałem na kurtynę czy brezent. Lindy zabrała latarkę i lepiej dawała sobie radę, idąc przede mną. Po chwili wkroczyłem w jakąś ciemną przestrzeń, gdzie czekała Lindy, świecąc mi pod nogi.

— Zauważyłam — szepnęła — że nie lubisz o niej mówić. O twojej żonie.

— To niezupełnie tak — szepnąłem w odpowiedzi. — Gdzie jesteśmy?

— Ona nigdy cię nie odwiedza.

— Bo chwilowo nie jesteśmy razem. Jeżeli już musisz wiedzieć.

— Och, przepraszam. Nie chciałam być wścibska.

— Ty nie chciałaś być wścibska?

— Hej, kochanie, spójrz! To jest to! Znaleźliśmy!

Skierowała promień latarki na nieodległy stół. Był przykryty białym obrusem i stały na nim dwa półmiski z pokrywami.

Podszedłem i ostrożnie uniosłem pierwszą. Rzeczywiście, krył się pod nią wielki pieczony indyk. Poszukałem otworu i wsadziłem palec do środka.

— Nic tam nie ma — stwierdziłem.

— Musisz sięgnąć głębiej. Wepchnęłam to do środka. Te ptaki są większe, niż się wydaje.

— Mówię ci, że tam nic nie ma. Trzymaj tu latarkę. Spróbujemy w tym drugim. — Ostrożnie zdjąłem pokrywę z drugiego indyka.

— Wiesz, Steve, myślę, że to błąd. Nie powinieneś się wstydzić o tym rozmawiać.

— Rozmawiać o czym?

— O tym, że jesteście z żoną w separacji.

— Czy ja mówiłem coś o separacji? Mówiłem coś takiego?

— Myślałam...

— Powiedziałem, że chwilowo nie jesteśmy razem. To nie to samo.

— Brzmi tak samo...

— To nie jest to samo. To tymczasowe rozwiązanie, w ramach eksperymentu. Hej, mam coś. Coś tu jest. To chyba to.

— No to wyciągnij to, kochanie, na co czekasz?

— A co ja próbuję zrobić? Jezu! Musiałaś to wepchnąć tak głęboko?

— Ćśśś! Ktoś idzie!

Z początku trudno było określić, ilu ich jest. Potem

głos się przybliżył i zrozumiałem, że to tylko jeden facet, który gada przez komórkę. Zrozumiałem też, gdzie dokładnie jesteśmy. Dotąd myślałem, że zawędrowaliśmy na jakieś zaplecze sceny, a tymczasem znajdowaliśmy się na samej scenie i kurtyna przede mną stanowiła jedyną rzecz oddzielającą nas od sali balowej. Człowiek z komórką szedł zatem przez salę balową ku scenie.

Szepnąłem Lindy, żeby zgasiła latarkę, i zrobiło się ciemno.

— Wynośmy się stąd — rzuciła mi do ucha i usłyszałem, jak się oddala. Znów spróbowałem wyciągnąć statuetkę z indyka, ale teraz bałem się narobić hałasu, a poza tym rzeźba wyślizgiwała mi się z palców.

Głos był coraz bliżej, aż wreszcie miałem uczucie, że facet stoi tuż przede mną.

— ...To nie mój problem, Larry. Na menu musi być logo. Nie obchodzi mnie, jak to zrobisz. W porządku, to zrób to sam. Tak jest, zrób je sam i przywieź tutaj, nie obchodzi mnie, jak to zrobisz. Masz je dostarczyć dziś rano, najpóźniej na dziewiątą trzydzieści. Musimy je mieć. Stoły wyglądają w porządku. Jest dość stołów, zaufaj mi. Dobrze, sprawdzę to. Dobrze, dobrze. Tak, zaraz to sprawdzę.

Pod koniec tej przemowy jego głos przesuwał się na jedną stronę sali. Widocznie facet nacisnął przełącznik, bo bezpośrednio na mnie spłynął snop silnego światła i jednocześnie rozległ się mechaniczny dźwięk, jakby włączyła się klimatyzacja. Po chwili dotarło do mnie, że to nie klimatyzacja, ale odgłos rozsuwającej się przede mną kurtyny.

Dwukrotnie w mojej karierze zdarzyło mi się coś takiego na scenie: miałem zagrać solówkę i nagle uświadomiłem sobie, że nie wiem, jak zacząć, w jakiej mam grać tonacji i jak zmieniają się akordy. W obu przypadkach, kiedy to się zdarzyło, zastygłem, jakbym był fotosem z filmu, póki jeden z pozostałych muzyków nie przyszedł mi z pomocą. Zdarzyło mi się coś takiego tylko dwa razy w ciągu dwudziestu lat profesjonalnych występów. I tak właśnie zareagowałem na reflektor zapalający się nade mną i na rozsuwającą się kurtynę. Znieruchomiałem. I czułem się przy tym dziwnie obojętny. Odczuwałem rodzaj łagodnego zaciekawienia tym, co zobaczę, kiedy kurtyna się rozsunie.

Ujrzałem salę balową i z wysokości sceny mogłem lepiej docenić sposób ustawienia stolików w dwóch równoległych rzędach, ciągnących się do samego końca sali. Reflektor nad moją głową zaciemniał nieco salę, ale widziałem żyrandol i zdobiony sufit.

Facet z komórką był grubawym, łysym mężczyzną w jasnym garniturze i rozpiętej pod szyją koszuli. Widocznie odszedł od ściany, gdy tylko nacisnął przełącznik, bo teraz stał prawie na wprost mnie. Przyciskał telefon do ucha i sądząc z wyrazu jego twarzy, słuchał bardzo uważnie tego, co do niego mówiono. Może jednak nie tak bardzo, bo patrzył na mnie. On patrzył na mnie, ja patrzyłem na niego, i mogłoby się to ciągnąć bez końca, gdyby facet wreszcie nie przemówił do telefonu, pewnie w odpowiedzi na pytanie, dlaczego zamilkł.

— Wszystko w porządku. Wszystko w porządku. To człowiek. — I po chwili milczenia dodał: — Przez moment myślałem, że to coś innego. Ale to jest człowiek. Z zabandażowaną głową i w szlafroku. To wszystko, teraz widzę wyraźnie. To dlatego, że na końcu ręki ma kurczaka czy coś takiego.

Prostując się, instynktownie wykonałem ruch, jakbym wzruszał ramionami. A że moja prawa dłoń nadal była uwięziona po przegub w indyku, jego ciężar spowodował, że ręka opadła mi z hukiem na półmisek. Jednak przynajmniej nie musiałem się już kryć i bez ogródek skupiłem się na wyciąganiu ręki i statuetki z indyka. Mężczyzna tymczasem nie przerywał rozmowy telefonicznej.

— Nie, jest dokładnie tak, jak mówię. Zdejmuje teraz kurczaka z ręki. Hej, i coś z niego wyjmuje. Halo, przyjacielu, co to jest? Aligator?

Te ostatnie słowa zaadresował do mnie z godną podziwu nonszalancją. Ale ja miałem już statuetkę w ręku, a indyk z hukiem spadł na podłogę. Kiedy rzucałem się w mrok, za plecami usłyszałem jeszcze, jak mężczyzna mówi do telefonu:

— A skąd, do diabła, mogę wiedzieć? Pewnie jakieś ćwiczenia do występu magika.

• • •

Nie pamiętam, jak wróciliśmy na nasze piętro. Schodząc ze sceny, znów zgubiłem się w plątaninie kurtyn, potem Lindy ciągnęła mnie za rękę. Biegliśmy korytarzami, nie przejmując się hałasem, jaki robimy, ani tym, że ktoś nas zobaczy. Gdzieś po drodze postawiłem statuetkę na tacy przed drzwiami czyjegoś pokoju wśród resztek kolacji.

Już w jej pokoju padliśmy na kanapę i wybuchnęliśmy śmiechem. Ze śmiechu przewracaliśmy się na siebie, aż wreszcie Lindy wstała, podeszła do okna i podniosła żaluzje. Na dworze było już jasno, choć pochmurno. Lindy podeszła do barku, żeby zrobić drinki, „najbardziej seksowny na świecie koktajl bezalkoholowy", i przyniosła mi szklankę. Myślałem, że usiądzie obok mnie, ale ona, pijąc, podeszła do okna.

— Nie możesz się doczekać, Steve, aż zdejmą ci bandaże? — spytała po chwili.

— Tak. Chyba tak.

— Jeszcze w zeszłym tygodniu nie myślałam o tym tak dużo. Wydawało mi się to takie odległe. Ale teraz to już niedługo.

— To prawda — przyznałem. — U mnie też. — I pod nosem szepnąłem: — Jezu.

Lindy popijała drinka i wyglądała przez okno.

— Hej, kochanie — usłyszałem jej głos — co się z tobą dzieje?

— Wszystko w porządku, tylko strasznie chce mi się spać.

Przyglądała mi się przez chwilę.

— Coś ci powiem, Steve — odezwała się w końcu. — Wszystko będzie dobrze. Boris jest najlepszy. Sam się przekonasz.

— Pewnie tak.

— Hej, co z tobą? Posłuchaj, to mój trzeci raz. Drugi raz u Borisa. Wszystko będzie dobrze. Będziesz wyglądał doskonale, po prostu doskonale. A twoja kariera? Natychmiast wystrzelisz jak rakieta.

— Może i tak.

— Tu nie ma żadnego może! Różnica będzie ogromna, uwierz mi. Będziesz w magazynach, będziesz w telewizji, zobaczysz.

Nie odpowiedziałem.

— Hej, daj spokój! — Zbliżyła się kilka kroków. — Głowa do góry! Chyba nie jesteś wciąż na mnie wściekły? Byliśmy świetną drużyną tam na dole, prawda? I powiem ci coś jeszcze. Odtąd będę już zawsze w twojej drużynie. Jesteś cholernym geniuszem i postaram się, żeby ci się układało.

— To nic nie da, Lindy. — Pokręciłem głową. — To nic nie da.

— Jak to, nic nie da? Porozmawiam z ludźmi. Z ludźmi, którzy mogą dużo dla ciebie zrobić.

Nadal kręciłem głową.

— Bardzo to sobie cenię, ale nic z tego nie wyjdzie. Nic to nie da. Od początku wiedziałem, że nic z tego nie będzie. Nie powinienem słuchać Bradleya.

— No, co ty? Może nie jestem już żoną Tony'ego, ale wciąż jeszcze mam w tym mieście dużo dobrych przyjaciół.

— To wszystko prawda, Lindy, wiem. Ale to nic nie da. Widzisz, Bradley to mój menedżer, to on wrobił mnie w całą tę aferę. Byłem głupi, że go posłuchałem, ale nie potrafiłem powiedzieć „nie". Byłem na granicy rozpaczy, a tu on wyskoczył z tą teorią. Powiedział, że moja żona, Helen, wymyśliła taki plan. Naprawdę wcale mnie nie zostawiła. To była tylko część jej planu. Robiła to wszystko dla mnie, żebym mógł zrobić sobie tę operację. A kiedy zdejmą mi bandaże i będę miał nową twarz, ona wróci i znowu wszystko będzie dobrze. Tak mówił Bradley. Już kiedy go słuchałem, wiedziałem, że to bzdury, ale co mogłem zrobić? Dawało to przynajmniej jakąś nadzieję. Bradley to wykorzystał, on już taki jest, wiesz? To podły typ. Zawsze myśli tylko o interesach. I o pierwszej lidze. Guzik go obchodzi, czy ona wróci, czy nie.

Umilkłem i Lindy też nie odzywała się przez dłuższą chwilę.

— Posłuchaj, mój drogi — zaczęła wreszcie — mam nadzieję, że twoja żona wróci. Naprawdę. A jeśli nie, cóż, musisz zacząć myśleć realistycznie. Może ona i jest wspaniała, ale życie to coś znacznie ważniejszego niż miłość do jednej osoby. Musisz wyjść i stanąć przed ludźmi, twoje miejsce nie jest wśród publiczności. Spójrz na mnie. Czy kiedy zdejmą mi te bandaże, naprawdę będę wyglądała jak dwadzieścia lat temu? Nie wiem. I od dawna już nie byłam sama. Ale pójdę tam i spróbuję. — Podeszła i klepnęła mnie po ramieniu. — Hej, jesteś tylko zmęczony. Gdy się prześpisz, poczujesz się dużo lepiej. Posłuchaj, Boris jest najlepszy. Już on to zrobił, dla nas obojga. Zobaczysz.

Odstawiłem szklankę na stolik i wstałem.

— Chyba masz rację. Tak jak mówisz, Boris jest najlepszy. I rzeczywiście, tam na dole byliśmy świetną drużyną.

— Byliśmy świetną drużyną.

Położyłem ręce na jej ramionach i pocałowałem ją w oba zabandażowane policzki.

— Śpij dobrze. Niedługo przyjdę i znów pogramy w szachy.

• • •

Ale potem już się prawie nie widywaliśmy. Gdy się później nad tym zastanawiałem, przyszło mi do głowy, że tamtej nocy padły słowa, za które powinienem przeprosić, albo w każdym razie spróbować się wytłumaczyć. Ale kiedy dotarliśmy do jej pokoju i zaczęliśmy zaśmiewać się na kanapie, nie wydawało się konieczne ani nawet słuszne, żeby do tego wracać. Gdy rozstawaliśmy się tego ranka, sądziłem, że ten etap mamy za sobą. Mimo to wiedziałem, że Lindy może zmienić zdanie. Mogła przemyśleć sprawę i znów się na mnie złościć. Kto wie? W każdym razie, chociaż spodziewałem się telefonu od niej po południu, Lindy nie zadzwoniła, podobnie jak następnego dnia. Słyszałem natomiast przez ścianę nagrania Tony'ego Gardnera puszczane na cały regulator, jedno po drugim.

Kiedy wreszcie zaszedłem do niej, chyba cztery dni później, Lindy przyjęła mnie miło, ale z dystansem. Tak jak za pierwszym razem, mówiła dużo o swoich sławnych znajomych, ale nie wspomniała o tym, że któryś z nich mógłby mi pomóc w karierze. To mi specjalnie nie przeszkadzało. Próbowaliśmy zagrać w szachy, ale jej telefon dzwonił bez przerwy i wychodziła rozmawiać do sypialni.

Potem, dwa wieczory temu, zapukała do moich drzwi i poinformowała mnie, że wyprowadza się z hotelu. Boris jest z niej zadowolony i zgodził się zdjąć bandaże u niej w domu. Pożegnaliśmy się przyjaźnie, ale było tak, jakby prawdziwe pożegnanie nastąpiło wcześniej, tego ranka po naszej eskapadzie, kiedy pocałowałem ją w oba policzki.

I to jest historia mojej znajomości z Lindy Gardner. Życzę jej jak najlepiej. Co do mnie, to muszę czekać jeszcze sześć dni na swoją odsłonę, i jeszcze dużo dłużej na to, żeby znów móc zagrać. Ale przyzwyczaiłem się już do tego życia i spędzam czas całkiem przyjemnie. Wczoraj zadzwoniła Helen, żeby spytać, jak się czuję, i kiedy jej powiedziałem, że poznałem Lindy Gardner, zrobiło to na niej wielkie wrażenie.

— Czy ona nie wyszła powtórnie za mąż? — spytała. A kiedy jej wyjaśniłem, że nie, dodała: — Aha, widocznie pomyliłam ją z tą drugą, wiesz. Jak ona się nazywa?

Rozmawialiśmy długo o nieważnych sprawach: co oglądała w telewizji i jak jej przyjaciółka dochodzi do siebie po porodzie. Potem powiedziała, że Prendergast o mnie pytał, i gdy to mówiła, usłyszałem w jej głosie wyraźne napięcie. Chciałem już spytać: „Hej, czyżbym wyczuwał nutę irytacji w związku z nazwiskiem kochasia?". Ale się powstrzymałem. Powiedziałem tylko, żeby go pozdrowiła, i więcej już o nim nie wspomniała. Pewnie zresztą coś mi się przywidziało. Może zwyczajnie chciała mnie sprowokować do wyrażenia wdzięczności.

Kiedy już miała się rozłączyć, powiedziałem: „Kocham cię" w ten szybki rutynowy sposób, w jaki się to mówi na zakończenie rozmowy z żoną. Zapadła kilkusekundowa cisza, po czym Helen odpowiedziała mi w ten sam rutynowy sposób. I się rozłączyła. Bóg wie, co to mogło znaczyć. Nie pozostaje mi nic innego, jak czekać, aż zdejmą mi bandaże. I co wtedy? Może Lindy ma rację? Może, jak mówi, muszę spojrzeć na świat realnie i życie naprawdę jest ważniejsze niż miłość do jednej osoby. Może to rzeczywiście będzie dla mnie punkt zwrotny. pierwsza liga czeka. Może Lindy ma rację.

Wiolonczeliści

Graliśmy temat z *Ojca Chrzestnego* już trzeci raz od lunchu. Patrzyłem na turystów siedzących na placu, żeby zobaczyć, ilu z nich mogło tu być od czasu, kiedy graliśmy ten kawałek poprzednio. Ludzie nie mają nic przeciwko temu, żeby usłyszeć swoją ulubioną melodię więcej niż raz, ale nie można grać jakiegoś kawałka za często, bo zaczną podejrzewać, że nie ma się zbyt dużego repertuaru. O tej porze roku zwykle można już sobie pozwolić na powtarzanie kawałków. Pierwsze powiewy jesiennego wiatru i absurdalna cena kawy zapewniają szybką wymianę gości. W każdym razie to był powód, dla którego przyglądałem się twarzom na placu, i dzięki temu wypatrzyłem Tibora.

Machał ręką i z początku pomyślałem, że macha do nas, ale wkrótce zorientowałem się, że przywołuje kelnera.

Spoważniał i nieco przytył, ale nietrudno było go poznać. Trąciłem lekko Fabiana, grającego obok mnie akordeonistę, i głową wskazałem młodego człowieka, bo nie mogłem oderwać rąk od saksofonu. I gdy przebiegłem wzrokiem po orkiestrze, dotarło do mnie, że poza mną i Fabianem nie ma w niej już nikogo z zespołu, w którym graliśmy z Tiborem.

No dobrze, było to całych siedem lat temu, ale i tak byłem zaszokowany. Kiedy codziennie gra się razem, człowiek zaczyna myśleć o orkiestrze jak o rodzinie, a o innych jej członkach jak o braciach. A jeżeli co jakiś czas ktoś odchodzi, chce się myśleć, że będzie utrzymywał kontakt, przysyłał pocztówki z Wenecji czy z Londynu, czy dokądkolwiek go zaniosło, może przyśle polaroid orkiestry, z którą teraz gra, jakby pisał do domu w rodzinnej wsi. Dlatego chwila taka jak ta staje się smutnym przypomnieniem, jak szybko wszystko się zmienia. Dzisiejsi nierozłączni przyjaciele staną się jutrzejszymi obcymi facetami, którzy rozsiani po całej Europie, grają motyw z *Ojca Chrzestnego* i *Jesienne liście* na skwerach i w kawiarniach, których ty nigdy nie zobaczysz.

Dograliśmy numer do końca i Fabian spojrzał na mnie ze złością, oburzony, że szturchnąłem go podczas jego „specjalnego przejścia", nie solowego, ale jednego z tych rzadkich momentów, gdy skrzypce i klarnet milkną, ja wydmuchuję tylko spokojnie nuty w tle, a on trzyma melodię na akordeonie. Kiedy spróbowałem mu wytłumaczyć, o co chodzi, wskazując Tibora, mieszającego teraz kawę pod parasolem, Fabian nie bardzo mógł go sobie przypomnieć.

— A tak — powiedział wreszcie — ten chłopak z wiolonczelą. Ciekawe, czy nadal jest z tą Amerykanką.

— Oczywiście, że nie. Nie pamiętasz? To się skończyło jeszcze wtedy.

Fabian wzruszył ramionami, zapatrzony w nuty, i zaczęliśmy następny numer.

Byłem rozczarowany, że Fabian nie okazał większego zainteresowania, ale chyba nigdy nie należał do tych, którzy troszczyli się o młodego wiolonczelistę. Fabian, rozumiecie, zawsze grywał tylko w barach i kawiarniach. Nie tak jak Giancarlo, nasz ówczesny skrzypek, czy Ernesto, który grał na basie. Oni mieli wykształcenie muzyczne i dla nich ktoś taki jak Tibor był fascynujący. Może była w tym też odrobina zazdrości: o jego najwyższej klasy szkołę i o to, że przyszłość wciąż miał jeszcze przed sobą. Ale, żeby być sprawiedliwym, myślę, że oni chcieliby wziąć Tiborów tego świata pod swoje skrzydła, zatroszczyć się o nich trochę, może przygotować ich na to, co ich czeka, żeby, gdy przyjdą rozczarowania, nie odczuli ich zbyt boleśnie.

Lato siedem lat temu było niezwykle ciepłe i nawet w tym naszym mieście chwilami można było pomyśleć, że jest się gdzieś nad Adriatykiem. Graliśmy na dworze przez ponad cztery miesiące: pod markizą kawiarni, twarzą do placu i wszystkich stolików, i mogę wam powiedzieć, że pot zalewa oczy przy tej robocie, mimo dwóch czy trzech wentylatorów dokoła. Ale był to dobry sezon, masa turystów, wielu z Niemiec i Austrii, dużo miejscowych, uciekających przed upałem na plażach w dole. I tego lata po raz pierwszy zaczęliśmy zauważać Rosjan. Dzisiaj rosyjscy turyści nikogo nie dziwią, wyglądają jak wszyscy inni, ale wtedy stanowili jeszcze taką rzadkość, że człowiek przystawał i gapił się na nich. Byli dziwnie ubrani i poruszali się jak nowi uczniowie w szkole.

Pierwszy raz zobaczyliśmy Tibora, gdy między setami piliśmy napoje chłodzące przy dużym stoliku, który kawiarnia zawsze dla nas rezerwowała. On siedział obok i co jakiś czas wstawał, przestawiając futerał wiolonczeli cień.

— Spójrz tylko na niego — powiedział Giancarlo. — Rosyjski student szkoły muzycznej, który nie ma grosza przy duszy. I co on tu robi? Postanawia roztrwonić resztkę pieniędzy na kawę przy głównym placu.

— Bez wątpienia głupiec — przyznał Ernesto. — Ale romantyczny głupiec. Gotów przymierać głodem, byle móc siedzieć przez całe popołudnie na naszym placu.

Był chudy, jasnowłosy i miał niemodne okulary w wielkich oprawkach, w których wyglądał jak panda. Pojawiał się codziennie i nie pamiętam dokładnie, jak to się stało, dość, że między setami zaczęliśmy siadywać razem z nim i rozmawiać. A czasem, kiedy przychodził podczas naszych sesji wieczornych, zapraszaliśmy go po pracy i częstowaliśmy kieliszkiem wina i crostini.

Wkrótce dowiedzieliśmy się, że Tibor jest Węgrem, a nie Rosjaninem, i że jest zapewne starszy, niż na to wygląda, bo zdążył już studiować w Królewskiej Akademii Muzyki w Londynie, a potem spędził dwa lata w Wiedniu pod okiem Olega Petrovica. Po burzliwym początku ze starym maestro nauczył się znosić jego legendarne napady humorów i wyjechał z Wiednia pełen wiary w siebie i z serią angaży w prestiżowych, choć nie największych salach Europy. Jednak ze względu na małe zainteresowanie koncerty zaczęto odwoływać i Tibor został zmuszony do wykonywania muzyki, której nienawidził. Dostosowanie się wymagało wyboru między biedą a poniżeniem.

I dzięki temu dobrze zorganizowany Festiwal Kultury i Sztuki w naszym mieście, który go tu przyciągnął na lato, stanowił dla niego bardzo potrzebny bodziec. Kiedy więc stary znajomy z Akademii Królewskiej zaproponował mu mieszkanie za darmo przez całe lato tuż nad kanałem, zgodził się bez wahania. Powiedział, że podoba mu się w naszym mieście, ale pieniądze stale są problemem, i chociaż trafia mu się czasami jakiś recital, to musi się poważnie zastanowić, co dalej robić.

Słuchając przez chwilę o tych zmartwieniach, Giancarlo i Ernesto uznali, że powinniśmy jakoś spróbować mu pomóc. I w ten sposób doszło do spotkania Tibora z panem Kaufmannem z Amsterdamu, dalekim krewnym Giancarla ze znajomościami w branży hotelarskiej.

Pamiętam ten wieczór bardzo dobrze. Wciąż był jeszcze początek lata, a my razem z panem Kaufmannem, Giancarlem, Ernesto i całą resztą siedzieliśmy w tylnej sali kawiarni, przysłuchując się grze Tibora. Młody człowiek niewątpliwie zdawał sobie sprawę, że to przesłuchanie na użytek pana Kaufmanna, byłem więc zdziwiony, że grał bez cienia napięcia. Był nam wyraźnie wdzięczny i nie ukrywał, jaką przyjemność sprawiła mu obietnica pana Kaufmanna, że po powrocie do Amsterdamu zrobi dla niego, co będzie mógł. Kiedy ludzie mówią, że Tibor zmienił się tamtego lata na gorsze, że woda sodowa uderzyła mu do głowy i że to wszystko sprawka tej Amerykanki, to może coś w tym jest.

• • •

Tibor zauważył tę kobietę, pijąc pierwszą tego dnia kawę. O tej godzinie plac był przyjemnie chłodny: część kawiarni pozostaje w cieniu przez większość poranka, a chodniki wciąż są mokre po przejeździe polewaczek. Będąc bez śniadania, Tibor patrzył z zazdrością, jak kobieta przy sąsiednim stoliku zamawia kilka koktajli owocowych, a potem, najwidoczniej pod wpływem nagłego kaprysu, bo nie było jeszcze dziesiątej, półmisek gotowanych na parze małży. Miał niejasne uczucie, że kobieta też na niego popatruje, ale nie zastanawiał się nad tym zbytnio.

— Wyglądała bardzo przyjemnie, pięknie nawet — powiedział nam wtedy. — Ale, jak widzicie, jest jakieś dziesięć czy piętnaście lat starsza ode mnie. Dlaczego więc miałbym się spodziewać, że na coś się zanosi?

Zapomniał o niej i zamierzał wrócić do swojego pokoju na parę godzin ćwiczeń, zanim sąsiad wróci na lunch i włączy radio, gdy nagle ta kobieta stanęła tuż przed nim.

Uśmiechnęła się promiennie i w ogóle zachowywała się tak, jakby skądś się znali. Tylko jego wrodzona nieśmiałość powstrzymała go od powiedzenia „dzień dobry". Potem kobieta położyła mu rękę na ramieniu, jakby nie zdał jakiegoś egzaminu, ale ona i tak mu przebacza.

— Parę dni temu słuchałam pańskiego recitalu w San Lorenco — powiedziała.

— Dziękuję — odpowiedział, natychmiast zdając sobie sprawę, jak głupio to zabrzmiało. Kobieta nadal tylko się uśmiechała, więc dodał: — A tak, kościół San Lorenzo. To prawda. Rzeczywiście tam grałem.

Kobieta roześmiała się, a potem nagle usiadła na krześle na wprost niego.

— Mówi pan, jakby miał pan ostatnio bardzo dużo występów — powiedziała z nutą drwiny w głosie.

— Jeżeli tak, to stworzyłem błędne wrażenie. Ten

247

recital to mój jedyny występ w ciągu minionych dwóch miesięcy.

— Ale pan dopiero zaczyna. Dobrze, że w ogóle ma pan jakieś propozycje. I publiczności było sporo.

— Sporo? Przyszły dwadzieścia cztery osoby.

— To była popołudniówka. Nieźle jak na popołudniowy recital.

— Nie powinienem się skarżyć, ale to nie była dobra publiczność. Turyści, którzy nie mieli nic lepszego do roboty.

— Och, nie powinien pan być taki wymagający! Ostatecznie byłam tam ja. Jako jedna z tych turystek. — Tibor się zaczerwienił, bo nie chciał jej urazić, a ona dotknęła jego ramienia. — Pan dopiero zaczyna — powiedziała z uśmiechem. — Nie trzeba się przejmować liczbą słuchaczy. To nie dlatego pan gra.

— Tak? To dla kogo gram, jeżeli nie dla słuchaczy?

— Nie o to mi chodziło. Chcę panu powiedzieć, że na tym etapie pańskiej kariery dwadzieścia czy dwieście osób na sali nie ma znaczenia. Powiedzieć panu dlaczego? Bo pan to w sobie ma!

— Co mam?

— Ma pan to. Zdecydowanie. Ma pan... potencjał.

Stłumił gorzki śmiech. Miał więcej pretensji do siebie niż do niej o to, że spodziewał się usłyszeć „geniusz" albo przynajmniej „talent", i natychmiast zrozumiał, jak bardzo się oszukiwał, oczekując takiej oceny.

— Na tym etapie — ciągnęła kobieta — to, co pan robi, czeka na tę jedną osobę, która przyjdzie i pana usłyszy. I ta jedna osoba może równie dobrze znaleźć się w sali takiej jak ta we wtorek, w gronie dwudziestu osób...

— Były dwadzieścia cztery osoby, nie licząc organizatorów.

— No to dwudziestu czterech. Mówię, że liczby nic teraz nie znaczą. Ważna jest ta jedna osoba.

— Ma pani na myśli kogoś z wytwórni płyt?

— Z wytwórni? Nie. Na to przyjdzie czas. Mam na myśli osobę, która pozwoli panu rozkwitnąć. Osobę, która usłyszy pana i zrozumie, że nie jest pan jeszcze jednym dobrze wyszkolonym przeciętniakiem. Że chociaż jest pan jeszcze w stadium poczwarki, przy niewielkiej pomocy przekształci się pan w motyla.

— Rozumiem. Czy przypadkiem to nie pani jest tą osobą?

— O, niech pan da sobie spokój z tym cynizmem! Widzę, że jest pan dumnym młodym człowiekiem, ale nie wydaje mi się, żeby tłoczyło się wokół pana zbyt wielu mentorów. W każdym razie nie mojej klasy.

Przyszło mu do głowy, że stoi na skraju popełnienia jakiegoś kolosalnego błędu, i uważnie przyjrzał się twarzy kobiety. Zdjęła okulary przeciwsłoneczne i widział twarz łagodną i dobrą, ale bliską zniecierpliwienia, a może i gniewu. Wpatrywał się w nią uporczywie, mając nadzieję, że ją rozpozna, ale w końcu skapitulował.

— Bardzo przepraszam, pani jest zapewne kimś sławnym w muzyce?

— Jestem Eloise McCormack — oznajmiła z uśmiechem i wyciągnęła do niego rękę. Niestety, nic to nie powiedziało Tiborowi, który znalazł się w kropce. Jego pierwszym odruchem było udać zdumienie.

— Naprawdę? — zaczął nawet. — To niesamowite. — Zaraz jednak opanował się, uświadamiając sobie, że taki blef jest nie tylko nieuczciwy, ale może doprowadzić do zawstydzającej demaskacji.

— Pani McCormack — powiedział, prostując się na krześle — to wielki zaszczyt poznać panią. Wiem, że to się wyda pani nieprawdopodobne, ale proszę wziąć pod uwagę zarówno mój wiek, jak i fakt, że dorastałem w dawnym Bloku Wschodnim, za żelazną kurtyną. Jest wiele gwiazd filmowych i osobistości ze świata polityki, które są powszechnie znane na Zachodzie, a których nazwiska nawet dzisiaj nic mi nie mówią. Musi mi więc pani wybaczyć, że właściwie nie wiem, kim pani jest.

— Cóż, to godna pochwały szczerość. — Mimo tych słów była wyraźnie dotknięta i jej entuzjazm jakby przygasł.

— Jest pani wybitną wykonawczynią, czy tak? — spytał Tibor po chwili niezręcznego milczenia.

Kiwnęła głową, błądząc wzrokiem po placu.

— Muszę jeszcze raz przeprosić — powiedział. — To

zaszczyt dla mnie, że ktoś taki jak pani zechciał przyjść na mój recital. Czy mogę spytać o pani instrument?

— Ten sam — odpowiedziała szybko. — Wiolonczela. Dlatego przyszłam. Nawet jeżeli jest to skromny mały recital, taki jak pański, nie mogę się powstrzymać. Nie mogę przejść obojętnie. Najwidoczniej mam poczucie misji.

— Jak to?

— Nie umiem tego inaczej nazwać. Chcę, żeby wszyscy wiolonczeliści grali dobrze. Żeby grali pięknie. Zbyt często grają w niewłaściwy sposób.

— Przepraszam, ale czy dotyczy to tylko nas, wiolonczelistów, czy myśli pani o wszystkich muzykach?

— Może te inne instrumenty też, ale ja jestem wiolonczelistką, słucham więc innych wiolonczelistów, i kiedy słyszę, że coś jest nie tak... Wie pan, parę dni temu zobaczyłam młodych muzyków grających w lobby Museo Civico. Ludzie przechodzili szybko obok nich, a ja musiałam przystanąć i posłuchać. I wie pan, z największym trudem powstrzymałam się, żeby nie podejść do nich i czegoś nie powiedzieć.

— Popełniali błędy?

— To nie były właściwie błędy. Ale... nie mieli tego czegoś. W ogóle. Ale co zrobić, żądam zbyt wiele. Wiem, że nie powinnam oczekiwać od wszystkich, że osiągną standardy, które wyznaczam sobie. Byli chyba zaledwie studentami muzyki.

Kobieta odchyliła się na oparcie krzesła i przyglądała się dzieciom, z krzykiem ochlapującym się wodą przy fontannie na środku placu. Wreszcie milczenie przerwał Tibor:

— Pewnie czuła też pani taką chęć wtedy we wtorek. Chęć, żeby podejść i podzielić się ze mną swoimi uwagami.

Uśmiechnęła się, ale zaraz spoważniała.

— To prawda. Miałam na to ochotę. Bo kiedy pana usłyszałam, zdawało mi się, że słyszę siebie sprzed lat. Proszę mi wybaczyć, że zabrzmi to brutalnie, ale prawda jest taka, że wszedł pan na niewłaściwą drogę. I kiedy pana usłyszałam, bardzo chciałam pomóc panu znaleźć tę właściwą. Im wcześniej, tym lepiej.

— Muszę powiedzieć, że uczył mnie Oleg Petrovic — odrzekł Tibor spokojnie i czekał na jej reakcję. Ku swojemu zdziwieniu zobaczył, że kobieta stara się opanować uśmiech.

— A, Petrovic — mruknęła. — Petrovic był swego czasu wybitnym muzykiem i rozumiem, że przez swoich uczniów nadal jest traktowany jako postać znacząca. Ale dla wielu z nas dzisiaj jego pomysły, jego podejście... — Pokręciła głową i rozłożyła ręce. Gdy Tibor, którego nagle zatkało z wściekłości, piorunował ją wzrokiem, znów położyła mu dłoń na ramieniu. — Powiedziałam za dużo. Nie mam prawa. Zostawię pana w spokoju.

Wstała i to uśmierzyło jego gniew — Tibor był wielkoduszny i długie żywienie urazy nie leżało w jego naturze. Poza tym to, co kobieta powiedziała o jego starym nauczycielu, trąciło niesformułowane jasno podejrzenie gdzieś w głębi jego serca, jakąś myśl, której sam nie ośmieliłby się wypowiedzieć. Kiedy więc znów na nią spojrzał, jego twarz wyrażała bardziej zakłopotanie niż cokolwiek innego.

— Niech pan posłucha, jest pan teraz zapewne za bardzo zły na mnie, żeby się nad tym zastanowić. Ale bardzo bym chciała panu pomóc. Jeżeli pan uzna, że chce o tym porozmawiać, to zatrzymałam się tam, w hotelu Excelsior.

Ten hotel, najwytworniejszy w naszym mieście, znajduje się po przeciwnej stronie placu niż nasza kawiarnia i kobieta wskazała go Tiborowi, uśmiechnęła się i ruszyła w tamtą stronę. Patrzył jeszcze za nią, gdy nagle, koło fontanny, odwróciła się, płosząc stadko gołębi, pomachała mu i poszła dalej.

• • •

W ciągu następnych dwóch dni myślał o tym spotkaniu wielokrotnie. Wciąż widział szydercze skrzywienie jej warg, kiedy on z taką dumą wypowiedział nazwisko Petrovica, i na nowo ogarniał go gniew. Jednak po namyśle stwierdził, że tak naprawdę nie złościł się w obronie czci swojego starego nauczyciela. Chodziło raczej o przekonanie, że nazwisko Petrovic zawsze wywrze określone wrażenie, że przyciąga uwagę i budzi szacunek. Innymi słowy, przywykł uważać je za dyplom, którym może wymachiwać wszędzie na świecie. To, co go tak zbulwersowało, to możliwość, że ten dyplom nie jest aż tak ważny, jak myślał.

Pamiętał też o pożegnalnym zaproszeniu i podczas tych godzin spędzonych na placu stwierdził, że jego spojrzenie wraca na drugą stronę, ku wspaniałemu wejściu do hotelu Excelsior, gdzie portier witał nieprzerwany strumień taksówek i limuzyn.

Wreszcie, trzeciego dnia po rozmowie z Eloise McCormack, przeszedł przez plac, wkroczył do marmurowego lobby i poprosił recepcjonistę, żeby go z nią połączył. Ten powiedział coś do telefonu, spytał go o nazwisko i po krótkiej wymianie zdań przekazał mu słuchawkę.

— Przepraszam — usłyszał jej głos. — Zapomniałam wtedy spytać pana o nazwisko i zajęło mi chwilę, zanim zorientowałam się, o kogo chodzi. Ale oczywiście pamiętam pana. Prawdę powiedziawszy, dużo o panu myślałam. Jest tyle rzeczy, o których chciałabym z panem pomówić. Ale wie pan, musimy to zrobić porządnie. Czy ma pan ze sobą wiolonczelę? Nie, oczywiście, że nie. Może by pan tak wrócił za godzinę, dokładnie za godzinę, i tym razem z instrumentem. Będę na pana czekała.

Kiedy przyszedł do hotelu z wiolonczelą, recepcjonista

natychmiast wskazał mu drogę do wind i poinformował, że pani McCormack czeka.

Myśl o wejściu do jej pokoju, nawet w środku popołudnia, wydała mu się jakoś niezręcznie intymna i odetchnął, znalazłszy się w dużym apartamencie z zamkniętymi drzwiami do sypialni. Wysokie weneckie okna miały okiennice, teraz otwarte, tak że koronkowe firanki powiewały na wietrze i widział, że z balkonu widok otwiera się na plac. Sam pokój, z chropowatymi kamiennymi ścianami i ciemną drewnianą podłogą, miał w sobie coś prawie klasztornego, co częściowo tylko łagodziły kwiaty, poduszki i stare meble. Ona dla kontrastu była ubrana w podkoszulek, spodnie od dresu i sportowe buty, jakby właśnie wróciła z joggingu. Przywitała go bez zbędnych ceremonii, żadnej kawy czy herbaty.

— Niech pan dla mnie zagra — poprosiła. — Coś, co pan grał na recitalu.

Wskazała mu lśniące krzesło z prostym oparciem, starannie ustawione pośrodku pokoju, usiadł więc i wyjął wiolonczelę z futerału. Ona, co go trochę zaskoczyło, usiadła przed jednym z dużych okien, tak że widział ją prawie dokładnie z profilu, i gdy on stroił instrument, wpatrywała się w przestrzeń przed sobą. Nie zmieniła pozycji, kiedy zaczął grać, a po pierwszym utworze nie odezwała się ani słowem, przeszedł więc szybko do drugiego, potem do trzeciego. Minęło pół godziny, cała godzina. I coś związanego z tym pogrążonym w półcieniu pokojem, z popołudniowym światłem, rozproszonym przez powiewające koronkowe firanki, odległy szum dobiegający z placu i przede wszystkim jej obecność wydobyły z niego nuty niosące nową głębię, nowe sugestie. Pod koniec tej godziny był przekonany, że więcej niż spełnił jej oczekiwania, ale kiedy zakończył ostatni utwór i siedzieli przez dłuższą chwilę w milczeniu, ona wreszcie odwróciła się w jego stronę.

— Tak, rozumiem dokładnie, gdzie się pan znajduje. To nie będzie łatwe, ale potrafi pan to zrobić. Na pewno może pan to zrobić. Zacznijmy od Brittena. Niech pan go zagra jeszcze raz, tylko pierwszy motyw, i wtedy porozmawiamy. Możemy nad tym popracować, krok po kroku.

Gdy to usłyszał, miał ochotę natychmiast spakować instrument i wyjść, ale jakiś instynkt, może była to zwykła ciekawość, a może coś głębszego, kazało mu pokonać dumę i zmusiło do zagrania jeszcze raz wskazanego przez nią utworu. Gdy po kilku taktach przerwała mu i zaczęła mówić, znów miał ochotę wyjść, postanowił jednak, z czystej grzeczności, wytrzymać tę lekcję, o którą nie prosił, przez następne pięć minut. Okazało się, że został nieco dłużej, potem jeszcze dłużej. Zagrał coś, ona znów mówiła. Jej słowa zawsze z początku uderzały go jako pretensjonalne i zbyt abstrakcyjne, ale kiedy spróbował zastosować się do jej uwagi, był zaskoczony efektem. Zanim zauważył, minęła kolejna godzina.

— Nagle coś się przede mną otworzyło — tłumaczył nam. — Ogród, w którym nigdy nie byłem. Widziałem go z oddali. Na drodze znajdowały się przeszkody, ale po raz pierwszy tam był. Ogród, którego nigdy wcześniej nie widziałem.

Słońce już zachodziło, kiedy Tibor wreszcie wyszedł z hotelu, przeszedł przez plac do kawiarni i pozwolił sobie na migdałowe ciasto z bitą śmietaną, ledwo panując nad uniesieniem.

• • •

Przez kilka następnych dni wracał do hotelu każdego popołudnia i zawsze wychodził, jeżeli nie z tym samym poczuciem objawienia, jakiego doznał podczas pierwszej wizyty, to w każdym razie z energią i nadzieją. Uwagi Eloise stawały się coraz śmielsze, ktoś z zewnątrz, gdyby się taki znalazł, mógłby je uznać nawet za aroganckie, ale Tibor nie potrafił już oceniać interwencji Eloise w takich kategoriach. Teraz bał się, że jej pobyt w mieście dobiegnie końca, i ta myśl zaczęła go prześladować, nie pozwalając zasnąć i dręcząc go, kiedy wracał przez plac po kolejnej inspirującej sesji. Ilekroć jednak próbował w rozmowie z nią niezobowiązująco poruszyć ten temat, otrzymywał odpowiedzi mgliste i bynajmniej niepodnoszące na duchu. „Och, póki nie będzie tu dla mnie zbyt zimno", powiedziała kiedyś. Albo innym razem: „Zostanę tu tak długo, aż mi się znudzi".

— Ale jaka jest ona sama? — dopytywaliśmy się. — Na wiolonczeli. Jaka ona jest?

Kiedy spytaliśmy o to po raz pierwszy, Tibor odpowiedział nam wymijająco, mówiąc coś w rodzaju: „Mówiła mi, że była wirtuozką od samego początku", a potem zmienił temat. Kiedy jednak uświadomił sobie, że nie damy się tak łatwo zbyć, westchnął i zaczął nam tłumaczyć.

Prawda była taka, że już podczas ich pierwszej sesji chciał usłyszeć, jak ona gra, ale był zbyt onieśmielony, żeby ją o to poprosić. Poczuł tylko małe ukłucie podejrzenia, kiedy, rozglądając się po pokoju, nie dostrzegł śladu wiolonczeli. Ostatecznie było całkiem naturalne, że nie zabrała jej na wakacje. Poza tym możliwe, że instrument, może wypożyczony, znajdował się w sypialni za zamkniętymi drzwiami.

Gdy przychodził do jej apartamentu na dalsze sesje, podejrzenia narastały. Robił, co mógł, żeby o nich nie myśleć, bo do tego czasu pozbył się już wszelkich zastrzeżeń do ich spotkań. Sam fakt, że go słuchała, wydobywał nowe głębie z jego wyobraźni i w godzinach między tymi popołudniowymi sesjami często łapał się na tym, że w myśli przygotowuje utwór, przewidując jej uwagi, jej kręcenie głową, zmarszczenie brwi, aprobujące skinienie i te najbardziej satysfakcjonujące momenty, kiedy była zachwycona jakimś fragmentem jego wykonania, kiedy zamykała oczy, a jej dłonie, prawie bezwiednie, powtarzały jego ruchy. Mimo to podejrzenia nie znikały i któregoś dnia, kiedy wszedł do pokoju, zastał drzwi do sypialni otwarte. Zobaczył te same kamienne ściany, coś, co wyglądało na średniowieczne łoże z baldachimem, ale ani śladu wiolonczeli. Czy wirtuoz, nawet na wakacjach, może tak długo wytrzymać bez kontaktu z instrumentem? Ale to pytanie też zostało wyparte z jego umysłu.

W miarę upływu czasu zaczęli przedłużać rozmowy po sesjach, przychodząc razem do kawiarni. Ona stawiała mu kawę, ciastka, czasem kanapkę. Teraz ich rozmowy dotyczyły nie tylko muzyki, chociaż zawsze wydawały się do niej powracać. Mogła go na przykład wypytywać o młodą Niemkę, z którą zbliżył się w Wiedniu.

— Ale powinna pani wiedzieć, że ona nigdy nie była moją dziewczyną — mówił Tibor. — Między nami niczego takiego nie było.

— Chce pan powiedzieć, że nigdy nie zbliżyliście się fizycznie? To nie znaczy, że nie był pan w niej zakochany.

— Nie, proszę pani, to nie tak. Lubiłem ją, to prawda, ale nie byliśmy zakochani.

— Ale kiedy wczoraj zagrał mi pan ten drugi motyw Mahlera, była w panu pamięć uczucia. To była miłość, romantyczna miłość.

— Nie, to absurd. Była moją dobrą przyjaciółką, ale nie byliśmy zakochani.

— A jednak gra pan ten fragment tak, jakby było w nim wspomnienie miłości. Jest pan taki młody, a jednak wie pan, co to rozstanie, porzucenie. To dlatego wykonuje pan ten fragment właśnie tak. Większość wiolonczelistów gra to z radością. Ale dla pana to nie opowiada o miłości, to opowiada o wspomnieniu radosnych chwil, które odeszły na zawsze.

Takie były ich rozmowy i Tibor często odczuwał pokusę, żeby też ją o coś spytać. Ale tak, jak nigdy nie ośmieliłby się zadać osobistego pytania Petrovicowi, przez cały czas, gdy był jego uczniem, tak teraz czuł się niezdolny do spytania o coś istotnego w związku z życiem Eloise. Wdawał się zamiast tego w drobiazgi, które ona puszczała mimo uszu: jak jej się mieszka w Portland, dlaczego przeniosła się tam z Bostonu przed trzema laty, dlaczego nie lubi Paryża, który wywołuje „smutne skojarzenia", ale cofał się przed drążeniem tych kwestii.

Śmiała się teraz częściej niż podczas pierwszych dni ich przyjaźni i kiedy wychodzili z hotelu i szli przez plac, miała w zwyczaju brać go pod rękę. To wtedy zaczęliśmy zwracać na nich uwagę: dziwna para, on, wyglądający wyjątkowo młodo jak na swoje lata, ona jakaś taka matczyna i jednocześnie „stara flirciara", jak to ujął Ernesto. W tamtym czasie, zanim zaczęliśmy rozmawiać z Tiborem, dużo o nich plotkowaliśmy, jak to koledzy z orkiestry. Kiedy przechodzili obok nas, trzymając się pod rękę, wymienialiśmy spojrzenia i mówiliśmy: „Jak myślisz? Zrobili to?". Ale nacieszywszy się przypuszczeniem, wzruszaliśmy ramionami i musieliśmy przyznać, że było to mało prawdopodobne: nie otaczała ich aura kochanków. A z chwilą, gdy poznaliśmy Tibora i zaczął nam opowiadać o popołudniach w jej apartamencie, nikomu z nas nie przychodziło do głowy, żeby się z nim drażnić albo robić nieprzyzwoite aluzje.

Pewnego popołudnia, kiedy siedzieli na placu przy kawie i ciastkach, zaczęła opowiadać o mężczyźnie, który chciał się z nią ożenić. Nazywał się Peter Henderson i był w Oregonie zamożnym biznesmenem sprzedającym sprzęt golfowy. Był inteligentny, miał dobre serce i cieszył się powszechnym szacunkiem. Sześć lat starszy od Eloise, ale jeszcze nie stary. Miał dwoje małych dzieci z pierwszego małżeństwa, ale wszystko zostało załatwione polubownie.

— Teraz już wiesz, co tu robię — powiedziała z nerwowym śmiechem, którego nigdy wcześniej u niej nie słyszał. — Ukrywam się. Peter nie ma pojęcia, gdzie jestem. Pewnie to okrutne z mojej strony. Zadzwoniłam do niego w zeszły wtorek i powiedziałam, że jestem we Włoszech, ale nie zdradziłam, w jakim mieście. Był na mnie wściekły i chyba miał rację.

— A więc spędza pani lato, zastanawiając się nad przyszłością? — spytał Tibor.

— Nie bardzo. Ja tylko się chowam.

— Nie kocha pani tego Petera?

Wzruszyła ramionami.

— To dobry człowiek. I nie mam zbyt wielu innych propozycji.

— Ten Peter... czy on jest miłośnikiem muzyki?

— Hm... Tam, gdzie teraz mieszkam, na pewno może być za takiego uznawany. Ostatecznie chodzi na koncerty. A potem, w restauracji, ładnie mówi o tym, czego słuchaliśmy. Więc chyba jest miłośnikiem muzyki.

— Ale czy on... panią docenia?

— Wie, że życie z wirtuozem nie zawsze bywa łatwe. — Westchnęła. — To był mój problem przez całe życie. Panu też nie będzie łatwo. Ale pan i ja nie mamy wyboru. Musimy iść swoją drogą.

Nie wspominała więcej o Peterze, ale teraz, po tych informacjach, w ich stosunki wkradło się coś nowego. Gdy wpadała w zadumę po skończonej grze albo gdy siedząc z nim na placu, stawała się nieobecna, zapatrzona gdzieś poza otaczające ich parasole, nie było w tym żadnej niezręczności, i nie czując się ani trochę lekceważony, Tibor wiedział, że jego obecność jest doceniana.

• • •

Któregoś popołudnia, gdy skończył jeden z utworów, poprosiła go, żeby zagrał ponownie krótki fragment, tylko osiem taktów z zakończenia. Zrobił, o co prosiła, i zobaczył zmarszczkę, która pozostała na jej czole.

— To nie brzmi tak jak my — stwierdziła, kręcąc głową. Jak zwykle siedziała profilem do niego na tle wielkiego okna. — Reszta tego, co pan zagrał, była dobra. Cała reszta to byliśmy my. Ale to przejście pod koniec... — Wstrząsnął nią dreszcz.

Zagrał to jeszcze raz, inaczej, choć nie był pewien, o co jej chodziło, i nie zdziwiło go, kiedy znów pokręciła głową.

— Przykro mi, ale musi pani wyrażać się jaśniej. Nie rozumiem tego „to nie my".

— Chce pan, żebym sama to zagrała? Czy o to panu chodzi?

Powiedziała to spokojnie, ale ponieważ teraz odwróciła się do niego twarzą, odczuł jakiś wzrost napięcia między nimi. Wpatrywała się w niego uporczywie, prawie wyzywająco, czekając na odpowiedź.

— Nie, spróbuję jeszcze raz — powiedział po chwili.

— Ale zastanawia się pan, dlaczego nie zagram tego sama, prawda? Dlaczego nie wezmę od pana instrumentu i nie zademonstruję, o co mi chodzi?

— Nie. — Pokręcił głową, mając nadzieję, że robi to nonszalancko. — Myślę, że sprawdza się to, co robimy. Pani sugeruje, a ja gram. W ten sposób nie jestem zwyk-

263

łym naśladowcą. Pani słowa otwierają przede mną okna na świat. Gdyby pani zagrała, żadne okna by się nie otwierały. Byłbym tylko naśladowcą.

— Pewnie ma pan rację — powiedziała po chwili zastanowienia. — Dobrze, spróbuję wyrazić swoją myśl jaśniej.

Przez kilka następnych minut mówiła, mówiła o różnicy między epilogami a chwilowymi rozstaniami. Kiedy zagrał ten sam fragment jeszcze raz, uśmiechnęła się i z aprobatą kiwnęła głową.

Jednak od tej rozmowy na ich popołudniach położył się jakiś cień. Może czaił się gdzieś od początku, ale teraz jak dżin wydostał się z butelki i zawisł nad ich głowami. Innym razem, kiedy siedzieli na placu, Tibor opowiadał jej o tym, jak poprzedni właściciel jego wiolonczeli stał się jej właścicielem w czasach Związku Sowieckiego za kilka par dżinsów. Kiedy skończył swoją opowieść, Eloise spojrzała na niego z dziwnym półuśmiechem.

— To dobry instrument — powiedziała. — Ma dobry dźwięk. Ale ponieważ nigdy go nawet nie dotknęłam, nie mogę go tak naprawdę ocenić.

Wyczuł, że znów zmierza w stronę tamtego tematu, i szybko spojrzał w bok.

— Dla kogoś z pani pozycją nie byłby to odpowiedni instrument — powiedział. — Nawet dla mnie jest ledwo wystarczający.

Stwierdził, że w rozmowie z nią nie jest już w stanie uwolnić się od napięcia ze strachu, że ona sprowadzi rozmowę na ten niebezpieczny temat. Nawet w najprzyjemniejszych chwilach część jego umysłu musiała czuwać, gotowa zmienić temat, gdyby ona znalazła jakiś punkt zaczepienia. I tak zresztą nie zawsze mógł zapanować nad tokiem rozmowy i wtedy po prostu udawał, że nie słyszy, kiedy Eloise robiła uwagi w rodzaju: „Byłoby znacznie łatwiej, gdybym mogła to dla pana zagrać!".

• • •

Pod koniec września, kiedy w powiewach wiatru czuło się już chłód, Giancarlo odebrał telefon od pana Kaufmanna z Amsterdamu. Było miejsce dla wiolonczelisty w kameralnym zespole w pięciogwiazdkowym hotelu w centrum miasta. Zespół przygrywał na galerii nad salą jadalną przez cztery wieczory w tygodniu i muzycy mieli też inne „lekkie, pozamuzyczne obowiązki". Nocleg i wyżywienie zapewnione. Pan Kaufmann zaraz przypomniał sobie Tibora i miejsce na niego czekało. Zawiadomiliśmy Tibora natychmiast, w kawiarni, tego samego wieczoru, kiedy zadzwonił pan Kaufmann, i myślę, że wszyscy byliśmy niemile zaskoczeni tym, jak chłodno zareagował. Niewątpliwie kontrastowało to z jego podejściem na początku lata, kiedy zorganizowaliśmy mu „przesłuchanie". Rozzłościło to zwłaszcza Giancarla.

— I nad czym to musisz się tak dobrze zastanowić? — pytał chłopaka. — Czego się spodziewałeś? Carnegie Hall? — Nie jestem niewdzięczny, ale muszę nad tym trochę pomyśleć. Grać dla ludzi, którzy jedzą i rozmawiają. I te inne obowiązki hotelowe. Czy to jest naprawdę coś dla kogoś takiego jak ja?

Giancarlo zawsze był wybuchowy i teraz wszyscy musieliśmy go powstrzymywać, bo złapał Tibora za klapy i krzyczał mu prosto w twarz. Niektórzy z nas poczuli się nawet zobowiązani, żeby wziąć stronę chłopaka, mówiąc, że to jest przecież jego życie i że nie musi przyjmować pracy, która mu nie odpowiada. Wkrótce atmosfera się uspokoiła i Tibor zaczął się zgadzać, że ta praca ma swoje dobre strony, jeżeli rozpatrywać ją jako rozwiązanie tymczasowe. Poza tym nasze miasto, jak wskazał niezbyt delikatnie, po sezonie będzie zupełną dziurą. Amsterdam jest przynajmniej centrum kulturalnym.

— Przemyślę to gruntownie — obiecał w końcu. — Może uprzejmie przekażecie panu Kaufmannowi, że w ciągu trzech dni powiadomię go o swojej decyzji.

Giancarlo nie był tym zachwycony, spodziewał się przecież entuzjastycznej wdzięczności, ale mimo to poszedł zadzwonić do pana Kaufmanna. Podczas całej tej rozmowy ani razu nie padło nazwisko Eloise McCormac, ale dla nas oczywisty był jej wpływ na wszystko, co mówił Tibor.

— Ta kobieta zrobiła z niego małego aroganckiego gnojka — powiedział Ernesto, kiedy Tibor odszedł. — Niech pojedzie z tą swoją postawą do Amsterdamu. Już tam szybko przytrą mu rogów.

● ● ●

Tibor nie wspomniał Eloise o przesłuchaniu dla pana Kaufmanna. Wielokrotnie był o krok od powiedzenia jej o tym, ale zawsze coś go powstrzymywało i w miarę pogłębiania się ich przyjaźni przyjęcie propozycji nabierało cech zdrady. Nic więc dziwnego, że nie szukał rady Eloise w tej sprawie, a nawet jej o tym nie wspomniał. A że nigdy nie potrafił się maskować, jego decyzja o utrzymywaniu tajemnicy przyniosła niespodziewane skutki.

To było niezwykle ciepłe popołudnie. Tibor przyszedł jak zwykle do hotelu i zaczął grać nowe utwory, nad którymi pracował. Jednak zaledwie po kilku minutach Eloise mu przerwała.

— Coś jest nie tak. Poczułam to, gdy tylko pan wszedł. Teraz znam pana tak dobrze, że mogłabym domyślić się ze sposobu, w jaki pan puka do drzwi, że coś się dzieje. Teraz, kiedy posłuchałam pana gry, wiem już na pewno. To bezcelowe, nie uda się panu ukryć tego przede mną.

Zmieszał się i opuściwszy smyczek, już miał postawić sprawę jasno, kiedy Eloise podniosła dłoń.

— Jest coś, od czego nie uciekniemy — powiedziała. — Pan zawsze unika tego tematu, ale nic nam to nie da. Chcę o tym porozmawiać. Chciałam to zrobić przez cały ubiegły tydzień.

— Naprawdę? — Tibor spojrzał na nią zdziwiony.

— Tak — powiedziała Eloise i przesunęła swoje krzesło tak, że po raz pierwszy siedziała zwrócona do niego twarzą. — Nigdy nie miałam zamiaru pana oszukiwać, Tiborze. Te kilka ostatnich tygodni nie należało do najłatwiejszych, a pan był takim dobrym przyjacielem. Byłabym niepocieszona, gdyby pan pomyślał, że próbowałam z panem jakichś tanich gierek. Nie, proszę mi tym razem nie przerywać. Chcę to powiedzieć. Gdyby dał mi pan teraz tę wiolonczelę i poprosił, żebym zagrała, musiałabym odmówić. Nie dlatego, że instrument jest nie dość dobry, nie o to chodzi. Ale jeżeli pan teraz myśli, że udawałam kogoś, kim nie jestem, uważa mnie za oszustkę, to muszę powiedzieć, że się pan myli. Proszę tylko spojrzeć na wszystko, co razem osiągnęliśmy. Czy to nie stanowi wystarczającego dowodu, że nie jestem oszustką? To prawda, powiedziałam, że jestem wirtuozem, i chcę wyjaśnić, co przez to rozumiem. Chodzi o to, że urodziłam się tak jak pan ze szczególnym darem. Pan i ja posiadamy coś, czego inni wiolonczeliści nigdy nie osiągną, choćby nie wiem jak długo ćwiczyli. Potrafiłam rozpoznać to w panu w chwili, kiedy usłyszałam pana w kościele. I w pewien sposób pan również musiał to rozpoznać we mnie. To dlatego postanowił pan przyjść do mnie do hotelu.

Niewielu jest takich jak my, Tiborze, i natychmiast się rozpoznajemy. Fakt, że nie nauczyłam się dotychczas grać na wiolonczeli, niczego nie zmienia. Musi pan zrozumieć, że ja jestem wirtuozem, ale takim, który dopiero musi zostać odsłonięty. Pan też wciąż nie jest do końca odsłonięty i to właśnie robiłam przez ostatnie tygodnie. Starałam się pomóc panu pozbyć się zbędnego balastu. Ale nigdy nie próbowałam pana oszukiwać. Dziewięćdziesiąt dziewięć procent wiolonczelistów nie ma nic poza tymi zewnętrznymi warstwami, u nich nie ma czego odsłaniać. Dlatego ludzie tacy jak my muszą sobie pomagać. Kiedy dostrzegamy się na zatłoczonym placu, gdziekolwiek, musimy nawiązać kontakt, bo jest nas tak mało.

Tibor zauważył, że w jej oczach pojawiły się łzy, ale jej głos nie zadrżał. Umilkła i znów odwróciła się do niego bokiem.

— Zatem uważa się pani za wyjątkową wiolonczelistkę — powiedział po chwili. — Za wirtuoza. My, pozostali, musimy zebrać się na odwagę i odsłaniać się, jak to pani ujęła, przez cały czas nie mając pewności, co odsłonimy. Ale pani nie zniża się do tego odsłaniania. Pani nie robi nic. I mimo to uważa się za wirtuoza...

— Proszę, niech pan się nie unosi gniewem. Wiem, że to brzmi głupio, ale tak właśnie jest, to prawda. Moja matka rozpoznała we mnie ten dar na samym początku, kiedy byłam małą dziewczynką. Jestem jej wdzięczna przynajmniej za to. Ale nauczyciele, których mi znajdowała, kiedy miałam cztery lata, siedem, jedenaście, byli do niczego. Mama tego nie wiedziała, ale ja tak. Nawet jako dziecko miałam ten instynkt. Wiedziałam, że muszę chronić swój dar przed ludźmi, którzy mimo najlepszych chęci mogą go zniszczyć. I dlatego się ich pozbyłam. Pan musi zrobić to samo, Tiborze. Pański talent jest bezcenny.

— Przepraszam — przerwał jej Tibor, tym razem grzecznie. — Powiedziała pani, że grała na wiolonczeli jako dziecko. Ale teraz...

— Nie miałam w rękach instrumentu od jedenastego roku życia. Od dnia, w którym wytłumaczyłam mamie, że nie mogę nadal pracować z panem Rothem. I ona mnie zrozumiała. Zgodziła się, że lepiej będzie nie robić nic i czekać. Najważniejsze to nie zniszczyć mojego talentu. Mój dzień może jeszcze nadejść. No, dobrze, czasem myślę, że czekałam zbyt długo. Mam teraz czterdzieści jeden lat. Ale przynajmniej nie zepsułam tego, z czym się urodziłam. Spotkałam w ciągu tych lat wielu nauczycieli, którzy obiecywali, że mi pomogą, ale ja potrafiłam ich przejrzeć. Czasem jest to trudne, nawet dla nas. Ci nauczyciele, oni są tacy... profesjonalni, tacy wygadani, słucha się ich i początkowo człowiek daje się nabrać. Myśli, tak, nareszcie jest ktoś, kto mi pomoże, to jeden z nas. Potem odkrywa, że to nieprawda. I wtedy trzeba wykazać się charakterem i odciąć się od niego. Zapamiętaj to, Tiborze, zawsze lepiej zaczekać. Chwilami mam wyrzuty sumienia, że wciąż jeszcze nie odsłoniłam swojego daru. Ale go nie zniszczyłam i to jest to, co się liczy.

W końcu zagrał dla niej dwa z utworów, które przygotował, ale nie udało im się odzyskać atmosfery towarzyszącej zwykle ich spotkaniom i wcześnie zakończyli sesję. Na placu wypili kawę, niewiele mówiąc, póki nie powiedział jej o swoich planach wyjazdu na kilka dni. Zawsze chciał zwiedzić okolicę, powiedział, i teraz urządzi sobie krótkie wakacje.

— To panu dobrze zrobi — zgodziła się. — Tylko niech pan tam nie siedzi zbyt długo. Przed nami jeszcze dużo pracy.

Zapewnił ją, że wróci najdalej za tydzień. Mimo to, kiedy się żegnali, wyczuwał w niej jakieś napięcie.

Nie był do końca szczery w sprawie wyjazdu — nie poczynił żadnych przygotowań. Dopiero po rozmowie z Eloise tego popołudnia poszedł do domu, wykonał kilka telefonów i w końcu zarezerwował sobie miejsce w młodzieżowym schronisku w górach przy granicy Umbrii. Wieczorem przyszedł do kawiarni, żeby się z nami zobaczyć i powiedzieć nam o swojej wycieczce, a my zasypaliśmy go sprzecznymi radami, dokąd ma pójść i co zobaczyć. Poprosił też dość nieśmiało Giancarla, żeby powiadomił pana Kaumanna, że przyjmuje jego ofertę.

— A co innego mi pozostało? — powiedział do nas. — Kiedy wrócę, będę zupełnie bez pieniędzy.

• • •

Tibor przyjemnie spędził czas na wsi. Niewiele nam o tym opowiadał, prócz tego, że zaprzyjaźnił się z niemieckimi turystami i że wydał więcej w przydrożnych oberżach niż powinien. Wrócił po tygodniu wyraźnie wypoczęty, ale od razu chciał ustalić, czy pod jego nieobecność Eloise McCormack wyjechała z miasta.

Tłumy turystów zaczęły się już wtedy przerzedzać i kelnerzy między stolikami na tarasie rozstawiali teraz piecyki. Po południu w dniu swojego powrotu Tibor o zwykłej godzinie poszedł z wiolonczelą do hotelu Excelsior i ku swojemu zadowoleniu stwierdził, że Eloise nie tylko na niego czeka, ale że najwyraźniej go jej brakowało. Przywitała go z radością i tak jak ktoś inny w przypływie uczucia mógłby wmuszać w niego jedzenie albo drinki, ona pchnęła go na krzesło i niecierpliwie zaczęła wyjmować z futerału wiolonczelę.

— Niech pan zagra dla mnie! — nalegała. — Dalej! Proszę tylko grać!

Spędzili razem wspaniałe popołudnie. Tibor martwił się na zapas, jak to będzie po jej „wyznaniu" i ich pożegnaniu, ale wyglądało na to, że napięcie gdzieś się ulotniło i atmosfera między nimi była lepsza niż kiedykolwiek.

Nawet kiedy po skończonym utworze Eloise zamknęła oczy i wdała się w długą i surową krytykę jego wykonania, nie poczuł urazy, tylko chęć jak najpełniejszego zrozumienia jej wywodu. Nazajutrz i następnego dnia było podobnie: zrelaksowany, chwilami nawet rozbawiony, czuł pewność, że nigdy w życiu nie grał lepiej. Nie robili żadnych aluzji do tamtej rozmowy przed jego wyjazdem, ona nie wypytywała o jego pobyt na wsi. Rozmawiali wyłącznie o muzyce.

A potem, czwartego dnia po jego powrocie, seria drobnych incydentów, łącznie z awarią toalety w jego łazience, nie pozwoliła mu stawić się w hotelu Excelsior o zwykłej porze. Kiedy przechodził koło kawiarni, zapadał już zmrok, kelnerzy zapalili świeczki w szklanych klosikach, a my zdążyliśmy już odegrać kilka kawałków z naszego zestawu kolacyjnego. Pomachał nam i poszedł przez plac w stronę hotelu, a wiolonczela sprawiała, że wyglądał, jakby utykał.

Zauważył, że recepcjonista zawahał się, nim zadzwonił na górę. Kiedy Eloise otworzyła przed nim drzwi, przywitała go ciepło, ale jakoś inaczej.

— Tiborze, cieszę się, że przyszedłeś — powiedziała szybko, zanim zdążył otworzyć usta. — Właśnie opowiadałam o tobie Peterowi. Tak jest, Peter w końcu mnie odnalazł! — Zawołała w głąb pokoju: — Peterze, on właśnie przyszedł! Jest tu Tibor. I przyniósł wiolonczelę!

Kiedy Tibor wszedł do pokoju, na jego powitanie wstał

z uśmiechem duży, rozlazły, siwiejący mężczyzna w koszulce polo.

— Och, wszystko o panu słyszałem — powiedział, bardzo mocno ściskając dłoń Tibora. — Eloise jest przekonana, że będzie pan wielką gwiazdą.

— Peter nigdy nie daje za wygraną. Wiedziałam, że mnie w końcu odnajdzie.

— Nie można się przede mną schować. — Peter podsunął Tiborowi krzesło i nalał mu kieliszek szampana stojącego w wiaderku z lodem. — Dalej, niech nam pan pomoże uczcić nasze spotkanie.

Tibor sączył szampana, zauważając, że Peter przypadkiem podsunął mu krzesło, na którym zwykle siedział, gdy grał. Eloise gdzieś znikła i przez chwilę Tibor i Peter rozmawiali z kieliszkami w rękach. Peter był serdeczny i zasypywał Tibora pytaniami. Jak to jest, kiedy się dorasta w takim kraju jak Węgry? Czy przeżył szok, gdy przyjechał na Zachód?

— Bardzo bym chciał grać na jakimś instrumencie — mówił Peter. — Pan jest szczęściarzem. Chciałbym się nauczyć, ale teraz jest już pewnie trochę za późno.

— Nigdy nie należy mówić, że jest za późno — powiedział Tibor.

— Ma pan rację. Nigdy nie jest za późno. Za późno to zawsze jest wymówka. Tak naprawdę jestem bardzo zajętym człowiekiem i tłumaczę się, że nie mam czasu, żeby się nauczyć francuskiego albo gry na jakimś instrumencie, albo przeczytać *Wojnę i pokój*. Wszystkie te rzeczy zawsze chciałem zrobić. Eloise grała, gdy była dzieckiem. Pewnie panu opowiadała.

— Tak, to prawda. Rozumiem, że ma wiele wrodzonych talentów.

— O, niewątpliwie. Każdy, kto ją zna, potrafi to dostrzec. Ma w sobie tyle wrażliwości. To ona powinna brać lekcje. Ja mam niezgrabne paluchy. — Pokazał dłonie i roześmiał się. — Chciałbym grać na pianinie, ale co można zrobić z takimi łapami? W sam raz do grzebania w ziemi, do tego, co moi przodkowie robili od pokoleń. Ale ta dama — wskazał szklanką drzwi — to sama wrażliwość.

W końcu Eloise wyłoniła się z sypialni w ciemnej wieczorowej sukni, obwieszona biżuterią.

— Peterze, nie zanudzaj Tibora — powiedziała. — On nie interesuje się golfem.

Peter wyciągnął ręce, wzywając Tibora na pomoc.

— Niech pan powie, Tiborze, czy choć jednym słowem wspomniałem o golfie?

Tibor powiedział, że powinien już iść, że nie chce zatrzymywać gospodarzy wybierających się na kolację. Spotkało się to z protestem ich obojga.

— Niech pan na mnie spojrzy — powiedział Peter. — Czy ja jestem ubrany do kolacji?

I chociaż Tibor uważał, że Peter wygląda całkiem przyzwoicie, roześmiał się, jak tego od niego oczekiwano.

— Nie może pan wyjść, nie zagrawszy dla nas — powiedział Peter. — Tyle słyszałem o pańskiej grze.

Tibor, zdezorientowany, zaczął rozpinać futerał wiolonczeli, kiedy Eloise wkroczyła zdecydowanie z jakąś nową tonacją w głosie.

— Tibor ma rację. Robi się późno. Restauracje w tym mieście nie trzymają stolików, jeżeli goście się spóźniają. Peterze, lepiej się przebierz. Może byś się też ogolił? Ja odprowadzę Tibora. Chcę z nim porozmawiać w cztery oczy.

W windzie uśmiechali się do siebie, ale milczeli. Kiedy wyszli na dwór, plac był oświetlony. Miejscowe dzieciaki, które już wróciły z wakacji, kopały piłkę albo ganiały się dookoła fontanny. Odbywała się *passeggiata*, cowieczorny spacer, i myślę, że nasza muzyka docierała do miejsca, gdzie stali Tibor i Eloise.

— No, stało się — odezwała się wreszcie Eloise. — Znalazł mnie, widocznie więc na mnie zasługuje.

— To niezwykle czarujący człowiek — powiedział Tibor. — Wróci pani teraz do Ameryki?

— Chyba tak. Za parę dni.

— Pobierzecie się państwo?

— Chyba tak. — Przez moment patrzyła na niego z powagą, po czym odwróciła wzrok. — Chyba tak — powtórzyła.

— Życzę państwu dużo szczęścia. To dobry człowiek. A także miłośnik muzyki. To dla pani ważne.

— Tak. To ważne.

— Kiedy wyszła pani z pokoju, rozmawialiśmy nie o golfie, tylko o lekcjach muzyki.

— Naprawdę? Dla niego czy dla mnie?

— Dla obojga. Choć nie sądzę, żeby w Portland było wielu nauczycieli, którzy mogliby panią czegoś nauczyć.

Roześmiała się.

— Jak mówiłam, ludzie tacy jak my nie mają łatwo.

— Tak, rozumiem to. Po tych kilku ostatnich tygodniach rozumiem to lepiej niż kiedykolwiek. Jest coś, co muszę pani powiedzieć, zanim się rozstaniemy. Wkrótce wyjeżdżam do Amsterdamu, gdzie dostałem pracę w dużym hotelu.

— Będzie pan portierem?

— Nie, będę grał z kameralnym zespołem w sali jadalnej. Będziemy przygrywali gościom podczas kolacji.

Przyglądał się jej uważnie i dostrzegł, że w jej oczach coś się zapala, a potem gaśnie. Z uśmiechem położyła dłoń na jego ramieniu.

— Cóż, zatem powodzenia. — I dodała: — Ci goście hotelowi będą mieli prawdziwą ucztę.

— Mam nadzieję.

Przez następną chwilę stali tak razem, tuż za granicą plamy światła rzucanego przez front hotelu, rozdzieleni nieporęcznym futerałem.

— Mam również nadzieję, że będzie pani szczęśliwa z panem Peterem.

— Ja też mam taką nadzieję — powiedziała Eloise i znów się roześmiała. Potem pocałowała go w policzek i pośpiesznie uściskała. — Niech pan na siebie uważa — dodała.

Tibor podziękował i zanim się zorientował, patrzył na jej plecy oddalające się w stronę hotelu.

• • •

Wkrótce potem Tibor wyjechał z naszego miasta. Kiedy ostatni raz piliśmy z nim wino, był wyraźnie wdzięczny, że Giancarlo i Ernesto załatwili mu pracę, a nam wszystkim za przyjaźń, ale nie potrafiłem pozbyć się wrażenia, że traktuje nas z pewną wyższością. Kilku z nas pomyślało to samo, nie tylko ja, chociaż Giancarlo w typowy dla niego sposób brał teraz stronę Tibora, tłumacząc, że chłopak po prostu jest podniecony i zdenerwowany przed nowym krokiem w życiu.

— Podniecony? Czym on ma być podniecony? — prychnął Ernesto. — Przez całe lato wysłuchiwał, jakim to jest geniuszem. Praca w hotelu to dla niego degradacja. Siedzenie i rozmowa z nami też. Był sympatycznym chłopakiem na początku lata, ale po tym, co ta kobieta z nim zrobiła, cieszę się, że nie będziemy go już oglądali.

Jak już wspomniałem, wszystko to zdarzyło się siedem

lat temu. Giancarlo, Ernesto, wszyscy chłopcy z tamtego czasu, poza mną i Fabianem, dokądś powyjeżdżali. Póki go nie zobaczyłem parę dni temu na placu, od dawna nie myślałem o naszym młodym węgierskim maestro. Poznałem go bez trudu. Przybrał nieco na wadze, bez wątpienia, i rozrósł się. A w geście, jakim przywołał kelnera, było coś, może mi się przywidziało, coś z niecierpliwości i bezceremonialności, która jest skutkiem pewnego rodzaju zgorzknienia. Ale może jestem niesprawiedliwy. Przecież było to tylko przelotne spojrzenie. Mimo to wydało mi się, że stracił tę młodzieńczą chęć przypodobania się i nienaganne maniery, które miał wtedy. Tym lepiej we współczesnym świecie, można powiedzieć.

Podszedłbym do niego, żeby porozmawiać, ale znikł, zanim skończyliśmy set. Całkiem możliwe, że spędził tu tylko to jedno popołudnie. Ubrany był w garnitur, przyzwoity, ale nic nadzwyczajnego, może więc pracuje teraz gdzieś za biurkiem. Kto wie, może miał jakiś interes w okolicy i zajrzał do naszego miasta przez wzgląd na dawne czasy? Jeżeli przyjdzie jeszcze na plac, a ja nie będę akurat grał, podejdę, żeby zamienić z nim parę słów.

MALARZ ŚWIATA UŁUDY

Rok 1948. Zniszczona Japonia przeżywa czas gruntownych przewartościowań. Z ruin powstaje nowy świat i porządek rzeczy. Emerytowany malarz Masuji Ono, który całe dnie poświęca prozaicznym czynnościom – pielęgnacji ogrodu, naprawie domu, opiece nad wnukami – nie potrafi uwolnić się od przeszłości. Kierowany wewnętrzną potrzebą wytacza sam sobie proces, w którym jest jednocześnie oskarżycielem, oskarżonym i sędzią. Porządek, który niegdyś współtworzył i wspierał, został zburzony. Japoński imperializm poniósł druzgocącą klęskę. Masuji musi na nowo określić samego siebie i relacje z dwoma córkami, Setsuko i Noriko, dokonać moralnego rozrachunku z dotychczasowym życiem.

NIEPOCIESZONY

Powieść napisana w konwencji kafkowskiej groteski, w której czas i przestrzeń podlegają zniekształceniom jak w koszmarze sennym.

Ryder, światowej sławy pianista, przybywa do bezimiennego miasta gdzieś w Europie, by dać koncert w tutejszej filharmonii. Napotkani mieszkańcy wydają się czegoś po nim oczekiwać, choć zupełnie nie tego, czego mógłby się spodziewać. Czy młoda kobieta z synkiem, z którą zgadza się porozmawiać na prośbę jej ojca, boya hotelowego, jest w rzeczywistości jego partnerką życiową? Żoną? Kimś, kogo znał wcześniej? Ryder niewiele pamięta, a strzępki wspomnień okazują się niezbyt wiarygodne. Nieoczekiwanie orientuje się, że nie wie nawet, kto go zaprosił, że znalazł się w obcej sobie, zagmatwanej i wrogiej przestrzeni, w zamkniętym kręgu ludzi, których być może spotkał, i miejsc, które być może kiedyś odwiedził. Świecie surrealistycznym, zabawnym i groźnym – po trosze jak z „Alicji w Krainie Czarów", po trosze jak ze „Strefy zmroku". W społeczności miasta zdaje się panować desperacja i zagubienie, zaś Ryder urasta niemal do roli mesjasza, który ma ocalić je przed upadkiem.